밀당의 요정 1

밀당의 요정 ①

천지혜
장편소설

차 례

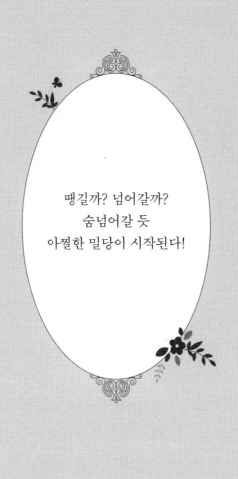

땡길까? 넘어갈까?
숨넘어갈 듯
아찔한 밀당이 시작된다!

1

하나의 결혼식,
두 명의 신부

"오늘 계약에 몇백억 걸려 있는 거 알지?"

알다마다. 이번 리조트 건설 건 준비한다고 몇 날 며칠 밤을 새
웠는데 그걸 모르겠는가.

드디어 성진 건설 일층에 마카오 귀빈들이 도착했다. 이들을 맞
기 위해 실무진 모두가 나와 깍듯이 고개를 숙였다. 그들이 내딛
는 한 걸음 한 걸음에 무거운 긴장이 실렸다. 양측 모두 계약에 대
한 부담감이 보통이 아니었기에.

곧이어 집무실의 문이 활짝 열리자 청량한 공기의 바람이 불어
오며, 창가 곁에 햇빛을 받고 선 늘씬한 남자의 자태가 드러났다.

"안녕하세요. 성진 건설, 권지혁 상무입니다."

가까이 다가오며 점점 더 선명해지는 실루엣에 빈틈없던 마카오 귀빈들의 표정에 변화가 생겼다. 성진 건설의 후계자라고 하기엔, 그리고 이 엄청난 프로젝트를 이끄는 수장이라 하기엔, 꽤 젊고 지나치게 잘생기고 상상 이상으로 매끈한 남자였다.

언제나 이런 청량한 바람을 몰고 다닌다는 듯 그의 표정은 쿨했고 또한 섹시했다. 온몸에서 풍기는 그 자신감의 아우라와 말할 때 살짝 찡긋거리는 한쪽 눈썹도. 일순, 그의 입가에선 여유 넘치는 미소가 흘러나왔다.

"멀리 한국까지 날아오셨는데 어쩌죠."

그리고 그의 입에선 그 누구도 예상치 못한 말이 흘러나왔다.

"저희 그 일 안 할 건데."

"……!"

그 말 한마디에 장내엔 폭탄이 투하된 듯했다. 특히나 경악한 건 귀빈들을 인천 공항에서부터 극진히 모셔온 강상후 비서였다.

'이 자식이 지금 미쳐 돌았나?'

통역은 너무 놀란 나머지 그 말을 그대로 전달해 버리고 말았다. 이에 귀빈들의 표정 역시 돌하르방처럼 쩍쩍 갈라지고 있을 때……!

탁탁탁, 갑자기 집무실의 불이 모두 꺼지더니 지이잉, 창가에 암막 블라인드가 내려오며 실내가 암흑에 잠겼다. '번쩍!' 급작스럽게 커지는 프로젝터의 눈부신 불빛. 지혁은 여유 가득한 얼굴로 흰 스크린을 가리켰다.

"적어도 이 정도 사이즈 아니면."

거기엔 예전보다 부지가 두세 배는 넓어진 설계도가 띄워져 있었다.

"……!"

새하얀 불빛을 받은 그의 굴곡진 얼굴선이 근사한 태를 그린다. 오늘 남우주연상 받을 걸 확신하는 연기력 만땅의 남자 배우처럼 자신감 넘치는 미소가 그의 입가에 걸린다.

지혁의 배짱에 모두의 입이 떡 벌어진 가운데 강 비서가 앙다문 잇새로 꿍얼거렸다.

"이런, 미친 밀당의 요정을 봤나."

그가 터뜨린 선빵은 제대로 먹혔다. 이미 모든 논의가 새로운 설계에 맞춰져 있었다.

"저쪽 땅을 아직 확보하지도 못 했는데 어떻게 규모를 키운다는 말씀이십니까?"

레이저 포인터의 붉은 점이 새로 넓어진 부지 쪽을 가리켰다.

"그건 저희가 알아서 하겠습니다. 이 땅이 한국 법인 소유더라고요."

지혁은 옆에 있던 강 비서에게 슬쩍 물었다.

"여기가 세련이네 아버지 회사 땅이라고?"

지혁은 최근 세련이 섹시한 콘셉트로 나왔던 색조 화장품 광고를 떠올렸다.

"오케이, 이건 내가 해결할게."

까짓것, 여배우한테 뭐가 필요하겠어. 아파트 CF 던져 주면 되지.

"혹시, 성진 건설에서 리조트나 호텔을 건설한 포트폴리오가 있나요?"

핵심을 정확히 찌른 마카오 측의 질문에 실무진들은 순간 얼음이 되어 버렸다. 아쉽게도 그런 포트폴리오는 없었지만 지혁의 표정은 시종일관 여유로웠다.

"그보다 더 대단한 게 있지요."

지혁이 버튼을 누르자 창의 한쪽을 가리고 있던 전동 블라인드가 지이잉 올라갔다.

"저길 보시죠."

창가 너머로 펼쳐지는 압도적인 풍광에 귀빈들의 입이 떡 벌어졌다. 강남 한복판에 지어진 유럽의 고성.

"대한민국 최고의 웨딩홀, 로안(Roan)입니다."

이곳은 그야말로 환상의 공간이었다. 발을 내딛는 것만으로도 숨 막힐 듯 **빽빽**하게 빌딩이 들어선 강남에서, 귀족들이 살던 유럽의 고성으로 순간 이동한 느낌이었다.

어마어마한 규모의 건축물, 그리고 이루 말할 수 없이 고급스러운 인테리어. 결혼을 준비하는 신부라면 이곳에서의 왕족 같은 결혼식을 꿈꾸었다가 억대의 비용에 눈물을 머금고서 돌아서게 된다. 그만큼 아름답고 비싸고 가치 있는 곳이었다.

지혁은 턱이 빠지게 건축물을 보고 있는 귀빈들을 데리고서 로안 내부로 들어섰다.

"아, 여기가 웨딩홀입니까? 이렇게나 크다고요?"

"하객 수 때문이죠. 오늘 예식은 오백 명 정도 예상한다고 하네요."

"사람이 그렇게 많이 오는데, 문제없이 예식이 진행됩니까?"

"물론이죠. 오늘 건물 보시는 김에 한국의 결혼식도 보시겠습니까?"

곧 깡마른 몸매에 B사감 같은 인상의 여자가 그들에게 다가왔다.

"안녕하세요. 로안의 웨딩 총괄 본부장, 설영희입니다. 이쪽으로 오시죠."

지혁은 자연스럽게 로안의 건물 안내를 설 본부장에게 맡겼다.

그렇게 귀빈들과 멀어지자마자 시종일관 온화한 표정을 짓고 있던 강 비서가 지혁에게 득달같이 따지기 시작했다.

"'저희, 일 안 할 건데?' 와, 그런 밀당은 어디서 배워? 나도 수강 좀 하자."

지혁이 아무리 오래된 친구라 하지만, 이것만은 도저히 적응이 안 된다. 이 사람 잡는 밀당 기술만은.

"밀당 제일 법칙, 선빵!"

"왜 그 선빵에 나의 아구창이 돌아갈까? 난 아군 아닌가?"

"하지 마?"

"계속해 봐."

매번 이런 식이다. 이 새끼는 묘하게 사람의 마음을 쥐었다 폈다 농락하는 재주가 있었다. 여기에 맨날 당하고 또 당하니, 약이 오를 수밖에.

"나는 당신에게 반하지 않았다, 절대. 앞으로도 안 반한다, 반드시. 그러므로 나는 당신에게 목매지 않는다, 네버."

지혁은 알고 있었다. 어떻게 하면 이 밀고 당기기의 전투에서 승자가 될 수 있는지. 어떻게 하면 관계에서 우위를 점할 수 있는지. 어떻게 하면 상대를 내 뜻대로 휘어 갈 수 있는지. 오죽하면 별명이 밀당 요정, 밀당 요물, 밀당 요괴겠는가.

사람을 구워삶는 신박한 재주. 이것은 신이 주신 완벽한 외모에 기적의 무적템을 갖춘 것과 같았다. 안 그래도 매력 철철 잘생긴 꽃미남이 은근한 밀당까지 걸면 여기에 안 넘어갈 여자가 어디 있겠는가. 이미 상대방의 반응 따윈 다 예측하고 있다는 듯한 눈빛, 나는 이미 게임의 승자라는 듯한 넉넉한 여유, 거기서 뿜어져 나오는 무한 매력.

"너 비혼주의자라 그러는 것도 여자들 애타게 하려 그러는 거지?"

그런 남자가 결혼을 안 하겠다고 하니, 그를 따르는 여자들이 더더욱 바싹 애를 태우는 것도 당연했다.

"여자야말로 다 거기서 거기지. 세상에 내가 그만큼 엄청난 여자 만났으면 진작……."

바로, 그 순간이었다. 지혁이 뭔가 허세 대사를 내뱉으려는 바로 그 순간……! 운명처럼 기적처럼, 한 여자가 나타났다.

바로 저편에서 한 여자가 빛의 후광을 가르며 걸어오고 있었다. 숨도 못 쉴 만큼 아름다운 여자가, 미치도록 눈부시고 찬란한 여자가, 더없이 차갑고 도도한 표정으로.

비너스의 탄생을 지켜보는 느낌이 이런 걸까. 난 지금 새하얀 거품 속에 있는 걸까. 갑자기 내가 숨 쉬는 공기의 현실감이 사라진 채, 온 세상이 슬로우 모션으로 천천히 굴러간다. 오로지 그녀가 움직이는 방향을 따라서. 그 찬란한 빛을 따라서.

"진작 뭐, 장가갔다고?"

상후의 말마저 귓바퀴에서 튕겨 나가 버린 듯하다.

인생 참 얄궂지. 세상에 대단한 여자 없다는 말이 딱 일 초 만에 완전히 무너지고 말았다. 세상에 이렇게 대단하게 아름다운 여자는 진정 처음이었다.

"야, 권 상무야, 뭐 하니. 너 혹시 저 여자한테 반했니."

그런가. 이런 걸 반했다고 하는 건가. 장담컨대, 그는 이딜 가나 뭇 여성들의 사랑을 몰고 다니는 인기남으로, 아니, 거의 모든 관계의 밀당 갑으로 살아왔다. 그런 그가 삼십몇 년의 세월 동안 이렇게 빈틈을 보인 적은 없었다.

"아니지? 설마? 저 여자…… 오늘 결혼하는 신부잖아."

파아앙— 그 말과 함께 저편에 어느 카메라가 새하얀 플래시를 터뜨린다. 그제야 잠시 유탈했던 정신이 제자리를 조금 찾는 것 같았다.

'신-부-잖-아.'

그제야 지혁은 깨달았다. 갑자기 하늘에서 여신이 내려온 것도 아닌데 저 여자 혼자 왜 그렇게 새하얗고 찬란했는지.

그녀는…… 웨딩드레스를 입고 있었다. 그녀는…… 지금 신부 대기실로 사라지고 있다. 마치 요정이 자취를 감추듯 십오 초짜리 여신 비주얼의 광고 재생이 끝나 버린 듯 이제 그의 눈앞에 그녀가 보이지 않았다.

"왜지?"

"뭐가?"

이유는 모르겠지만 굉장히 억울했다. 나는 왜 인생 최고의 미녀를 하필 지금 만난 거지? 저 여잔 왜 하필 오늘 결혼하는 거지? 왜 하필 우리 회사 소유의 웨딩홀에서……?

"너 진짜 저 여자한테 반했어? 아니지? 돌지 않고서야, 변태 아니고서야, 도덕과 윤리를 배반한 후레자식 아니고서야. 아니지? 결혼할 신부한테?"

"아, 아니지."

상후의 집요한 추궁에 일단 뒤로 돌아섰지만, 그럼에도 불구하고 시선이 저편에서 떨어지지 않는다.

"어디가?"

멍해진 시선을 어느새 발걸음이 쫓았다.

"야, 뭐 해? 밀당 걸게? 연애질 걸게? 미친놈아, 십 분 뒤에 결혼할 여자야."

"인사만 하게. 여기 임원이라고."

"야야! 하, 저 새끼, 존경해. 겜 종료 십 분 전까지 포기를 안 해."

나쁜 의도는 없었다. 악수하면서 난생처음 나를 반하게 한 여자의 손끝을 딱 한 번만 잡아 볼 생각이었다.

그런데 이번엔 드레스 헬퍼 이모가 지혁의 앞을 막아섰다.

"신부님, 메이크업 수정해야 해서요."

그녀의 앞에 천으로 된 파티션이 세워졌다. 그 위로 그녀의 실루엣이 마법처럼 어른거렸다. 실루엣마저 예쁜 여자였다. 참 신기하게도.

그 아래로 새하얀 그녀의 드레스 자락이 넓게 펼쳐졌다. 마치 비너스의 거품처럼, 참 신비롭게도.

"죄송합니다. 문 좀 닫을게요."

어느덧 닫히는 문 틈새로 그녀의 실루엣마저 좁아지고 있었다. 지혁은 영원을 간직하듯 이를 끝까지 바라보았다. 찰나의 순간, 내 심장을 관통해 버린 그 어지를.

이렇게나 여자에게 제대로 넋이 나간 적이 있었던가. 내가? 이권지혁이? 원조 밀당의 요정이?

아니다. 요정님은 따로 있었다. 바로 저기서 곧 결혼한다.

♪♪

무표정일 때는 의외로 차갑고 도도해 보인단 얘기도 듣는다. 안 좋은 일이 있을 때, 그 속내를 드러내지 않으려 할 때, 그런 표정이 가끔 나오기도 한다. 그러나 주로 듣는 말은 예쁘게 생겨서 왜 이렇게 허당이냐, 귀엽게 생겨서 왜 이렇게 남자 복이 없냐, 주로 이런 말들이다.

누군가에겐 일생일대의 여신이었던 이새아, 그녀의 표정이 신부 대기실 문이 닫히자마자 바로 무너진다.

"이모니이이임! 나 어떻게 해요!"

새하얀 웨딩드레스를 입고 반투명한 베일을 쓴 그녀가 볼에 진한 살굿빛 홍조를 올린다. 이건 진짜 급한 거다. 진짜 당황스럽거나.

"이러다 나 진짜 식장 들어가야 할 수도 있잖아요!"

그녀는 진저리를 치며 어디든 도망갈 곳을 찾아야 한다는 듯 드레스를 끌고서 이리저리 빈틈을 찾고 있었다.

"어떻게 저놈이랑 식장에 들어가, 윤경훈이랑!"

창문을 열고 뛰어내릴까. 그럼 도망갈 수 있을까. 그런 극단적인 생각까지 하고 있을 때, 어느덧 홀에선 곧 식이 시작될 거라는 사회자의 멘트가 울려 퍼졌다. 그야말로 심장이 철렁 내려앉는 소리였다.

이때, 닫힌 문이 덜커덩- 열리면서 엊그제 입사한 신입, 다람이 들어왔다.

"신부님, 입장하실 시간입니다."

오늘 다람에게 주어진 업무는 그리 어렵지 않았다. 입장 안내만 도와주면 되는 거였는데…….

"안 돼요! 나 절대, 식장 못 들어가요!"

이럴 수가. 너무나도 예쁘신 신부님이 눈을 부릅뜨고 입장을 못하겠다며 입에 거품을 무신다.

"네에에? 대체 왜요?"

그 시각 지혁은 이층 영상실에서 귀빈들이 홀에 착석하는 걸 지켜보고 있었다.

"이번 식에 걸린 게 몇백억입니다. 오늘 실수하면 대대손손 그 돈 갚아 내세요."

무전에 울려 퍼지는 지혁의 살벌한 목소리에 직원들의 걸음걸이가 달라졌다. 절대로 문제가 있어서는 안 될 오늘의 예식. 그러나 그의 본심은 다른 말을 하고 있었다.

'……그 여자, 결혼 안 했음 좋겠다.'

그런데 바로 이때, 무전에서 이상한 소리가 들렸다.

"어쩌죠? 신부님이 입장을 안 하시겠대요. 절대로요!"

뭐어어어? 입장을 안 해?

무전을 들은 지혁은 바로 일층으로 내려가 아까 그 신부 대기실로 달려갔다.

문을 열어 보니, 어떻게든 입장을 시키려는 다람과 안간힘을 쓰며 버티고 있는 새아 사이에 한바탕 실랑이가 벌어지고 있었다.

"뭐 하세요? 신부님!"

"나 입장시킬 생각이면 관둬요. 나! 절대 안 들어가요!"

"결혼식에서 신부가 왜요?"

조금 전까지 '오, 나의 여신님'이었던 그녀의 입에서 의외의 거친 말이 흘러나왔다.

"저런 정신 나간 놈이랑 미쳤다고 결혼을 해요?"

띵─ 잠시 버퍼링이 왔지만, 지혁은 빠르게 정신을 차렸다.

"신부님, 지금 밖에 하객 오백 명 와 있어요."

그리고 완전 귀한 마카오 손님들도요.

"어쩌라고요?"

"그러니까 어서 일어나요. 시집 안 갈 거예요?"

"안 가요! 나 집에 갈래요. 놔 줘요."

"에헤이, 미쳤어요? 아, 빨리 일어나요."

그렇게 실랑이를 하다 보니, 이상하다. 내가 왜 조금 전에 반한 여자한테 얼른 결혼하라고 떠밀고 있지?

어느덧 홀에서는 '신랑 입장'이라는 우렁찬 소리가 들려왔다. 식이 시작해 버린 것이다.

"아우, 여기서 입장 안 하면!"

"……!"

"나랑 사귀는 거로 알아요!"

하도 고집을 피우니 그냥 던져 본 말인데,

"그러죠, 그럼!"

이 신부는 정말로 결혼이 하기 싫었는지, 냉큼 오케이를 한다.

뭐야, 이 여자?!

오히려 벙벙해진 건 지혁 쪽. 바로 그사이, 홀에서는 "신부 입장!"이라는 우렁찬 목소리가 흘러나왔다. 이에 모두의 얼굴이 하얗게 질린 가운데…….

바로 이때, 문을 박차고서

"헉헉, 저 왔어요!"

한 여자가 뛰어 들어왔다. 또 다른 신부였다. 새하얀 웨딩드레스를 입은.

이거 뭐지? 왜 결혼식에 신부가 둘이지?

지혁은 말 그대로 스톱모션이 되어 버리고 말았다. 웨딩홀 오너이긴 하나, 웨딩홀에서 왜 이런 상황이 벌어지는지는 꿈에도 알수가 없었다.

대한민국이…… 일부다처제였던가?

"신부님, 왜 지금 오셨어요?"

내내 죽상을 하고 있던 새아의 표정이 구세주를 만난 듯 확 펴진다.

"헉헉헉, 학동 사거리부터 사고 나서, 여까지 뛰어왔어요."

고작해야 스물셋, 넷 되어 보이는 이 어린 신부의 거친 숨결은 도무지 진정될 줄을 모른다.

"자, 신부님. 일단 숨 크게 고르시고, 아버님 손 잡고 걸어갈 땐 살짝 엎듯이만 하고 천천히 걸어요. 주례 들을 땐 선생님 얼굴 보지 말고 넥타이 보고요. 알았죠? 긴장하셨다. 이— 하세요. 입은 다물고, 이 정도만 웃어요."

새아는 재빠르게 어린 신부의 매무새를 다듬어 주며 말했다.

"뭐야? 왜 신부가 입장을 안 해."

"도망간 거 아니야?"

신부가 등장하지 않는 홀에서 하객들이 잔뜩 술렁이고 있는 가운데…….

"자! 드디어 신부님의 준비가 모두 끝났다고 합니다. 신부 입짜 아앙!"

드디어 진짜 신부가 등장했다. 윤경훈의 어린 신부, 조예니가.

닫히는 신부 대기실 문 틈새로 이를 지켜보던 새아가 드디어 안도의 한숨을 훅 내뱉었다. 곧 이어진 건 짜증이었지만.

“아놔, 내가 식장 들어가는 줄.”

허나, 지혁은 여전히 혼란스러운 표정이다.

아직 대한민국은 일부일처제 맞지? 한 결혼식에 두 여자랑 결혼하는 거 아니지?

그 와중에 반가운 소식은 이거다.

“오늘 결혼 안 해요?”

새아는 지혁의 그 희망찬 목소리를 뒤로하고서, 터덜터덜 드레스를 끌고 커튼 뒤로 들어갔다.

“거기 말 많으신 직원분, 드레스 좀 벗게 나가 주실래요?”

그런데 문제가 발생했다. 혼자서 드레스를 벗으려고 낑낑대 보니 등 지퍼가 어디에 끼인 듯 내려가질 않았다. 부끄럽고 민망하지만 어쩔 수 있으랴. 나가려는 저 남자를 붙잡는 수밖에.

“저기요?”

“네?”

새아의 부름에 지혁이 뒤를 돌아본다.

아까는 경황 중이라 몰랐는데, 찬찬히 보니 그는 진짜 대박 잘생긴 남자였다. 훤칠하게 큰 키에 조각조각 섬세하게 배치된 이목구비, 진한 눈썹에서 오는 카리스마와 왠지 모르게 풍기는 고급스러운 귀티.

이 웨딩홀에서 일하는 높은 사람인가?

그러신 분에게 이런 부탁하기 굉장히 뻘쭘시러웠지만, 그래도 방법이 없었다.

"저기, 죄송한데, 지퍼 좀 내려 주시겠어요? 이게 안 내려가서."

"아, 네."

지혁은 살짝 어색하게 그녀의 등 뒤로 다가왔다.

꿀꺽- 정신을 차려 보니 눈앞에 있는 건 이 정체 모를 여자의 새하얀 어깨였다. 그녀는 한 손으로 드레스 앞섶을 잡고 다른 한 손으로는 긴 머리칼을 위로 들어 올리고 있었다. 살짝 흘러내리는 잔머리에 절로 침이 꿀꺽 넘어간다. 게다가 여리게 드러난 이 목선까지.

손을 올리자 지퍼가 오 센티미터 쑥 내려갔다. 이것 또한 예상치 못한 상황이었다. 첫눈에 반한 여자의 옷을, 이렇게 광속으로 벗기게 될 줄이야. 손끝에 그녀의 뜨끈한 체온이 느껴진다. 그녀의 살결에서 솜사탕같이 달달한 향이 물씬 풍겼다. 그런데 십 센티미터를 쭉 내려가던 지퍼가 어딘가에 끼인 듯 도저히 내려가지 않는다. 지혁은 지퍼를 내리려 은근 용을 쓰며, 아무렇지 않은 듯 슬쩍 물어보았다.

"근데 진짜 정체가 뭐예요? 왜 남의 신부를 대신해 주고 있어요?"

"저요?"

그녀는 살짝 고개를 왼쪽으로 돌렸다.

"이 결혼식의…… 웨딩 플래너?"

웨딩 플래너라면, 신부가 늦어서 대기실이 비어 있자 드레스를 입고 신부인 척 실루엣을 비춰 줬단 얘긴가.

"그래서 그렇게 안 들어가겠다고 버틴 거예요?"

"하필 저 신랑이 제 전 남친이거든요."

그럼, 이 여잔 지금껏 전 남친의 결혼 준비를 해 준 거야? ……
대체 어떤 사연으로?

"아, 나 같음 이것저것 물어볼 시간에 힘 좀 줘 보겠다."

끄으응, 이게 힘으로 될 일은 아닌 것 같은데. 그래도 뭔가 남
자다운 모습을 보여야 할 거 같아 헬스장에서 바벨 들던 체력을
지퍼에 쏟는 찰나……!

갑자기 문제의 지퍼가 화아악- 내려갔다. 이건, 속옷이 필요
없게끔 패드가 내장된 드레스였다.

그렇게 부지불식간에 그녀의 뽀얀 등이 완전히 노출된 가운데
드레스가 내려가는 걸 붙잡겠다고 지혁이 두 손을 뻗어 잡은 곳은
다름 아닌…….

"꺄아아아아아!"

그녀의 양 겨드랑이였다.

$$2$$

전 남친 결혼식의
웨딩 플래너

지금으로부터 다섯 달 전, 소울 웨딩 플랜.

새아는 그야말로 빅엿을 먹었다. 로비에선 익숙한 얼굴의 신랑, 신부가 그녀의 상담을 받기 위해 기다리고 있었다.

"윤경훈, 니가 어떻게 이럴 수 있니."

그녀의 어이없는 중얼거림에, 옆에 서 있던 기다란 훈남이 답한다.

"심지어 이새아 플래너 지정 상담이란다."

그녀의 오피스 절친, 남자 웨딩 플래너인 진유준 실장이다.

"와, 나 오늘 뚝배기 깨?"

나랑 헤어진 지 두 달 만에 결혼을 해? 근데 그 여자를 데리고 나한테 찾아와? 나보고 결혼 준비를 해 달라고?

"어머, 플래너 언니! 블로그에서 봤어요. 되게 이쁘시다."

끽해야 대학교 졸업반쯤 되었을 법한 아가씨가 아는 체를 한다.

너라면 나도 알지. 윤경훈네 쇼핑몰 모델 아니야.

새아는 얼굴에 열감이 확 퍼지는 걸 내색하지 않고서, 빵끗 큐빅 미소를 지었다.

"아, 커피 갖다드려야지. 신랑님, 커피가 무거운데 좀 도와주시겠어요?"

새아는 탕비실에 따라 들어온 경훈을 헥토파스칼킥에 초크슬램으로 바닥에 내리꽂고 싶은 걸 꾹 참아 내고, 정강이 정도를 빡 차 버렸다.

"야, 이 또라이 구라이 새끼야. 너 나랑 헤어진 게 두 달 전이거든?"

바람 나서 나를 차 놓고 두 달 만에 결혼할 여자를 데려온 이 인면수심의 개호로나비는 아직 죄책감이란 게 없나 보다.

"안 겹쳤거든? 예니랑 자자마자 너한테 헤어지자고 했어. 내가 할 도리는……."

얼빠진 새아의 턱이 곧 가슴으로 떨어질 듯했다.

"근데, 뭐? 나보고 너희들 결혼식을 맡아 달라고? 와, 이런 상종 못 할 것을 봤나. 뼛속까지 때려 버릴라."

그야말로 기가 막히고 코가 막혀 말이 안 나올 지경이다.

"아니, 나도 기가 막힌 게, 결혼식에 로망 있으면 말해 보래. 내가 그런 게 어딨어. 일단 너한테 들은 대로 말했더니 걔가 검색해서 찾아낸 거야. 그거 그대로 해 줄 플래너 찾았다고. 생각해 보니 이것도 인연이라면 인연이다 싶은 거야. 어떻게 너를 찾아내냐?"

"그러니까, 내 로망의 결혼식 플랜을 지금 너희한테 해 달라고?"

"새아야, 우리 딱 한 번만 맡아 주면 안 될까?"

경훈은 거의 무릎이라도 꿇을 기세였다. 미친 것.

"도랏?"

"쟤가 순하게 생겼는데 오소리처럼 앙칼진 구석이 있어."

"열 살 어린 오소리 새끼면 물려도 한번 키워 보겠다."

"너랑 나랑 이상한 낌새 보이면 바로 물고 뜯고 씹을 애야."

"그러니까 그런 기회를 안 만들겠다고. 여자의 촉? 그거 무시 못 해. 우리 둘 사귀었다는 거 금방 눈치챌걸?"

이에 정훈은 아예 적반하장으로 나오기 시작했다. 돌은 것.

"그래서 거절할 거야? 너 거절 못 하잖아. 밀당도 못하고."

"내가 예스걸이라서 구 남친 결혼식까지 예스할 거다? 내가 밀당 고자라서 저 오소리 여우 같은 년한테도 '예예' 할 거다?"

내 아무리 청담동 호구 플래너로 유명하다지만 너는 내가 그렇게 속알머리 배알머리가 없어 보이니?

"너 결혼식 전에 장례식 먼저 치르고 싶구나? 축의금 대신 부의금 걷게 해 줘? 관뚜껑 못질 소리 귀에다가 때려 박아 줘?"

"그럼 해 보든가! 거절!"

"하! 내가 못 할 줄 알고?!"

후우. 새아는 크게 심호흡을 하고 다시 큐빅 미소를 지은 채 예니에게 다가갔다.

"신부님, 어쩌죠. 말씀 주신 그날로는 제가 스케줄이 도저히 안 돼서요. 이미 다른 신부님들로 꽉 찼어요."

"정말요?"

"음, 다른 데 가시거나 혹시 저기 보이는 진유준 실장님이 맡으면 어떨까요? 남자 플래너인데 여자 플래너보다 더 커뮤니케이션이 좋아요."

"언니는 언제 시간 되는데요? 언니랑 꼭 하고 싶어요."

"이번 시즌은 벌써 꽉 찼어요. 예식이 워낙 많아서."

"그래서 되시는 날짜가 언젠데요?"

예니는 아예 새아가 보던 태블릿PC를 빼앗아 보며 말했다.

"혹시 이날 되세요? 오? 되나 보다. 비어 있어!"

순간, 새아의 얼굴에 핏기가 사라졌다.

"그날은! 명절 시작하는 날이라 아무도 식 안 잡아요. 하객들 다 지방 내려가는데."

"잠시만요."

예니는 뒤로 쪼르르 빠지더니 누군가와 통화를 하기 시작했다.

새아는 '저년 좀 말려 봐.' 경훈에게 급박한 눈치를 보냈지만……

"언니 되는 날짜로 옮겼어요."

돌아온 건 청천벽력같은 소리였다. 새아가 플래너 인생 처음으로 해 본 거절이란 게 예니에게는 밀당으로 먹혔나 보다.

아흑, 이게 왜 되랄 땐 안 되고 이럴 때 먹혀.

"아, 아니, 신부님. 택일이라는 게? 그렇게 맘대로 하는 게 아니에요. 양가 집안과 두 분께 맞는 날짜로 신중하게."

"어차피 신부 쪽에서 정하는 거잖아요."

"그래도 명절 끼고 잡으면 하객도 불편하고 친척분들도 그렇고 결혼기념일도……."

"어차피 추석 날짜는 매년 바뀌잖아요. 해 주실 거죠, 언니?"

어버버. 새아는 더 이상 거절할 논거를 잃었다. 되죠? 되죠? 하며 좋다고 박수 치는 예니와 이에 호응하는 경훈.

그렇게 새아는 결혼식에서의 모든 로망을 예니가 해치워 나가는 걸 하나하나 바라볼 수밖에 없었다. 드레스, 식장, 부케, 반지, 그 모든 예쁜 것들을.

"으아아, 내가 그 새퀴 결혼식에 어떻게 가니."

새아는 준비 기간 내내 머리를 쥐어뜯으며 괴로워했지만 결국 그녀는 이 식장에 오고 말았다. 눈 밑까지 마스크를 쓰고서.

"야, 저기 경훈이 전 여친 아니야?"

"누구, 웨딩 플래너한다는? 에이, 설마 전 남친 결혼식을 맡았겠냐?"

"그치. 벨도 없이, 설마."

으으으, 이 기구한 팔자는 대체 누굴 탓해야 하는 거니. 밀당 못 하고 거절 못 하는 나년을 탓해야지, 누굴 탓하니. 나는 왜 쓸데없이 착하기까지 해서 이 수모를 겪니.

허나, 재앙은 거기서 끝이 아니었다.

"뭐어어어? 사고?"

턱시도를 입은 경훈이 전화를 받으며 경악했다. 학동 사거리에서 사고가 나서 예니가 빼도 박도 못하고 갇혀 있다는 것이었다.

신부 대기실이 비어 있자, 하객들이 술렁거리기 시작했다.

"뭐야, 왜 신부가 없어?"

"혹시 신부 도망간 거 아니야?"

초조해진 경훈은 웨딩 플래너인 새아에게 그야말로 천인공노할 부탁을 하기에 이르렀다.

"뭐어어어? 대리 신부?"

로안의 드레스실, 새아는 귀를 의심했다.

"별거 없고 그냥 대기실에서 드레스 입고 어른어른 실루엣만 비춰 줘. 사람들 안심하게. 절대 얼굴은 보여 주지 말고."

"나는 지금 내가 여기 있다는 것만으로도 속이 부글부글 빠글빠글 끓는 사람이야. 솔직히 말해. 오늘 이거 결혼식 아니지? 대환장 파티지?"

"아니, 웨딩 플래너라면 원활한 식을 위해 뭐든 할 수 있는 거 아냐?"

"뭐어어?"

"너 프로병 있는 줄 알았는데, 치유됐니?"

"아우, 그래도 이건 아니잖아. 사람이 할 짓이 있고 못 할 짓이 있지."

"예니, 걔가 힐 신고도 엄청 잘 뛰어. 진짜 좀만 있으면 된다니까? 신부 대기실에서 드레스 자락만 비춰 줘. 응?"

"아우, 싫어!"

"조금만, 한 이십 분 정도만. 응? 아우, 제발. 어? 제발. 너 잔금 받아야지. 응?"

"아아아악!"

결국 새아는 드레스 이모님의 손길에 급하지만 아리따운 신부로 재탄생했다. 흘러내리듯 대충 반묶음한 헤어에 급히 바른 립글로스. 웨딩홀에서 남아도는 드레스를 입고도…… 그녀는 아름다웠다. 거울에 비친 게 내가 맞나, 의심될 정도로.

그녀는 더욱 서러워졌다.

이건, 너무 심하게 예쁜 거 아니야? 왜 짱나게 나년은 예쁘고 지랄이지?

난생처음 드레스를 입는 순간이 이럴 줄은 진정 상상도 못 했다. 내 생애 최고의 아름다운 순간이, 전 남친 대리 신부 뛸 때라니.

몰려오는 자괴감. 자기도 모르게 차가워진 표정.

그렇게 그녀가 드레스실에서 신부 대기실로 이동하던 그 순간. 바로 그 찰나에, 두 남자가 그녀에게 반했다. 성진 건설 상무 권지혁과 파아앙- 그녀를 향해 플래시를 터트렸던 사진작가 조예찬이.

정신을 차렸을 땐, 새아의 움츠러든 맨 겨드랑이에 지혁의 양손이 껴 있었다.

"꺄아아아아!"

급작스러운 지혁의 겨드랑이 습격에 새아는 돌고래 비명을 질렀고, 이에 더욱 놀란 지혁은 손을 빼려 했지만 새아가 더더욱 몸을 움츠러서 손이 빠지지 않았다.

어떻게든 빼 보려고 손끝을 꿈틀대자 새아의 비명은 더욱 높아졌다. 이 와중에 드레스는 벗겨지려 하고 있고, 그러다가 지혁이 드레스 자락을 밟아 드레스는 더더욱 내려갈 위기에 처했다.

이 쉐끼가 지퍼를 내려 달라 그랬더니, 어디서 꿈틀이야?!

"꺄아아아아!"

세상엔 간지러움을 너무 많이 탄 나머지 겨드랑이를 터치하면 절로 폭력이 나가 버리는 사람이 있다. 힘겹게 드레스 앞섶을 부여잡은 새아는 지혁의 명치에 바로 어퍼컷을 날렸고, 그 일격에 지혁은 어느새 저 멀리 나가떨어지고 말았다.

여자에게 이렇게 명치를 세게 맞아 본 건 처음이었다. 이렇게 우스꽝스러운 자태로 수트핏을 구겨 본 것도 처음이었고.

"나가, 이 변태야야아아아!"

이렇게 변태 취급을 받아 본 것도 처음이었다. 그렇게 구겨져 있는 와중에도 억울한 건 억울한 거였다.

"일부러 그런 것도 아닌데, 변태 취급은 좀 아니지 않나?"

돌아온 것은 새아의 대찬 포효.

"나가아아아! 당장 안 나가?!"

숨은 커튼 사이로 하이힐이 날아오자 지혁은 고개를 숙여 이를 피하며 문밖으로 나갔다. 조금 모양 빠지게.

다시 각을 잡고 서서 매무새를 다듬어 보았지만 아무리 생각해도 이건 억울하기만 했다. 첫눈에 반한 여자한테 이렇게 개변태 상변태로 몰리다니.

원치는 않았지만, 양손 끝에는 아직도 그녀의 온기가 남아 있었다. 원치 않게 닿은 그녀의 속살은 지나치게 보송하고 부드럽고 따뜻하고 말캉했지만, 너무 변태 같으니까 이 느낌은 굳이 간직하지 않기로 한다.

'콜록콜록-'

지혁은 이층 영상실로 올라가 식장을 내려다보았다. 거기에선 어느새 정장으로 탈의한 그녀가 예식의 진행을 돕고 있었다.

웨딩 플래너라고 했다. 전 남친 결혼식의 웨딩 플래너라.

지혁은 도저히 그녀에게서 눈을 뗄 수가 없었다.

'파아앙-'

갈색 머리에 가느다란 손가락, 따스한 눈빛을 가진 남자가 셔터를 눌렀다.

"저기, 예찬아? 결혼식에선 신부를 찍어야지?"

커다란 플래시를 들고 있던 승휴가 예찬에게 눈치를 줬다.

식은 진행되고 있는데 예찬의 카메라는 오늘의 신부 예니가 아닌 저 구석에서 예식 사항을 정리하고 있는 새아에게로 향하고 있었다.

'웨딩 플래너였구나.'

저 여자분, 아까 분명 새하얀 웨딩드레스를 입고 있었다.

'왜 예니 결혼식에 딴 사람이 와 있지?' 하는 의문이 들 새도 없이 예찬은 그녀에게 제대로 반해 버렸다. 세상에 그렇게 아름다운 피사체는 처음이었다. 전설 속 엘프인가. 이세계에서 튀쳐나온 여신인가.

다행인 건 그 모습을 사진으로 찍어 놨다는 것. 신기루처럼 사라진 그녀의 모습이 환상이 아니었다는 것. 여전히 예찬은 그녀에게서 눈을 뗄 수가 없었다. 신기한 건 드레스를 벗었는데도 더 예뻐 보인다는 것. 지금 마스크를 써서 눈만 보이는 데도 더 아름답다는 것.

"저기 조예찬 아니야?"

그를 알아본 몇몇의 하객이 수군거리기 시작했다.

"설마, 조예찬이 무슨 웨딩 사진을 찍어."

그것도 맞는 말이었다. 그는 한국보다 북미권에서 더 유명한 사진작가였다. 이미 세계적으로 유명해진 다음에 서울 전시를 했기에 한국에선 뒤늦게 그를 추앙하기 바빴다. 한국을 대표하는 사진 작가라고, 자랑스러운 코리안이라고.

"조예찬, 조예니. 친척인가?"

그런 그가 일일 웨딩 찍사로 나서게 된 건 사촌 동생 예니가 하도 떼를 쓰고 고집을 부려서였다. 어렸을 때 봐 왔던 예니의 소중한 순간을 담아 주는 것도 의미 있는 것 같아서 런던 전시 참석 일정도 미루고 왔는데, 여기서 셔터 사이렌을 듣게 될 줄은 상상도 못 했다.

찰칵찰칵찰칵−

초점이 저절로 맞춰지고 셔터가 자동으로 눌러진다. 이건 운명의 촉이 신호를 보내는 거다. '이 여자다.' 하고서.

식장 저 멀리 선 새아를 보면서 예찬은 자신의 감이 확신이 되는 걸 느꼈다.

그의 나이 삼십 대 중반. 혼기가 꽉 찬 나이. 이제 그는 장가를 가고 싶었다. 웬만하면 한국에서 한국 여자랑.

예찬은 자신의 촉을 믿어보기로 했다.

'그래, 이 여자다.'

그의 얼굴에 커피 향처럼 달큰한 미소가 사르르 번졌다.

어느덧 예식이 끝나고 하객들과 사진을 찍는 시간.

새아는 자길 알아보는 사람이 있을까 싶어 멀찍이 물러서 있었다. 바로 그때,

"저기, 플래너님."

윤경훈이 그녀를 불렀다.

"오늘 고생하셨는데, 같이 찍으시죠?"

저 새끼가 미쳤나.

마스크 속 새아의 표정이 단숨에 썩어 들어갔다. 새아는 눈으로만 웃으며 나는 괜찮다고, 어서 찍으시라는 손짓을 했다.

"그러지 말고 같이 찍어요, 플래너 언니."

이젠 예니마저 새아를 부른다.

"맞잖아, 저 여자. 이새아 플래너."

"어? 그러네?"

그 말에 친구들의 의심이 확신으로 바뀌었다.

"그럼 진짜 경훈이 전 여친이 결혼 준비를 해 준 거야?"

문제는, 그 말을 너무 큰 소리로 했다는 것. 여기 앞에 선 신부 예니의 귀에까지 들리도록.

"뭐라고요?"

생각지도 못한 소리에 예니가 서서히 뒤를 돌아보았다. 식장엔 삽시간에 으스스한 냉기가 퍼졌다. 그야말로 갑분싸. 하객들은 모두 얼음이 되어 버리고 말았다. 하객들 사진을 찍으려던 예찬도, 귀빈들을 모시려고 일층으로 내려온 지혁도, 이 얘기를 듣고 말았다.

'전 여친이 결혼 준비?'

모두의 시선이 새아에게로 향하는 지금 이 순간, 그녀는 차라리 모든 걸 내려놓기로 했다.

하아, 결국 이렇게 들키는구나. 내 언젠간 들킬 줄 알았지.

새아는 오히려 마스크를 벗고서 쿨하게 돌아섰다.

"신부님! 잔금은 계좌이체!"

순간, 예니는 맹수 오소리 같은 눈빛으로 경훈을 살벌하게 쏘아보았다.

"뭐? 전 여친? 플래너 언니가 전 여친?"

"예, 예니야. 그게 그러니까 어떻게 된 거냐면…….."

"왜 그걸 지금까지 말 안 했어?"

"말했으면 어떻게 됐겠니."

"와, 그걸 왜 나한테 물어. 이거 진짜 미친놈 아니야? 야, 야, 너 정신 나갔어?"

"신부님, 부케로 신랑님 치시면 안 됩니다."

승휴를 비롯한 하객들이 성난 예니를 말려 보았지만, 이미 그녀는 꼬리 잘린 오소리처럼 폭주하고 있었다.

"이 손이 지금 어디서 나대? 안 내려?"

부케의 꽃망울이 폭탄의 파편처럼 사방으로 튀어대고, 이를 말리던 하객들이 우당탕탕 넘어지고 무너지면서, 찰칵찰칵, 예찬의 하객 사진에는 지금껏 전례가 없던 아수라장이 담겼다.

"오빠! 지금 뭐 재밌다고 찍어?"

"어? 아냐. 지금 생동감 있고 그림 좋다."

이 와중에도 예찬의 시선은 식장을 떠나는 새아를 향해 있었다.

지금 당장, 떠나는 그녀를…… 붙잡고 싶었다.

♪♪

"오늘 너무 멋진 행사였습니다. 로안이 성진 건설의 자회사라고 요? 새로 짓는 리조트의 클럽하우스에도 이런 분위기를 내고 싶 은데, 가능하십니까?"

뭐라 뭐라 이어지는 긴 외국어. 허나 지금 지혁의 시선은 로안 을 떠나고 있는 새아에게로 꽂혀 있었다.

강 비서는 그런 지혁의 옆구리를 티 안 나게 쿡 찔렀다.

"권 상무님?"

이에 살짝 멍해 있던 지혁이 정신을 차리고서 답했다.

"아쉽게도, 그건 안 되겠네요."

"……!"

"이번 주 내로 계약서 작성이 되지 않으면."

그의 배짱에 마카오 귀빈들의 표정이 묘하게 변해 갈 때 지혁은 문득 더없이 편안한 미소를 띠면서 말했다.

"나머지 조율 사항은 최대한 반아드리겠습니다."

그제야 귀빈들의 얼굴에 함박웃음이 터졌다. 지혁은 그들을 호 텔로 잘 모시라고 지시한 뒤 바로 밖으로 뛰어나갔다.

저 멀리 석양 아래, 터덜터덜 걸어가고 있는 새아의 실루엣이 키다리처럼 뻗어 있었다. 절대 망설여서는 안 될 순간이다. 저 여자를 붙잡을 순간. 이제 평정을 되찾은 밀당의 요정이 제대로 활약할 시점이기도 했다.

"저기요!"

지혁은 가는 새아를 돌려세웠다.

'헉! 뭐야?'

새아는 지혁를 보자마자 제 겨드랑이부터 감추었다.

이 새끼, 아까 그 상변태 아니야? 왜 여기까지 따라와서 아는 척이야?

새아의 눈썹이 크게 휘어지고 있는 그때, 지혁은 여유로운 목소리로 말했다.

"이새아 씨구나."

아까 식장에서 들은 이름이었다. 웨딩 플래너, 이새아.

"내 여자친구 이름이."

네에에에? 뭐라고요?

새아는 기함했다.

지혁은 매력 철철 심멋 미소를 씨익 띠며 그녀에게 말했다.

"기억 안 나요? 결혼식에 입장 안 하면, 나랑 사귈 거라는 말?"

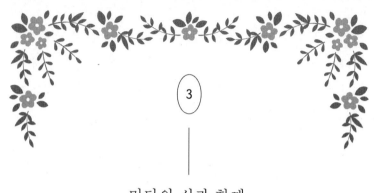

3

밀당의 신과 함께,
인과 연

"기억 안 나요? 결혼식에 입장 안 하면, 나랑 사귈 거라는 말?"

네에에에?!

새아의 벌어진 입은 다물어질 줄을 몰랐다. 아까 뭐 비슷한 소리를 하기는 했다. 이 남자가 하도 식장으로 보내려고 하길래 '그러죠, 뭐.' 그랬던 것 같긴 한데. 여친이라니, 사귄다니. 이게 또 무슨 미친 개소리인가.

"······근데 내 이름은 어떻게 알았어요?"

"하객들이 다들 수군대던데요."

순간, 수치심에 얼굴이 다 화끈거렸다.

아우, 내가 이 결혼식에 오는 게 아니었는데.

"지금 기분 아주 더럽죠? 전 남친 결혼식에 대리 신부도 뛰고. 이게 대체 무슨 일이야?"

"웨딩홀 직원분께서 참견과 농담이 지나치시네요."

"직원? 아."

지혁은 품에서 명함을 꺼내어 그녀에게 건넸다.

"안녕하세요. 로안의 모회사인 성진 건설 상무, 권지혁입니다."

상무우우?

새아는 잔뜩 의심스럽다는 표정으로 그 명함을 받아 들었다.

"뭐, 로안에도 지분이 있으니, 여기 임원이기도 하네요."

아, 그러세요. 그러시구나. 그런데 왜 날?

"아까 보니까 플래너님 예식 진행이 너무 매끄럽더라고요. 로안 계약한 신랑, 신부 중에서 플래너 없으신 분들, 소개해 줘도 될까요?"

"정말요?"

"아, 근데 로안이면 식장으론 대한민국에서 최고가 견적 내신 분들인데, 아무나 소개하긴 좀."

"제가 이 바닥에서 아무나는 아니어서요."

얼떨결에 나와 버렸다. 웨딩 플래너로서의 이 프로부심.

"그럼 이제부터 알아야겠네요."

"당근이죠."

"서로."

하필 그 말이 겹쳐져서 나왔다. '서로'라는 말과 '당근이죠'라는 말이. 마치 서로를 당연히 알아가야 한다는 것처럼 되어 버린 상황.

새아는 바짝 경계를 세웠다.

이 남자 뭐지? 개미지옥도 아니고. 왜 나한테서 이런 말이 자꾸 나오게 하지?

"전 남친이 장가가고, 그 결혼식에서 대리 신부로 뛴 날, 그런 날은 무슨 술이 어울릴까. 꿀꿀한데 막걸리에 파전 어때요?"

"막걸리 잘 못 먹는데, 숙취가 심해서."

"그럼 소맥?"

"차라리 소주가 낫죠."

"오케이, 잘 아는 실내 포차 있는데 거기서 한잔해요."

새아는 다시금 멍해졌다. 내가 어쩌다가 주종을 골랐지?

"아, 근데 어쩌죠. 제가 바빠서요. 다시 사무실 들어가야 해요."

"로안 신부 소개는 필요 없으신가 봐요."

"소주에 파전도 괜찮겠네요."

어쩌다 보니 영업직의 본능이 튀어나와 버렸다. 신부 소개의 기회는 절대 놓치지 않는다는.

"대신 여자친구니 뭐니, 그 말 취소해요. 급한 맘에 아무 말 대잔치 한 거 가지고 농담이 좀 심하신 듯."

"그 말은 오늘 열두 시 넘어가기 전, 자정에 취소할게요."

그 말인즉슨…… 자정까지 나랑 같이 있겠다는 뜻인가?

"뭐 해요. 가요."

그는 청량한 바람이 불어올 것 같은 시원한 미소와 함께 발걸음을 옮겼다. 얼떨결에 이를 따르는 새아의 머리 위엔 커다란 물음표가 떴다.

저 남자, 대체 뭐지? 뭔데 나한테 이렇게 들이대지?

♪♪

살짝 어둑한 분위기의 실내 포차.

지혁은 소주 한 잔을 탁 꺾어 마셨다. 꿀떡 넘기는 그의 목울대가 섹시하게 움직였다.

긴장이…… 안 될 수가 없었다. 내가 어쩌다가 이 남자랑 술을 마시고 있나. 전 남친 장가보낸 인생 최악의 날, 내 겨드랑이를 어택하신 그 민망남과.

새아는 명함을 다시 들여다보면서 물었다.

"근데 어떻게 이렇게 젊은데 상무예요?"

"좔좔 흐르는 귀티와 부티, 보면 몰라요?"

지혁은 자연스럽게 수저를 들었다.

"아아, 금수저시구나."

"재벌 이세 처음 보죠?"

"음, 아니, 처음은 아니다. 우리 신랑 중에 있었어요."

"우리, 신랑, 중에?"

"아, 플래너들 말투가 이래요. 제가 진행했던 신랑님들 중에 있었죠. 귀하신 도련님들."

"그 귀하신 분과 사귀게 된 소감이 어때요?"

"누, 누가 사귀어요?"

새아는 화들짝 놀라며 양손을 말아 쥐었다.

진짜 이 패턴은 뭐지? 신선하긴 신선하다. 정신 차리면 성큼 다가와 있고, 물러난 듯하면 어느새 더 가까이 다가와 있는 남자였다. 이 거리감을 도무지 종잡을 수가 없었다.

"그 말, 자정에 취소한다니까."

"되게 선수시구나?"

"그래 보여요?"

"웨딩 플래너가 관상 딱 보면 알죠."

"음, 나도 관상 좀 볼 줄 아는데."

"……?"

"거절 잘 못하죠? 그러니까 전 남친 결혼 준비를 맡았겠지. 진짜 신부한텐 전에 사귀었단 말도 못 하고."

"제가 좀 그렇게 물러 터졌네요."

새아는 어묵탕을 한심스럽게 푹푹 파면서 말했다.

"하다 하다 대리 신부도 해 주고. 호구도 아니고."

"제가 그래서 인기가 많네요. 다 퍼 주는 호구 플래너로."

"그래도 결혼 준비 끝까지 해 준 거 보면 책임감이 강한가 보다. 완전 프로신 듯?"

쳇, 관상은 이분이 더 잘 보시네.

"병 주고 약 주고. 돈 때문에 한 거예요. 잔금 받아야 하니까."

"약 주는 김에 하나 더. 본인이 되게 예쁜 거 알아요?"

"약을 파시네 아주."

"오늘 드레스 입은 건 진짜 크게 잘못했어요. 신부보다 더 이쁘면 어떡해?"

"허이구 약 빨았어요?"

"아까, 되게 철렁했어요."

"……?!"

"오늘, 시집가 버릴까 봐."

나직하게 울려 퍼지는 목소리, 꽤나 진심 어린 눈빛. 새아는 살짝 당황하며 지혁을 다시 보았다.

이 남자, 왜 이렇게 직진이야?

"사실, 속으론 이렇게 생각하고 있었죠."

"……?"

"이혼하고 나한테 와라."

땡그랑, 새아의 손에서 수저가 떨어졌다. 당황한 티를 감출 수가 없었다.

"……!"

지혁의 말은 진심이었다. 드레스를 입은 그녀를 만나고서 지혁은 진정 억울하고 분했다.

왜 이 여자를 지금 만난 거지. 왜 결혼하기 직전에. 만약 딱 한

번의 기회가 있다면, 그걸 절대 놓치지 않을 텐데. 그 타이밍을 절대 놓치지 않을 텐데.

수백억짜리 건설 건 계약이 걸려 있었지만 이를 뒤로하고 새아를 잡은 건 그럴 수밖에 없던 일이었다. 이 여자를 잡을 수 있는 단 한 번의 기회가 찾아온다면, 절대 놓치지 않기로 했으니까.

"권지혁 씨는 원래 이렇게 아무 여자한테나 들이대요?"

"내가 만났던 여자, 썸 탔던 여자, 알고 있는 여자, 여사친, 선생님, 누나, 여동생, 뭐 누구든 다 통틀어서……."

"……?"

"제일 예쁘세요."

"……!"

이 말 역시 진심이었다. 세상에 대단한 여자 없다고 생각했다. 나를 흔들 수 있을 만큼, 내 모든 걸 홀릴 만큼. 그래서 만인의 연인처럼 연애했고, 플랫폼에서 기차 타듯 휑하니 헤어졌다.

오만이었다. 지금껏 당신을 만나지 못했기에, 그런 멍청한 연애를 했을 뿐이었다.

"거, 거짓말."

"진짜 진심으로."

"……."

"예쁘단 말, 부담스러우면 취소할까요?"

그녀의 얼굴에 다시 당황의 빛이 어렸다.

"아, 아뇨. 그럴 필요까진."

"그럼, 그렇게 쭉 예쁘신 거로."

속이 타는 듯, 새아는 소주잔으로 손을 뻗었다.

"오늘 시집 안 가서 고마워요."

"콜록콜록"

확실한 건 이거였다. 예쁘단 말을 자주 듣는 여잔 아니다. 낯설어할 것 같다. 부담스러워할 수도 있다. 이렇게 자꾸 예쁘다고 해주는 남자를.

그래도, 지금 그녀의 모습은 '예쁘다' 혹은 '아름답다'는 단어 말고 다른 수식어를 찾기 어려웠다. 볼에 진한 살굿빛 홍조를 띄우고서, 긴장하면서도, 침착하기 위해 입술을 살짝 무는 이 여자.

지혁의 확신은 점점 더 강해졌다.

"야, 권 상무야. 세련이네 회사 땅은 어쩔 거야?"

지혁은 잠시 밖에서 강 비서와 통화하고 있었다.

"아버지한테 말씀드려. 전 회장님이랑 친하셔. 그쪽 원하는 거들어주면 그 땅 내주실 거야. 마카오 쪽은 뭐래. 한다 그러지?"

상후는 잠시 머뭇거리다 답했다.

"한대. 우리만 정리되면 돼."

결국 밀당이란 게 권지혁의 뜻대로 되어 버리고 말았다.

아유, 괜히 약 오르네.

"예쓰, 내가 뭐랬어. 넘어온댔잖아. 내 밀당이 언제 안 먹히는 거 봤어?"

"그러다 밀당이 네 눈탱이 쏘는 수가 있다. 이 요망진 것아."

뚜뚜- 어느덧 끊긴 전화기에 상후는 소심한 저주를 퍼부었다.

"아, 이 새끼, 그렇게 밀당하다가 한번 여자 치맛자락 잡고서 엉엉 울 때 됐는데. 술 퍼마시고 뒹굴면서 후회와 참회로 제 허벅지 찌를 때 됐는데."

어쩌면 이건 예언일지도 몰랐다.

♪♪

"그래서, 그 신랑은 잊었어요?"

통화 좀 하고 오겠다던 지혁이 다시 자리로 쏙- 들어오면서 한 말이었다.

"그럼요. 그런 음쓰봉 같은 남자 간직해서 뭐해요. 얼른 내다 버려야지. 게다가 오늘 내 손으로 장가보냈는데?"

"그럴수록 미련이 더 남을 수도 있지 않나?"

찌질했던 윤경훈의 수많은 과거가 눈앞에 스쳐 지나갔지만 이는 곧 연민으로 대체되었다.

"사실 그 여자애가 불쌍하죠. 스물넷, 그 어린 신부. 걔가 뭘 알고서 시집갔겠어요? 그냥 돈 많다고 하니까. 내가 걔한테 해 줄 말이 많았는데 그거 참느라 아오."

048

플래너로서 차마 할 수 없었던 얘기들이었다. 해 봐야 결혼이 깨지기밖에 더하겠어.

"지난 남자에 미련 없음 새 남잔 어때요?"

아이코, 이 남자. 도무지 틈을 안 준다.

"뭘 바라는 거예요?"

"내가 비집고 들어갈 빈틈이 있나 없나."

"어때 보이는데요?"

"잘 모르겠어요. 철벽녀 같기도 하고."

"제대로 봤어요. 쉬운 여자 맞아요, 나."

"이렇게 빈틈을 주나?"

"댁은 원래 이렇게 쉬워요?"

"나 안 쉬운데. 내가 순정남이라 그럼 믿을 거예요?"

"글쎄요. 결혼할 남자 같진 않은데."

"새아 씨는…… 결혼이 하고 싶어요?"

살짝 장난스러웠다가, 문득 진지해지는 그의 목소리. 이에 둘 사이에 미묘한 기류가 흘렀다.

결혼이라. 민감하고 부담스러운 주제일 것이다. 첫 만남에 이런 얘기를 하는 게.

"나이가 나이인지라."

허나 새아는 정공법을 택했다.

"어려 보이시는데 웬 나이 탓? 연애하면 다 결혼하고 싶어요?"

"이제는?"

내 상황 따위 꽁꽁 감추고 여유로운 척하는 것보다 솔직하게 말하는 게 나을 것 같았다. 난, 이제, 허무한 연애는 하고 싶지 않다고.

"오늘 봤잖아요. 전 남친. 또 애먼 놈 만나서 방황하고 싶겠어요? 헤어진다는 거 이제 지긋지긋해요. 완전 극혐. 목적 없이 연애하다가 흐지부지되는 것도 그렇고, 스쳐 지나갈 인연이면 그냥 스쳐 지나가셨으면 좋겠고."

자잘한 만남 따위 솔직히 지겹다. 대충 던지는 추파라면 일일이 설레고 싶지 않았다. 또 헤어질 사람을 만나, 또 매번 반복되는 연애를 하고, 나 혼자만 결혼이라는 헛꿈을 꾸는 헛짓거리도 하고 싶지 않았다.

"가벼운 마음으로 던진 거면 덤비지 말아요. 그런 거에 완전 너덜너덜해졌거든. 지칠 만큼 지쳤거든."

꺼지란 뜻이다. 당신도 그런 거라면.

"……철벽녀 맞네요."

"완전 반대인데. 본인이 너무 가벼운 마음으로 들이대셨나 보지."

대충 들이댄 거라면, 나를 잡지 말란 뜻이다. 그런 거라면.

"이제는 좀 질퍽한 사랑을 하고 싶어서."

새아는 지혁을 향해 쿨하게 웃으며 가방을 챙기고 일어섰다.

"일어날까요?"

그녀는 먼저 뒤돌아섰다. 스치는 사람이면, 이대로 부디 스쳐 지나가길 바라면서.

　그러나,

　"우리 한강 가서 이차 할래요?"

　지혁은 새아를 쉽게 놓지 않았다.

　어느덧 밤 열 시 반쯤, 지혁과 새아는 편의점에서 간단하게 맥주와 과자를 샀다.

　퍼어엉— 한강 저 건너편에서 화려한 폭죽이 연신 터지고 있었다.

　"오, 저기서 행사하나 봐요."

　둘은 이를 보며 나란히 벤치에 앉았다.

　"아까 말한, 질퍽한 사랑은 뭐예요?"

　불꽃이 그리는 새아의 옆선을 가만히 바라보다가, 지혁이 꺼낸 말이었다.

　"저렇게 불꽃 같은 건가? 한 번에 막 빵빵 터지고?"

　"불꽃으로 시작했는데, 그게 계속 타오르는 거?"

　"그런 게 어딨어."

　"그런 사랑은 안 믿나 보다."

　하늘을 올려다보는 새아의 투명한 동공에 밤하늘의 불꽃이 피었다. 그 눈에 어린 불꽃을 바라보고 또 바라보며, 지혁은 자신의 심장 어딘가가 화학적으로 변하는 느낌을 받았다.

"오늘부터, 믿을 수 있을 것 같기도 하고."

자기도 모르게 나온 말이었다.

"네?"

"내 눈에 오래오래 예쁘실 것 같아서요. 오늘처럼."

오늘의 이 임팩트, 이 느낌은 다시 찾아올 것 같지 않았다. 내가 이렇게까지 변하는 것 역시.

"원래 결혼 생각 같은 거 진짜 없었거든요?"

"그래 보이세요. 한창나이에 어디 매이는 거 싫어할 것 같은데."

"계속 없을 듯? 재벌가 들어오면 머리 아파."

"역시 선수였어. 어딜 감히 썸만 타려고."

"그래도 만나 볼래요? 연애만 해요, 우리."

"……왜요?"

"반해서, 예뻐서."

순간, 새아의 가슴에 커다란 파동이 울렸다. 누가 봐도 거짓말일 것 같은 이 말이, 왜 거짓말 같지가 않지?

"이제는 신중하고 싶은 거 알아요. 아무나 만날 나이도 아니고 사람 만나는데 진지해지는 것도 이해하겠는데, 그래도 한번 믿어 봐요."

"지혁 씨를요?"

"자기감정을."

지혁은 새아의 손을 들어 그녀의 가슴 위로 올려 주었다. 제 심장박동 소리를 들어 보라는 듯.

쿠궁 쿠궁 쿠궁– 숨길 수 없이…… 가슴이 뛰고 있었다. 이 남자에게. 나도 모르는 사이 한 걸음씩 성큼성큼 다가와 거리를 좁히는 이 남자에게. 다신 아무 남자나 쉽게 만나지 않겠어, 단단히 해 놓은 다짐을 모두 허무는 이 남자에게.

"심장은 아는 것 같은데."

지혁은 새아의 손을 들어 제 가슴에 올렸다.

"우리 둘이 좀 끌린다는 거."

쿠궁 쿠궁 쿠궁– 그의 가슴에선…… 새아만큼이나 커다란 심장박동이 뛰고 있었다.

"……!"

"결국, 그게 제일 중요한 거 아닌가."

손끝이 민감해졌다. 온몸에 살짝 미열이 오르는 것도 같았다. 서로의 심장박동 소리를 듣는 이 순간, 그녀는 인정……해야만 했다. 남녀 사이에 숨길 수 없는 급진적인 호감, 저릿한 이끌림 같은 거, 내가 그에게 설렌다는 거. 오늘 처음 만난 그에게.

"아직도 내가 진심 없이, 얄팍하게 구는 것 같아요?"

새아는 그 말에 대답할 수가 없었다.

나에게 첫눈에 반했다는 그 말, 정말 믿어도 될까? 그 아득한 물음에 가만히 눈을 깜빡일 뿐이었다.

걷다가 걷다가 어느새 당도한 새아의 집 앞. 지혁은 그 자리에 멈춰 서서 나직한 목소리로 물었다.

"나 오늘 탈락이에요?"

새아는 살짝 입술을 물다가 자그마한 소리로 답했다.

"그렇진 않구요."

"그럼 뭐예요? 아, 뭐야. 지금 밀당해요?"

"아닌데, 내가 세상에서 제일 못하는 게 밀당인데."

"아닌데, 나 완전 들었다 났다 하고 있는데."

"누가 누굴."

"벌써 자정 다 되어 가네."

"……"

"이제 새아 씨가 나 찰 시간이다. 반나절 동안 진짜 좋았어요. 계속 사귀면 좋겠지만, 약속한 게 있으니까."

그 말에 새아는 고개를 들어 지혁을 빤히 바라보았다.

"뭘 보고만 있어요? 얼른 차요!"

"그럼, 우린 어떻게 되는데요?"

"이대로 돌아서, 다시는 서로 안 보게 되겠죠."

"……"

"기억에도 안 남겠죠? 고작 반나절이니까? 친구로 남는다, 그런 건 없어요. 새아 씨도 새 친구 만들 나인 아니잖아요. 볼 거면

보고, 안 볼 거면 영원히 안 보고."

깔끔하다면 깔끔한 남자였다. 모 아니면 도. 중간은 없었다. 새아가 내려야 할 결론 또한 깔끔해졌다. 이 남자를 더 볼 것인가, 말 것인가.

"아, 찰 거면 빨리 차요. 괜히 희망 고문하지 말고."

안 들었으면 모르겠는데, 이미 들어 버렸다. 내 심장박동 소리와 쿵쿵 울리던 그의 심장박동까지.

나는 이 소리를 외면할 수 있을까. 쿵쿵 심장이 울리는 이 신호를, 이 끌림을, 이 설렘을. 모르는 척, 못 들은 척할 수 있을까.

괜히 겁이 나서, 무서워서, 지난 사랑의 아픔을 반복하고 싶지 않아서, 돌아설 수도 있다. 성큼성큼 내게 다가와 준 당신을 그냥 모르는 사람으로 만들어 버릴 수도 있다. 그런데 이미 다 들켜 버린 것 같아서 거짓말을 할 용기가 나지 않았다. '당신은 너무 치명적이고 매력적이고 달콤해서, 안 될 것 같아요.'라는 그 거짓말을.

새아는 다시 한번 지혁의 가슴 위로 손을 올려 보았다.

'어서 차요.'라고 호기롭게 말한 것과는 달리 그의 가슴 속에선 깊은 울림이 있었다. 왠지 이 울림만은 거짓말을 할 것 같지가 않았다.

"진짜 떠네? 낯설다."

"뭐가요?"

"……새 남자 친구가."

"……!"

충동인 듯 혹은 확신인 듯 부지불식간에 결정은 내려졌고, 또한 부지불식간에 그들의 입술이 포개어졌다.

키스였다. 하마터면 작은 신음을 내뱉을 뻔한 그런 키스.

4

이 남자,
감당하실 수 있겠습니까?

밤 열두 시 반, 새아는 달뜬 표정으로 집에 들어왔다.

그리고 잠시 현관문에 기대어 가쁜 숨을 골랐다. 어안이 벙벙하기도 했고, 뭔가에 홀린 느낌이기도 했다.

신발을 벗고, 창가에 가 보니 아직도 지혁이 그 자리에 서 있었다. 그녀와 키스했던 그 담벼락 앞에.

'아우, 깜짝이야.'

깜짝 놀란 것마저 그에게 들키고 말았다. 눈이 마주친 지혁은 너무나도 선선하고 훈훈한 미소를 지으면서 손을 찬찬히 흔들었다.

멀리서 보면 이런 모습이구나. 모델, 배우라고 해도 믿겠다. 저렇게 맑게 웃으니까 참 좋다. 정말로 나쁜 생각일랑 없어 보인다.

그녀가 얼떨결에 손을 흔들자, 그는 씨익하고 특유의 매력 미소를 남기고서는 골목 저편으로 사라졌다.

'솔직히 디따 멋있네.'

그녀가 자기도 모르게 중얼거린 말이었다.

어? 정신을 차려 보니 한쪽 귀걸이가 사라져 있었다. 이상하다. 아까 한강에서까진 있었던 것 같은데. 혹시 키스하다가? 격해진 그 순간에 툭 떨어졌나? 이에 조금 전, 입술에 닿았던 촉감이 다시 떠올랐다. 생각만 해도 발가락 끝까지 짜릿해지는 느낌이었다.

'꺄아, 나 뭐 한 거야.'

뒤늦게 찾아온 호들갑에 새아는 손발을 말고서 소파에 몸을 던져 등으로 뒹굴었다.

하아아, 아직도 가슴에 둥둥둥 묘한 떨림이 피어오른다. 귓불에서도 둥둥둥 북소리가 울려온다.

말갛게 씻고 누워서도 오늘 갑작스럽게 가까워진 그 남자, 권지혁에 대한 생각이 머릿속에서 떠나지가 않았다.

저 남자 뭐지? 대체 뭐지? 왜 재벌집 남자가 나 좋다고 그러지?

새아는 이불을 귀엽게 뒤집어쓰고 포털 창에 권지혁이라는 이름을 검색했다.

- 재벌가의 남다른 영재! 한국대 졸업에 미 MBA 수료, 성진 그룹 권지혁

－ 성진家 차남 권지혁, 건설사 경영 수업 순항 중

－ 성진 건설 권지혁 상무, 특유의 처세술로 해외 건설 수주에서 놀라운 성과

－ 재벌 이세의 고정관념 탈피! 엄친아 권지혁, 심지어 잘생긴 매력 부자

에에엥? 이 스펙 뭐야, 부담스럽게.

노력형 재벌 이세? 유아인처럼 막 나가는 그런 재벌 이세는 아닌가 보네? 건설 사업으로 우리나라 경제를 이끄신다는 이런 분이 나를 왜? 나한테 왜?

댓글을 보니 우리나라에 이런 미혼 재벌도 있냐면서, 사기캐라면서, 이런 남자 한번 스쳐만 봤으면 좋겠다면서, 다들 수선을 떨고 있었다.

문득, 새아가 집에 들어가기 전 마지막까지 그가 당부하던 목소리가 떠올랐다.

잊지 말라고. 우리 이제 사귀는 거라고.

그 말 진짜일까? 이런 부자남이라면 따라붙는 여자들 많을 텐데. 혹시 나 또한 쉽게 넘어간 그렇고 그런 여자가 되는 건 아닐까? 그런 거면 어떡하지? 왜 이 남잔, 연락이 없지? 지금쯤 집에 들어갔을 텐데. 선톡이 오면 좀 안심이 될 것 같은데. 잠깐, 나 그 남자 번호 모르나? 아참, 명함 받았지. 뭐야, 왜 명함에 번호가 없어! 에이씨! 이게 무슨 명함이얏!

가슴이 둥둥둥 떨려 오는 만큼, 걱정되고 또 불안하다. 그의 나직한 목소리가 다시 한번 귓가에 울려온다.

'내가 만났던 여자, 썸 탔던 여자, 알고 있는 여자, 여사친, 선생님, 누나, 여동생, 뭐 누구든 다 통틀어서…… 제일 예쁘세요.'

잠깐, 이 말이 어떻게 실화일 수가 있어? 그래, 이건 누가 들어도 뻥이잖아? 아아, 내가 너무 성급했어. 너무 쉽게 넘어간 거 같아.

새아는 그렇게 밤새 대체 그 남자 뭘까? 대체 뭘까? 왜 나를 좋다고 하지? 재벌집 남자가 왜? 머리를 쥐어뜯으며 고민을 하다가…….

♪♪

밤을 새웠다고 한다.

새벽에 잠깐 선잠이 들었다가 번쩍 일어나 보니 어느덧 출근할 시간. 그녀는 후다닥 출근 준비를 하면서도 미동 없는 휴대폰을 확- 째려보았다.

번호도 모르면서 무슨 여친. 쳇, 여친 같은 소리 하네. 내가 뭐에 홀렸던 거지. 우으, 들뜨지 말자.

그렇게 급히 하이힐에 발을 구겨 넣고 삐거삐거 어제 그 담벼락 앞을 나서는데……. '빵빵!' 뒤에서 웬 자동차가 경적을 울렸다. 새아는 기겁했다.

혹시? 혹시?

뒤를 돌아보니 푸른 차에 기대어 커피 한 잔을 들고 있던 지혁이 그녀에게로 천천히 다가온다.

"……!"

잠을 못 자 퀭해진 새아와 달리 지혁은 말간 아침 햇살을 뽀샤시한 피부로 튕겨 내며, 모델 뺨치게 끝내주는 워킹을 선보이고 있었다.

커피 한 잔을 건네며 씨익 치명 미소를 짓는 지혁. 덩기덕 쿵더러러— 새아의 날뛴 심장은 갈 곳을 잃었다.

"굿모닝. 타요. 회사 데려다줄게요."

"……걸어갈 수 있는데."

"그럼, 그냥 갑니다."

"그, 그래도 여기까지 오셨는데."

지혁은 젠틀하게 차 문을 열어 새아를 태워 주었다. 그녀는 아직도 모든 게 얼떨떨하기만 했다.

운전석에 탄 지혁이 그녀를 정면으로 바라보면서 말했다.

"아침에 보니 더 예쁘시네요. 여친님."

여—친—님—. 그야말로 심장이 쿵— 하는 한마디였다.

"……우리 진짜 사귀어요? 어제 술 많이 마셔서 막, 헛소리한 거 아니었어요?"

"어제 저 담벼락에서 무슨 일이 있었더라?"

아! 순식간에 새아의 얼굴이 새빨갛게 달아올랐다. 민망해진 그녀는 고개를 숙여 커피 한 모금을 마시고는 다시 소심하게 물었다.

"나 보려고 기다린 거예요?"

"한 한 시간 정도?"

네에에? 무슨 여친 드립이야, 들뜨지 말자, 포기하자, 셀프 세뇌를 하고 있던 바로 그 순간에도 저 남자가 바로 이 자리에 있었다고? 여기서 날 기다리고 있었다고?

"제일 중요한 걸 까먹어서."

지혁은 자신의 휴대폰을 쑥 내밀었다.

'아, 맞다, 그렇지.' 하면서 내숭을 떨었지만 사실 그 번호 하나 때문에 한숨도 못 잔 새아였다.

"와, 이것 땜에 어제 불안해서. 골목 저기쯤 생각났는데 올라가서 초인종 누를 뻔."

"아, 누르지 그랬어요."

"그랬음 진짜 깜짝 놀랐을걸요. 이 남자가 어디까지 가려나 싶어서."

"그래도 잠은 잘 잤겠죠."라고 응수하다가 아차 싶었다.

이러면 내가 너무 없어 보이잖아, 이새아아아.

이 틈을 놓치지 않고 지혁이 묻는다.

"세아 씨, 잘 못 잤어요?"

"아뇨, 잘 잤는데?"

잽싸게 대답했지만 그럴수록 더 뻥 같다. 어제는 그렇게 여신으로 추앙해 주셨는데, 지금은 남자 때문에 잠도 못 자는 다크서클 추녀로 보진 않을까 걱정이다.

으으. 이러니까 내가 허구한 날 밀당의 을이 되지. 이렇게 자꾸 들키면 어쩌란 말이냐.

"나도 잘 못 잤는데. 설레어서."

"……정말요?"

새아는 그렇게 말하는 지혁의 모습을 다소 낯설게 바라보았다.

"이상해. 현실 같지가 않아."

그가 내민 휴대폰을 받으면서 자기도 모르게 툭 튀어나온 말이었다.

"뭐가요?"

"어떻게 나한테 첫눈에 반하지? 그게 제일 수상해."

"그런 남자 없었어요?"

"있었죠. 다 개수작 짓거리였는데."

끄으응.

"나도 그렇게 보여요?"

"그건 아닌데……. 사실 그동안 남자 복이 완전 개똥구리였거든요."

"쇠똥구리 아닌가."

"개똥이든 쇠똥이든 말똥이든 하여튼 그런 거 굴리고 다녔는데, 갑자기 이상하잖아요. 부잣집 남자가 나타나서 반했다 그러고, 막 사귀자 그러고, 여자들 듣기 좋은 소리만 턱턱하고, 데리러 오고."

"그래서, 내가 도금한 통일까 봐 겁나요?"

"……첫눈에 반했다는 거, 거짓말이죠."

이 여자가 아직도 그 말을 안 믿네.

"드레스 입은 거 보니까 완전 여신인 거지."

사실 그 역시 잘 안 믿기는 순간이긴 하다.

"드레스 입어서 이쁜 줄 알았는데, 일하는 게 더 이쁜 거지. 거기에 반했어요. 일하는 모습에."

"……드레스 벗겨서 그런 건 아니고요?"

"것도 좀 있고."

"아, 뭐야."

새아에게선 민망한 웃음이 터졌다. 겨드랑이에 손이 껴서 한바탕 난리 법석을 떨었던 그 순간이 떠올라서.

"본인이 이쁜 거 모르는구나. 그럼 알 때까지 해 줄게요. 이쁘다, 이쁘다."

"몰라. 하여튼, 수상해."

지혁은 그런 새아를 귀엽게 바라보고는 차에 시동을 걸었다.

사랑스러운데 그만큼 사랑받아 본 적 없는 여자다. 이렇게나 예쁜데 본인은 그걸 모른다. 이 여자를 왜 남자들이 못 알아봤을까? 어떻게 나만 알아봤을까? 그녀가 말한 대로 '호구본능' 때문일까? 더 사랑받고 싶어서 그녀가 잘해 준 걸, 남자들은 당연히게 받아들였을까? 더 사랑해서 이기지 않고 져 준 걸, 남자들은 우습게 봤을까?

여리고 섬세한 감성을 가진 그녀였다. 지난 상처에 고슴도치처럼 잔뜩 웅크려 있으면서도, 사랑에 잔뜩 데여 아파해도, 결국 사랑을 거부할 수 없는 여자였다.

처음엔 너무나도 아름다워서 눈이 갔다. 두 번째는 쿨한 척 숨기고 있던 그 상처에 마음이 갔다. 그리고 지금, 야옹야옹 고양이 하품을 하면서도 잘 잔 척 뻐끔뻐끔 입을 다무는 모습이…… 못 견디도록 귀엽다. 나에게 날을 세우고 경계를 세우는 것마저 길냥이처럼 귀엽기만 하다. 이렇게 귀여운 그녀가 여친으로 내 곁에 있어 준다면, 사랑하는 사람으로 있어 준다면, 정말 모든 날이 행복할 것 같았다.

성큼성큼 다가온 나에게 마음을 열어 주어서 그녀에게 진심으로 고마웠다. 그녀를 놓치지 않겠다는 다짐, 지킬 수 있게 해 주어서.

소울 앞에 도착해 차 문을 열어 주자 그녀가 차를 보며 얼떨떨해한다.

"우와 차 되게 좋다."

솔직한 여자였다. 숨기려고 애를 써도 자기 마음을 쉽게 감추지 못하는 여자다.

"오늘 몇 시에 끝나요?"

입가에 절로 번지는 미소를 애써 단속하고서 지혁이 물었다.

"데리러 오게요?"

지혁은 선선히 고개를 끄덕였다. 아침의 만남이 짧았다. 이대로 헤어지긴 아쉽다.

"일곱 시요."

"저녁에 파스타 먹으러 갈래요?"

그녀는 모르겠지만, 이런 제안을 할 때마다 나답지 않게 살짝 마음을 졸이게 된다. 어제 반했다고 솔직히 고백할 때도 그랬고, 문득 다가가 키스할 때도 그랬고.

그녀는 찬찬히 고개를 끄덕였다. 가벼운 떨림이 가슴속에서 온몸으로 퍼져 나가는 느낌이었다.

"일할 때 연락 많이 하는 스타일?"

"틈틈이?"

"많이 해 주면 안 되나?"

그녀는 고민되는 척, 고개를 옆으로 기울였다.

"답장은 열심히 할게요."

"와, 이거 첫눈에 반한 사람이 너무 지고 들어간다. 이거 손해네."

"그래서 앞으론 이겨 먹으려고요?"

"계속 유혹해야죠. 비기는 정도까진."

"그럼 넘어갈 것 같아요?"

"좀 더 열심히 하면?"

"헤헤. 기요."

"갈게요."

지혁은 연락을 취하라는 손짓을 하고 차로 돌아섰다. 그는 알 수가 없었다. 총총총 건물 안으로 들어간 새아가 문가에 기대 혼자서 가쁜 숨을 내쉬고 있을 줄은.

'한 시간 기다렸대.'

새아의 마음을 움직인 건, 바로 이 부분이었다.

♩

회사 일은 정신없이 바빴다. 일단 오전에 회의가 있었다. 다가오는 시즌 웨딩 트렌드를 짚어 보는 회의. 해외 유명 디자이너의 웨딩드레스 쇼를 브리핑하고, 쇼에 올라간 소품까지 하나하나 분석해 시즌 트렌드 룩북을 만들었다.

새아가 팀장이다 보니 팀원들이 진행하고 있는 예식 사항도 체크해야 했다. 이번 주 예식이 몇 개인지, 혹여나 누락된 사항은 없는지, 업체들 역발주는 제대로 확인했는지, 그간 컴플레인은 없었는지.

팀 회의가 끝나고서는 내 신랑, 신부들을 챙겨야 했다. 결혼 준비가 일정에 맞춰 착착 진행되고 있는지, 혹시 둘이 싸운 건 아닌지, 시댁 친정과 갈등이 있는 건 아닌지, 그들의 섬세한 감정선까지도.

새아는 상냥하고 친절했고 꼼꼼하고 또한 프로페셔널했다. 일에 있어서 자부심도 상당했다. 벌써 구 년 차 팀장이니까.

그러나, '띵동' 문득 열어 본 SNS 타임 라인에는 아무 일 없다

는 듯 행복해 보이는 예니와 경훈의 신혼여행 사진이 올라와 있
었다.

"좋냐, 좋아?"

괜히 약이 올라 죄 없는 휴대폰에 한번 톡톡 쏘아 주고는,

"그래, 너희도 행복해라. 내 손 거쳐 갔는데 너희도 잘 살아야지."

결국 해탈한 표정으로 폰을 내려놓는 새아였다.

남에겐 행복한 결혼식을 만들어 주는 프로 웨딩 플래너였지만,
사실 새아의 사랑은 별로 행복하지가 않았다. 고개를 들어 보면
저편 복도에서 경훈에게 전화를 하고 있는 과거의 자신이 보였다.

― 경훈 씨? 오늘도 바빠? 아, 속초 촬영, 이박 삼일. ……아아,
그 모델도 같이 가겠네. 왜 스물네 살 짜리 들어왔다며. ……아냐,
잘 다녀와. ……근데 내가 여자 친군데 질투도 좀 할 수 있지 않
나? ……솔직히 싫지. 어린 애랑 그 먼 데 가는데. ……근데 뭐 일
이니까. 이해해. 나도 주말에 못 쉬니까. ……알았어. 사랑해. 나
도 사랑해, 해 줘.

속이 썩어 들어가던 순간들이었다. 마음은 안 그런데 겉으로는
이해하는 척, 괜찮은 척, 가장을 해야 할 때마다 그렇게 사랑을 구
걸할 때마다 왜 항상 나만 아쉬웠을까? 나만 자꾸 밀당의 을이 될
까? 왜 나만 매달릴까? 바쁜 그들을 이해하고 배려한 게, 그렇게
나 큰 잘못이었을까? 다들 날 뭘로 봤길래 그렇게 일말의 예의도
없이 날 차 버렸을까. 자꾸 웃어서 우스운 여자로 알았던 걸까. 언
제나 상냥해서 나 따위 상처 줘도 된다고 생각했을까.

그래서 나 역시 결혼을 꿈꿨나 보다. 이제는 흔들리지 않는 사랑이 하고 싶어서. 헤어지는 것도 지쳐서. 안정을 찾고 싶어서. 자꾸 남들만 시집, 장가보내지 말고 이젠 나도 시집가고 싶었다. 평생 함께할 짝을 만나서 밀당 없이 계산 없이 순수하게 내 마음 모두 아낌없이 퍼 주고, 사랑받고 사랑하고 싶었다.

문득 어제 지혁의 모습이 떠올랐다. 결혼 말고 연애만 하자던 그 모습이.

그런 남자랑 이렇게 덥석 연애해도 되나? 난 그럴 때가 아닌 것 같은데. 난 결혼이 하고 싶은데.

"전 남친 장가보내니까 어때? 좋아?"

새아가 그런 고민에 빠져 있을 때, 유준이 그녀에게로 다가왔다. 남들에겐 훈훈한 미소로 보이겠지만 이건 분명 나를 놀리는 거다.

"후련하기도?"

새아는 오히려 속 시원하게 어깨를 으쓱했다.

"거기에 조예찬이 와서 사진 찍었다며."

유준의 관심은 여기 있었다. 우주 대스타 사진작가의 웨딩 사진 촬영. 그게 어느덧 기사까지 난 모양이었다.

"응! 대박! 하객들도 다 알아보고 그러던데?"

"울 신부들도 조예찬이 찍어 줌 진짜 좋을 텐데, 그치?"

"사촌 동생이니까 해 준 거지, 또 하겠냐?"

그런데 이때…… 마치 제 말을 하면 달려오는 호랑이처럼, 짤

랑— 그가 로비에 나타났다. 갈색 곱슬머리에 선한 미소, 넓은 직
각 어깨를 가진 남자, 사진작가 조예찬이.

"어머, 조예찬 작가님?!"

가장 먼저 그에게 다가간 건 소울 웨딩의 대표, 설명희였다. 놀
랍게도 그녀는 어제 로안의 본부장 설영희와 똑같은 얼굴을 하고
있었다.

쌍둥이 중 한 명은 결혼을 세 번 하고 웨딩 컨설팅을 차렸다.
다른 한 명은 결혼 한 번 하지 못한 채 노처녀로 웨딩홀에서 일하
고 있다. 둘이 사이가 안 좋은 데에는 기나긴 사연이 있다고만 들
었다.

어쨌든, 소울 대표 설명희는 빛보다 빠른 기회주의자, 혹은 잘
나가는 사람만 섬기는 사대주의자였다.

"어머 어머, 우주 대스타 사진작가님이 소울에 웬일이실까? 혹
시, 결혼하세요?"

명희는 예찬에게 바짝 다가서며 물었다.

"아뇨, 예니 결혼 건 때문에 플래너님이랑 상의할 게 있어서요."

"아, 이새아 팀장이요. 잠시만요."

명희는 새아에게 냉큼 이리 오너라, 눈빛을 보냈다.

"오오, 조예찬이 나 보러 온 거야? 나 요새 남자들 좀 꼬이는데?"

"'남자들?' 또 누가 꼬이는데?"

"헤헤헤, 그런 게 있단다. 갔다 올게."

새아는 빵끗 웃으면서 차트판을 안고 예찬에게로 다가갔다.

'이 느낌, 진짜네.'

그렇게 새아가 다가오는 모습에 예찬은 다시 한번 확신했다. 그 셔터 사이렌은 진짜였다. 다시 봐도 그녀는 예뻤다. 수분 가득 촉촉한 인상에, 생기 가득, 가슴까지 싱그러워지는 저 환한 미소까지.

내가 너무 늦진 않았겠지.

예찬은 살짝 긴장을 하며 그녀와 함께 상담실에 들어갔다.

🪶

"액자는 보통 이십알이라고 이 정도 사이즈로 해요. 재질은 신부님이 선택할 수 있게 해 주고요. 웨딩 앨범은 제작 업체가 따로 있는데, 그쪽으로 연결해 드릴까요?"

예찬은 웨딩은 처음이라 예니에게 앨범과 액자를 어떻게 만들어 줘야 할지 모르겠다며 새아에게 운을 뗐다.

"네, 좋죠. 액자도 이 정도면 예니가 좋아하겠네요."

문득, 새아는 조심스러운 눈빛으로 예찬에게 물었다.

"혹시 앞으로도 웨딩 하실 거예요?"

"제가요?"

"안 하시겠죠? 해외 전시 일정도 엄청 바쁘시다던데."

"하하, 웨딩 쪽에서 제 단가 맞출 수 있겠어요?"

'그죠? 세계적인 대작가님이신데, 또 모시긴 힘들겠죠?'라는 눈

빛으로 새아는 고개를 숙였다가,

"천!"

우렁찬 소리와 함께 고개를 치켜들었다. 순간, 예찬은 웃음이 터질 뻔했다.

"네?"

"음······ 이천?!"

그녀가 다시 한번 슬쩍 예찬의 눈치를 본다.

"그런 신부도 있어요? 결혼사진에 그렇게 몇천씩?"

"얼마를 부르든, 난 작가님 꼭 잡아 놔야겠어요."

"나를요?"

새아가 예찬의 소맷부리를 꾸욱 붙잡으면서 말했다.

"비싸서 못 하는 거랑 웨딩 플래너가 섭외를 못 해 오는 거랑은 다르니까."

결국 예찬은 웃음이 터졌다.

"푸하하핫."

"천에 해 줘요. 어때요, 콜?"

"하하핫."

예찬의 가식 없는 웃음에 새아의 얼굴에도 웃음기가 번졌다. 참 따뜻한 미소를 가진 남자였다. 웃을 때마다 추욱 내려가는 눈꼬리와 부드러운 목소리 톤까지.

왠지 위험해 보이는, 지나치게 자신감이 철철 넘치는 지혁과는 달랐다. 보들보들한 침구에 얼굴을 부비는 것처럼, 그는 함께 웃음 짓게 만드는 편안한 매력이 있었다.

"아, 예술하려 그랬는데."

"그럼 하는 거예요?"

"내키면? 아주아주 내키면?"

"어떡하면 내킬 것 같으세요?"

"이 팀장님 부탁이면?"

"내가 빌어요?"

"아뇨, 그냥."

예찬은 빛보다 새하얀 미소를 걸며, 천천히 말했다.

"……저녁 같이 먹어요."

어제 반한 그녀를 잡기 위해 그가 던진 나름의 돌직구였다.

5

여자가 쉽게
맘을 주면 안 돼

"……저녁 같이 먹어요."

순간, 새아의 심장이 파르르 굳었다. 이건 좌로 들어도 우로 들어도 누가 들어도…… 데이트 신청이다.

헉!

"오늘이요?"

"시간 되시면?"

어, 권지혁에 이어 왜 이 남자도 이렇게 직진이지? 요새 연애의 요정님이 나한테 이뻐지는 마법의 가루라도 뿌려 주었나?

"어, 근데, 오늘 저녁엔 제가 약속이 있어서요."

휴대폰을 살짝 바라보며 멈칫하는 새아의 태도에서 예찬은 묘한 예감이 들었다.

"남친이랑요?"

"남친인가 아닌가."

새아 본인이 생각해도 어이없는 말이었다. 남친이면 남친이지 아닌 건 또 뭐야.

"썸남이랑요?"

"저 남친 없을 거라고 윤경훈이 그래요?"

"남친 있음, 그날 그런 일은 없었을 것 같아서요. 드레스 입고, 그거."

끄응, 그거 본 거구나. 윤경훈 결혼식날 드레스 입고 대리 신부 해 준 거. 혹시 그럼 이 남자도 그때 나한테 반했나? 엄머머? 당신도? 나한테? 아이 참, 귀찮게. 후훗?

새아의 얼굴엔 묘한 미소가 번졌다. 예찬으로서는 도저히 뜻을 알 수가 없는 미소였다.

"음, 저녁 대신 담에 차 한잔 같이 해요."

"아, 그럴까요?"

"그때 빌면 받아 줄 거예요? 웨딩 사진 찍는 거?"

"음, 웨딩을 계속 찍을 거긴 한데 이 팀장님이 원하는 그런 사진은 아닐 거예요."

그게 무슨 뜻이지?

"나중에 자세히 얘기해 줄게요. 담에 차 마실 때."

"아, 개인전 하시면 꼭 가 볼게요."

"아, 티켓은 드릴게요. 런던이지만."

그렇게 자리에서 일어나는 두 사람. 예찬은 쎄한 예감에 휩싸이며 발걸음을 옮겼다.

재킷 안에는 드레스 입은 새아의 사진이 들어 있었다. 여신 미모를 자랑하는 그녀의 인생 사진이.

그때는 '짝도 없는 내가 왜 여기서 드레스를 입고 있나.' 분명 그런 표정이었는데, 어딘가 차가웠는데, 오늘은 달랐다. 그새 안정되어 보였고 그때보다 행복해 보였다.

이 여자에게 그새 남자가 생겼을지도 모른다. 그래서 사진을 건넬 수가 없었다. 남친 있는 여자한테 수작 걸긴 좀 그러니까.

예찬은 복잡한 걸음으로 소울을 나왔다. 촉으로 알 수 있었다. 사진작가는 셔터 스피드 백분의 일 초의 타이밍을 잡는 사람이니까.

오늘 그녀와 나의 타이밍이, 빗겨 나가 버렸다.

그 시각, 새아 역시 예찬이 사라진 자리를 보며 그녀만의 촉을 발동시키고 있었다.

저 남잔 뭔데 나한테 저녁 먹자 그러지? 뭐지? 나 좋아하나? 아무래도 눈치가 그런데?

"유준아, 나 요새 예쁘니?"

"미쳤니?"

물어볼 사람이 하필 옆에 유준 밖에 없었다.

"그럼 좀 괜찮니?"

"돌았니?"

"막 저녁 먹고 싶고 그러니?"

"배고프니? 빵순아, 빵 사다 줄까?"

"아, 조예찬까지 나한테 반하면 어떡하나." 하며 안되었다는 듯 고개를 절레절레 젓는 새아. 그런 새아를 보며 유준은 더더욱 딱한 표정을 지었다.

"어디 아프니? 약 사다 줘?"

이누무 자식이, 간만의 인기 좀 누리려고 했더니. 내 신빙성 있는 추측을 자꾸 착각으로 만드네.

"아까부터 자꾸 누구 얘기야? 조예찬까지? 어느 놈이 또 너한테 반해?"

"왜, 미치고, 돌았고, 배고프고, 약 먹어야 하는 애한테, 누가 꼬일까 봐?"

"세상에 미친놈 많다?"

"내가 보기엔 네가 제일 미쳤어."

"인정!"

아유, 이런 놈을 내 절친이라고. 다시 사수와 부사수로 돌아가 버릴까 보다.

예찬은 그녀에게 업체 제휴 계약서를 툭 디밀었다.

"대표님이 계약서 써 오래. 조예찬 스튜디오랑."

"아우, 저 남자가 웨딩 사진 찍겠니? 세계적 사진작간데? 포브스가 뽑은 최고의 예술가, 뭐 그런 분인데? 나는 아주 말 섞는 거로도 영광이더라."

"빌어 봤어?"

"담에 마저 빌려고 했어."

"언제?"

"아우, 잡는다. 약속."

이것 참, 이놈이 나를 또 구질구질하게 하네.

조금 전, 선약이 있다면서 도도하게 예찬을 돌려보냈지만 새아는 바로 그에게 메시지를 보낼 수밖에 없었다.

'우리, 다음 주에 차 마실래요?'

그렇게 새아는 예찬에게 사상 최고 밀당의 요정이 되어 가고 있었다.

'아니, 근데 이놈은 왜 연락이 없어.'

잠시나마 자신감이 뿜뿜했던 새아의 표정이 다시금 허탈하게 무너져 내렸다. 오늘 아침에 빙긋 살인 미소를 날리고 사라지던 권지혁 때문이다.

아니, 나보고 연락 많이 하라며. 이거 아주 웃긴 남자네. 바쁜가 보지? 나도 아주 바쁘거든?! 아아, 이런 거에 휘둘리고 싶지 않아. 집착하고 싶지 않아. 하지만 그래도 자꾸만 그의 연락을 기다리게 되는 게 사실이었다.

안 돼 이새아. 이러면 안 돼. 또 지면 안 돼. 이번에도 골로 가면 어쩌려고 그러니? 또 을로 살 거야? 또 호구 될 거야?

혹하는 매력과 끌림에 만난 지 하루 만에 키스하고 사귀기로 했지만, 그래도 지금까지 망해 왔던 연애 패턴을 또 반복하고 싶지는 않았다. 심기일전한 새아는 SNS에 '밀당의 법칙'이라는 태그를 검색해 보았다.

[밀당의 법칙]

본능과 무조건 반대로 가라.

연락하고 싶을 때 참고,

만나자 그럼 한번 팅기고,

질척거리고 싶을 때 쿨하게 돌아서고.

여자가 쉽게 맘을 주면 안 돼.

그래야 네가 날 더 좋아하게 될걸.

에엥? 아직도 이 방법이 먹혀? 요즘 시대 신여성이 이러면 쓰나? 아냐, 맨날 털털하게 굴었다가 털털 털어 먹혔잖아. 이번엔 내숭 좀 떨어 봐? 아우, 이번엔 진짜 어떡하지?

새로운 사람이 찾아왔는데도 갈피를 못 잡는 건 여전했다. 이미 설레기 시작했는데, 어떻게 본능과 반대로 행동할 수 있는 걸까.

아닌 척하는 밀당과 당기고 싶은 진심 사이, 난 대체 어디쯤 서 있어야 할까. 이번엔 진짜 잘해 보고 싶은데.

결국 나의 이런 조급함이 날 패망의 지름길로 이끌었나 보다.

아, 연락하고 싶은데. 지금 뭐 하는지 궁금한데.

새아는 결국 '많이 바쁘신가 봐요.' 선톡을 보내 놓고 왠지 모를 패배감에 책상에 쓰러지고 말았다.

나란 년, 결국 이렇게 조바심을 드러내고 마는 건가. 이런 밀당 패배자 같으니.

♪♪

성진 건설 회의실. 지혁은 강 비서와 폭풍 회의를 하고 있었다.

"지금 그쪽 법무팀이랑 조율 중인데, 가계약서라도 받아서 넣어야 해. 전 회장님네 땅 말이야."

"어제 우리 아버지 봤지? 뭐라셔?"

"너 진짜 결혼 안 할 거냐고."

"엥? 거기서 내 결혼 얘기가 왜 나와?"

"딱 것만 물어보시던데? 비혼주인지 뭔지 하는 그 못돼먹은 생각 고쳐먹었냐고."

에이, 그게 왜 못돼먹은 생각이야.

지혁은 고개를 탁탁 꺾으면서 책상에 걸터앉아 다리를 꼬았다.

"형 결혼할 땐 그렇게 반대하더니 왜 나보곤 자꾸 결혼하래?"

"뜻에 맞는 집안이랑 하라는 거겠지."

"형 그렇게 되는 거 보고 내가 어떻게 결혼이란 걸 하겠냐."

지혁의 얼굴에 묘한 씁쓸함이 스치려는 찰나,

"라고 말했으면 내가 회장님이랑 무슨 얘길 더하냐."

상후가 '빼애앰~' 허세 포즈를 취해 보였다.

"뭐라 그랬는데?"

"지혁인 이쁜 여자 좋아한다고. 그러니까 집안 좋고 못생긴 여자 그만 들이미시라고."

"오오, 브로!"

지혁은 고맙다는 듯 상후의 손을 맞잡았다.

"그러니까 뭐라셔?"

"알았다 그러시던데?"

"할 말 없으실걸? 본인 여잔 그렇게 외모를 보면서 왜 나한테만 그러시나 몰라."

그는 훗 웃으면서 휴대폰에 새아의 메신저 프로필 사진을 띄웠다.

"이쁘지?"

순간 상후의 얼굴이 경악으로 가득 찼다.

"야, 이 여자. 어제 그 신부 아니야?! 야, 이 미친, 너 그 신부랑 놀아났어? 너네 웨딩홀에서 결혼한 신부랑? 와, 이 새끼가 드디어 법, 도덕, 윤리를 완전히 배반했네. 야, 이거 저승사자랑도 밀당해서 오래 살 새끼."

"그런 거 아니거든?"

"아니긴 뭐가 아니야. 그럼 그게 신부지, 들러리야? 화동이야?"

강 비서의 예단에 지혁이 미간을 구기며 해명했다.

"신부가 아니라 웨딩 플래너래. 신부가 늦어서 잠깐 자리 채워 준 거래."

"엥? 웨딩 플래너가 그런 것도 해 줘? 서비스가 아주 토탈인데? 더 늦으면 입장도 해 주나? 아냐 아냐. 이거 뭔가 좀 이상한데."

"뭐가?"

"네가 웨딩 플래너를 만난다고? 너라는 놈 연관 검색어에 '결혼'이란 단어가 없는데?"

쳇, 단편적인 놈. 내가 비혼주의인 거랑 웨딩 플래너랑 사귀는 거랑 뭔 상관이냐.

"하긴, 뭐 언젠 아파서 의사 만났냐. 요가하려고 요가 강사 만났냐. 학교 가려고 선생 만났냐."

"하나 마나 한 소릴."

"아니다. 의사는 고치려고 들던데? 요가는 해 보라 그러던데? 선생은 가르치려 들던데?"

"……?"

"그럼 웨딩 플래너는?"

"읽씹? 읽씹? 읽씹?"

새아는 그야말로 천국에서 지옥으로 떨어진 기분이었다.

어느덧 저녁 일곱 시. 팀원들이 새아에게 일제히 인사하고 퇴근하고 있을 때, 그녀는 제대로 열이 받아 있었다.

"뭐야, 진짜. 오늘 만나는 거 맞아?"

기댈 말자, 기댈 말자, 기댈 말자 해도 그게 맘처럼 안되는 걸 어쩌란 말인가. 적어도 오늘 아침에 한 약속은 본인이 지켜야 하는 거 아닌가.

이때, 빵빵– 이제는 익숙해진 경적이 밖에서 울렸다.

혹시? 그 푸른 자동차?

혼비백산 가방을 들고 밖으로 나가 보니, 오늘 아침 새아를 내려 줬던 그 자리에 권지혁, 그놈이 서 있었다. 예의 그 완벽한 수트빨로. 끝을 모르는 기나긴 기럭지로.

아아, 이 자식. 재력가에, 좋은 차에, 심지어 매력 부자 꽃미남인데…… 근데, 연락이 잘 안 된다. 이렇게 불쑥불쑥 잘 나타나기는 하는데, 괜히 나를 기다리게 하고 또 불안하게 한다. 이 남자, 진짜 어떡하지?

"오늘, 안 만나는 줄 알았어요."

지혁이 다가오자 새아는 부러 새침한 목소리로 말했다.

"약속 까먹은 거예요? 그럼 서운한데."

쳇, 누가 누구한테 서운해?!

그가 젠틀하게 차 문을 열어 주자, 새아는 더더욱 성이 나 차 문을 도로 닫았다.

"난 이런 거 싫어요. 어차피 나중에 안 해 줄 거면 처음부터 해 주지 마요."

지혁은 그런 새아를 귀엽다는 듯 빙긋 웃으면서 바라보았다.

"걱정 마요. 할게요. 평생."

펴-엉-새-앵-

휘청- 바로 그 단어에 그를 미워했던 마음이 봄날의 눈발처럼 사르르 녹아 버릴 뻔했다.

무, 무슨 평생이야. 결혼도 안 할 거면서 무슨 평생이래. 참나, 누가 평생 만나 준대?

"손가락 부러진 줄 알았는데. 하도 연락이 없어서."

차에 올라타서도 뾰족한 소리가 먼저 튀어나온다.

"아, 오늘 핸드폰이 진짜 이상한 게, 시간마다 톡 보냈는데 가질 않아요."

그가 내민 메시지 창을 보니, 이는 진정 실화였다. 그가 보낸 이런저런 안부 메시지들이 끝끝내 도달하지 못한 채 다시 보내라는 신호만 띄우고 있었다.

어느새 새아의 표정에 미세힌 실금이 가고 있었디.

"아니, 부잣집 남자가 왜 이렇게 꾸진 폰을 써?"

"것 때문에 짜증 났어요?"

"아니요, 설마요, 내가요? 그럴 리가요?"

지혁은 편안하게 운전을 하면서 물었다.

"오늘 뭐 재미있는 일 없었어요?"

"아, 대박. 조예찬 알아요?"

"아뇨?"

"왜, 그 있잖아요. 사진작가. 대한민국을 빛낸. 그 조예찬이 저한테······."

"······?"

"아니에요."

하면서 새침 새침.

'엥? 뭔 얘기를 하다 말아?'

새아가 치는 나름의 밀당과 내숭이 지혁에게는 그저 의아함으로 다가올 뿐이었다.

♩♩

"우와, 너무 예쁘다!"

지혁이 데려간 곳은 서울의 야경이 한눈에 들어오는 꼭대기 층의 레스토랑이었다.

"대박, 여기 와 본 데예요?"

"검색했어요."

권지혁 이놈은 그 와중에 정답을 입력하고. 자리에 앉고 나서는 난 진심으로 너에게 반했다는 듯 꿀 떨어지는 달달한 미소를 짓고 있었다.

어머머? 이게 또 당기네? 웃지 마, 이 둥이둥이야. 어디다 대고 잘생기게 자꾸 실실 웃어싸?

"새아 씨는 오늘도 예쁘네요."

뭐라고요? 잠깐, 아까 뭐라 그랬더라? 밀당의 법칙에서, 뭐 반대로 하라 그랬는데.

"흠, 난 지혁 씨 별론데."

"내가요?"

"왜 덥썩 사귄다 그랬나 싶고, 왜 덥썩."

"키스했나 싶고?"

콜록콜록-

새아는 침 삼킨 거로 사레가 들릴 뻔했다.

"아뇨, 그건 아니지만, 우리 아직 알아 갈 시간이 좀 필요하다는 거죠."

그렇게 새아가 새침하게 흥흥대는 모습까지 지혁에겐 귀여워 보이기만 했다.

이 여잔 어떻게 날이 갈수록 더 예쁘네.

"많이 바쁘신가 봐요?"

"이제 마카오에 리조트 짓는 게 있어서."

그 말 한마디에, 새아는 파르르 경계의 날을 세웠다.

일을, 해외에서 한다고?

"그럼, 앞으로 자주 만나기 힘들 수도 있겠네요."

"연락 자주 하면 되죠?"

네가? 연락을? 거 참으로 믿음직스럽지 못한 말이로다.

"그런 연애는 하기 싫어요?"

"힘들까 봐."

"보고 싶은데 못 보면 힘들까 봐?"

"여러모로."

새아는 그렇게 말하고서 파스타를 오물오물 씹어 물었다.

각이 나온다. 저 남자, 분명 연애하기 힘든 타입이다. 사랑보다 일이 우선일 거고, 그러다가 훌쩍 외국 나가 버릴 거고, 또 연락 안 될 거고, 그러다가 또 헤실헤실 웃으며 언제 그랬냐는 듯 다가올 거고.

안 돼, 머리 아파. 그래, 저렇게 잘난 남자가 날 왜 진지하게 만나? 난 그냥 엔조이야. 국내용 엔조이.

"……지혁 씨는 연애가 뭐라고 생각해요?"

뜨거운 불장난?

"음, 진짜 사랑을 찾기 위한 항해?"

"진짜 사랑이 아니었던 연애도 있었어요?"

"그런 줄 알고 갔는데 뒤늦게 아니었던 적도 있었죠?"

"이미 한참 만났는데 뒤늦게 아니면 어떡해."

"헤어지고 나서 알죠. 보통은."

새아를 바라보는 그의 눈에선 여전히 꿀이 뚝뚝 떨어지고 있는데, 지금 그녀의 머릿속은 복잡하기만 했다.

"내가…… 연습장이면 어떡하죠?"

나도 모르게 훅 튀어나와 버린 말이다.

"네?"

"윤경훈은 영원히 못 잊는 여자가 있었어요. 그 여자를 잊으려고 날 만난 것 같았는데, 결국 나랑 헤어지고 진짜 결혼할 여자 만났으니까, 난 정말 쓰다 버린 연습장이 된 거죠."

"그렇게 청춘의 페이지를 허비했다?"

"기분 진짜 별로더라고요. 당시엔 나도 진짜 사랑했는데."

새아는 살짝 그렁해진 눈으로 지혁을 바라보았다.

"……내가 지혁 씨한테도 연습장이면, 어떡하죠?"

하아, 밀당은 무슨. 자기도 모르게 지난 사랑의 상처가 툭툭 튀어나온다.

"그게 불안해요?"

"어떤 게 연습이고, 어떤 게 진짜인지 구분이 돼요?"

"그럴 나인 지나지 않았나."

"나이 헛먹었나 봐요."

"이번엔 직감을 믿어 보면 어때요?"

"직감은 지혁 씨가 선수인 것 같대요. 다 믿지 말래요."

"선수 생활 다 청산했으면?"

"개 버릇 누구 주겠어요."

새아는 고개를 푹 숙이고는 들고 있던 포크를 통통거리며 말했다.

"내가 자꾸 너무 진지해지나?"

"결혼 생각 없는 건 어제 들었을 거예요. 그렇다고 정말로 아무나 막 만날 생각은 없어요."

"이제 결혼할 남자 만나고 싶다는 건 어제 들었을 거예요. 이제 허구한 날 끝나 버리기만 하는 연애는 하기 싫어요."

"결론 내놓고 시작하면 인생이 무슨 재미예요?"

"이젠 뻔한 연애 하고 싶어요."

그게, 새아의 결론이었다. 아무래도 재벌남에 대한 선입견이 그녀의 발목을 붙잡았다. 그녀에겐 이 연애의 결론이 너무나도 뻔해 보였다.

그래, 내 인생에 단 한 번도 해보지 못한 '거절'이란 걸 해야 할 때가 온다면, 바로 지금인 것 같았다. 차라리 아무것도 시작하지 않은 지금. 그를 스쳐 간 남자로 만들어 버릴 수 있는, 바로 지금.

"하루 늦게 차서 미안해요."

순간, 지혁의 동공이 화악 커졌다.

"……네?!"

"어젯밤, 오늘 하루는 엄청 설렜는데, 그게 이젠 좀 불안함으로 다가와서요."

지혁은 띵해졌다.

혹시 지금 이 여자, 나를 차려는 거야? 찬다고? 나를 찬다고?

"저기, 새아 씨."

"미안해요. 음식 너무 맛있었어요."

새아는 가방을 들고 먼저 자리에서 일어났다. 진짜로 지혁을 차버린 것이다. 이제 이 일째에 접어든 이 남자를.

지혁이 멍해져 있는 사이, 새아는 음식값마저 계산하고는 일층으로 후다닥 내려가 버렸다.

♩♩

이럴 수가. 어느새 밖에는 비가 내리고 있었다.

젠장, 아주 날씨 한번 기가 막히네.

새아는 핸드백으로 머리를 대충 가리고서 후다닥 거리를 뛰어갔다.

생각보다 비는 더욱더 거세게 내리고 옷은 질척해지고 화장은 번져 흘러내리고 그녀의 꼴은 점점 더 엉망이 되어 가고 있었다. 그 빗속에서 새아는 자신의 자존감이 아득한 바닥으로 가라앉는 걸 느꼈다.

으이그, 한심한 년. 어휴, 제 발로 복을 뻥 차 버리지. 지 좋다는 남자 있음 냅다 코 꿸 생각을 해야지. 뭐 잘났다고 네가 먼저 일어나.

아니야. 저런 놈 만나 봤자 결국 나만 상처받아. 어설픈 놈들 다 갖다 버리기로 했잖아? 잘했어. 잘 박차고 일어났어. 거절도 못 하는 게 웬일이지?

새아는 양팔에 셀프 뽀뽀를 쪽쪽– 해 주었다. 어떻게든 자기애를 회복하려 열심히 걷고 또 걸었지만, 비에 젖은 몰골은 점점 더 처량해지기만 했다. 머리와 가슴이, 이성과 감성이, 충돌하여 시끄러운 폭발음을 내고 있었다. 돌이켜 보면 모든 문제가 그랬던 것 같다. 내가 가고 싶은 학과와 가야 하는 과가 달랐고, 내가 가고 싶은 회사와 갈 수 있는 회사가 달랐고, 내가 만나고 싶은 남자와 만나야 하는 남자가 달랐다.

이제는 결혼할 남자를 만나야 하는데, 그러고 싶은데, 난 저 남자한테 끌리고 만 거다. 연애만 하고 싶다는 저 선수 같은 놈한테.

'다신 밀당의 을이고 싶지 않아.'

'다신 나 혼자 속 썩고 싶지 않아.'

그 간절한 바람이 나 좋다는 남자를 박차고 뛰쳐나오게 했다. 그 남잘 놓친 걸 나중에 죽도록 후회해도, 다시는 그런 매력남이 찾아오지 않는다 하더라도, 어쩔 수 없었다. 다시는 나 혼자 결혼이라는 헛꿈을 꾸고 싶지 않았으니까.

그런데 이때, 저편에서 지혁의 차가 쌔앵하니 달려와 새아의 앞으로 휘잉 달려 나갔다. 혹시나 차가 멈춰 서고 그 남자가 내리진 않을까 싶었지만, 그 차는 번쩍하는 별처럼 가로등 너머로 사라지고 말았다.

이런 시부엉.

절로 욕지기가 치밀었다.

이놈의 자식, 물이나 튀기지 말지. 밀당의 법칙? 나는 그게 되

는 년이 아니네요. 뭔 척도 못하고 겁나 조급해하고 결혼 안 할 거
면 꺼지라 그러고. 내가 봐도 나년은 부담스러워.

비는 하염없이 내리고, 걸음을 옮기다 옮기다 새아가 더더욱 비
에 젖은 처량녀가 되고 있을 때쯤 돌아선 골목에서 그가 나타났
다. 우산도 없이 비를 맞고 선 그가 비장한 표정으로 천천히 걸어
오고 있었다.

6

잘 자기

　뭉침도 번짐도 없는 완벽한 메이크업, 백화점 마네킹이 입은 듯한 완벽한 정장핏, 그리고 탱글탱글 완벽하게 세팅된 헤어가 단 한순간에 무너졌다. 세련의 앞에 선 여자가 그녀의 머리채를 그악스럽게 휘어잡은 것이다.

　"이거 안 놔? 이게 언니한테 못 하는 짓이 없어?"

　그 거친 손길에 웨이브 진 머리가 단숨에 흐트러져 산발이 되었다.

　"누가 언닌데. 날 진짜 동생이라고 생각한 적, 한 번이나 있었어? 대체 나한테 왜 그러는데?"

머리채를 휘어잡혀 이리저리 끌려다니던 세련의 눈빛에도 독한 오기와 독기가 서린다.

"눈꼴시어서 그랬어! 입양된 게 어디서 부잣집 막내딸 행세야? 내가 너 파양되라고 얼마나 빌었는지 알아?"

"이게 진짜!"

보는 사람은 많았지만, 이 두 여자의 개싸움을 아무도 말리지 않았다.

일부러 잘 번지는 마스카라를 발랐다. 지금 이 순간, 더욱 흉하게 망가질 수 있도록.

드디어,

"컷!"

감독님의 우렁찬 한 마디가 울려 퍼지고,

"아우, 표독스러워! 와우, 공격력 좋아!"

날 선 두 여자의 눈매도 동시에 사르르 풀어져 파국의 이복 자매에서 서로 아끼고 챙기는 두 여배우로 돌아간다.

"으아, 언니. 어떡해. 많이 아프죠?"

"어, 오늘은 진짜 아프다."

리얼하게 하지 않으면 오케이가 안 날까 봐, 오늘 둘 다 오바하긴 했다. 아직도 양 손가락에 서로의 머리카락이 둘둘 감겨 있는 길 보면.

"어떡하죠. 이거 몇 화 갈 것 같은데."

"가발이라도 붙여 놓을까? 아우, 너무 아프다."

미안해하는 여주인공한테 빈말이라도 괜찮다고 하고 싶었지만, 그러기엔 정말 두피가 너무너무 아팠다. 손끝만 스쳐도 절로 비명이 터져 나올 정도. 정말 다행인 건 이게 오늘 마지막 신이라는 것.

세련은 담요를 어깨에 걸치고서 스태프들에게 수고하셨습니다, 수고하셨습니다, 꾸벅꾸벅 인사를 하고 밖으로 나왔다.

어느새 비가 오고 있었다.

매니저는 차에 있나.

그녀는 대충 담요를 머리를 뒤집어쓰고 밴 안으로 뛰어 들어갔다.

"나 이러다 깜빵 가? 대본이 그렇게 되고 끝날 뻘인데? 내일도 머리채 잡히는 거 아냐?"

그녀는 차 안에 있던 젤리 봉지를 탈탈 털어 양 볼에 잔뜩 욱여넣으며 말했다. 이야기상 악역으로서 그동안의 악행을 모두 되받는 부분이었다. 계속 험한 꼴 당하는 건 당연지사.

그런데 운전석의 민환 쪽에서 돌아오는 답이 없었다. 의아해서 고개를 빼 그쪽을 바라보니 거기에 앉아 있는 사람은 민환이 아닌 황 본이었다.

"……!"

순식간에 온몸에 소름이 돋았다.

"너는 왜 애를 곤란하게 만들어."

웃고 있어도 비열하게만 들리는 저 뱀 같은 목소리.

"애가 난감하다고 도망갔잖아."

그였다. 블랙스타 엔터테인먼트의 황정엽 본부장. 대체, 그가, 왜 저기 앉아 있는 걸까.

세련은 그 답을 너무나 잘 알고 있었다.

온몸이 부들부들 떨려오는 와중에도 그녀는 손끝으로 휴대폰을 찾았다. 절망스럽게도 휴대폰은 민환에게 있었다.

아.

그녀의 입가에서 작은 탄식이 흘러나왔다.

"약속은 오늘로 옮겼어. 오늘이 편할 것 같아서."

"나, 나, 오늘 몸이 안 좋아요. 술 못 마셔요."

"누가 술 마시래? 그냥 분위기만 맞춰."

"싫다니까요?"

저도 모르게 앙칼진 목소리가 튀어나왔다. 그 자리가 어떤 자리인지 뻔히 아는데, 어떻게 말이 좋게 나오겠는가. 이렇게나 소름끼치게 싫어하는 걸 알면서도, 저 사람은 어쩜 저렇게 매번……!

"왜 이렇게 나를 나쁜 사람으로 만들어? 오늘 그런 자리 아니야. 그냥 배역 따는 자리야. 가서 사근사근하게 웃기만 하다가 와."

"배역은 오디션장에서 실력으로 따야죠."

"실력이 안 되니까 이러는 거 아니야?"

순식간에 세련의 얼굴이 벌겋게 달아올랐다. 그녀의 얼굴을 가득 채운 건 수치심과 모멸감이었다.

"요새 내 드라마 챙겨 봐요?"

"일일 백오십 개를 언제 다 챙겨 봐?"

이럴 수는 없다. 황 본이 진짜 배우로서 나를 위한다면, 이렇게 나올 수는 없다.

감언이설로 계약서에 도장을 찍었던 삼 년 전이 설핏 스쳐 지나갔다. 아직도 계약의 만료 시점은 아득할 정도로 많이 남아 있었다.

"오늘은 진짜 못 가요. 아빠 보기로 했어요."

"전세주! 너 진짜 정신 못 차리는구나?"

"……!"

"너희 집안 빵빵한 거 나도 아는데, 그게 언제까지 실드가 될 것 같아?"

이제 그의 목소리엔 일말의 친절도 남아 있지가 않았다.

"너희 아빠가 무슨 대기업 회장님도 아니고, 고깟 부동산 회사 갖고 너무 유세 떠는 거 아니야?"

알고 있다. 황 본 입장에서 나와 관련된 모든 것들은 그저 우습게만 느껴질 것이다. 우리 집안도, 우리 가족도, 또 나의 몸도……

"아무래도 안 되겠다, 오늘."

"……!"

"미용실부터 가자."

그렇게 황 본은 차를 출발시켜 버렸고, 세련은 터져 나오려는 울음을 참기 위해 이를 악물고서 버텨야 했다. 자존심은 상하는데, 지기가 싫어서.

저 뒤에서 민환이 비를 잔뜩 맞으면서 커피 캐리어를 들고 뛰어오는 걸 세련은 보지 못했다.

"누나! 본부장님!"

민환은 허무하게 떠나 버린 밴을 망연자실하게 바라보다가 휴대폰을 꺼내 어디론가 전화를 걸었다.

♪♪

돌아선 골목에서 그가 나타났다. 우산도 없이 비를 맞고 선 그가 비장한 표정으로 천천히 걸어오고 있었다. 말하긴 그렇지만, 비를 잔뜩 맞고 있는 지금 이 순간에도 그 남자는 미치도록 멋있었다. 언제나 그랬지만 하필 지금 지나치게도.

"비 맞지 마요."

한참을 올려다봐야 끝이 보이는 사내, 권지혁이 성큼성큼 다가와 그녀의 앞에 섰다. 그러고는 두 손으로 손차양을 만들어 새아의 이마를 덮어 주었다.

"지, 지금 잡으러 온 거예요?"

아직도 그녀는 지금 이 상황이 현실 같지가 않았다.

"또 안 울리겠다고 장담은 못 하겠는데……."

순간적이지만 그의 미간이 찡히게 모였다가 퍼지는 걸 새아는 보았다.

"그래도 나 때문에 울지 마요."

"……!"

"웬만하면 가급적."

뭔가의 울컥함을 속 안으로 참아 내려는 얼굴이었다.

"……또, 상처 주겠단 소린가."

"좀 더 만나 보겠단 얘긴가."

"상처 줄 놈을 왜 만나요?"

"……내가 잘해 볼게요."

그의 동공이 흔들리고 있었다. 화려한 말발을 자랑하던 어제와는 달랐다.

"좀 더 좋은 놈 돼 볼게요. 지금보다."

"……!"

여자에게 예쁘단 소린 자주 했어도, 이런 말은 많이 해 보지 않은 것 같았다. 잘해 주겠다는 말, 좀 더 좋은 놈 돼 보겠다는 약속.

"난 앞으로 좋아질 놈 말고 이미 좋은 놈 만나고 싶어요."

"나는 새아 씨를 이미…… 좋아하는 것 같은데."

"……네?"

순간, 온 세상을 세차게 두드리던 빗줄기의 속도가 느려졌다.

마, 말도 안 돼. 어, 어떻게 나를 벌써 좋아해. 그 말이 맞다고 해도, 나는 이미 마음먹었잖아. 상처 줄 놈, 다시는 안 만나기로. 이, 이게 어떻게 말이 돼. 이미 나를 좋아한다는 게.

그럼에도 불구하고 가슴이 요동쳐 오는 걸 어쩔 수가 없었다. 빗줄기마저 느리게 느껴질 만큼 놀란 것도 어쩔 수가 없었다.

"초장부터 이렇게 좋아해 주는 놈, 만나 봤어요?"

아니요.

자칫 속도 없이 고개를 저을 뻔했다. 아무리 봐도 그가 거짓말
을 하는 것 같지가 않았다.

그는 진심일까? 정말 그를 믿어도 될까?

세찬 빗줄기 사이에도, 그의 눈가가 살짝 그렁그렁해지는 걸 새
아는 보았다.

"……나 차지 말아요."

순간, 눈물이 다 핑 돌았다. 그와 똑같은 눈이 되고 만 것이다.
몸은 그에게서 돌아서 멀어지려고 했지만, 마음은 알고 있었다.
그가 하는 말이 거짓이 아니라는 걸. 그가 진짜로 나를 잡으러 여
기까지 왔다는 걸.

나는, 이제, 어떻게 해야 할까.

"아아아악!"

두피에 손끝이 스치기만 해도 비명이 터져 나왔다. 불 꺼진 헤
이숍에 실장님 한 분만 나와서 VIP룸을 밝히고 있었다.

"많이 아프세요?"

세련의 격한 반응에 오히려 깜짝 놀란 헤어 실장님이 조심스럽

게 새아의 두피를 살폈다.

"어머 어머, 이거 어떻게 해. 잡아 뜯겼어요?"

"네, 너무 아파서. 그냥 이렇게 대충 묶어만 주세요."

"아이고, 어떡해. 살살할게요."

헤어 실장님이 산발이 되었던 머리를 조심조심 펴고 있는 동안 세련은 거울에 비친 제 얼굴을 멍하니 바라보았다.

내 자존감이 더러운 담배꽁초들처럼 바닥을 굴러다니고 있었다. 거울 속 나는 전혀 아름답지가 않다. 정말 하나도 예쁘지가 않다. 이상하다. 예쁘고 싶어서, 사람들한테 사랑받고 싶어서 여배우가 되었는데, 나 왜 이렇게 되었지. 정말 톱으로 뜨고 싶었는데, 왜 이렇게 풀리는 게 없지. 아마 블랙스타와의 계약 기간이 끝나면 여배우로서의 리즈 시절도 모두 지나가 버리고 말 것이다. 지금 이대로라면 일일 드라마 악역이나 맡는 애매한 이름값의 배우로 남고 말 것이다. 내 모든 황금기를 저 황 본에게 저당 잡혔다. 계약서 날인 칸에 썼던 내 이름 세 글자가 모든 걸 꽁꽁 묶어 버렸다. 한때의 젊음도, 아름다움도, 수많은 선택의 기회도. 그래서 이런 자리에 가야 하는 것이다. 그래서 이 야밤에 헤어메이크업을 처음부터 다시 받고 있는 거다.

순간, 세련의 눈에 아무렇게나 굴러다니고 있는 웨딩 잡지가 눈에 들어왔다.

'혹시, 결혼하면 그런 자리 안 갈 수 있을까?'

저번에 무심코 했던 생각이었다.

내게 남편이 있다면 저러진 않겠지? 결혼한 여배우한테 그런 자리 나가라 마라 하진 않을 거 아니야.

아직은 결혼이 내게는 너무 먼 단어여서 차마 거기까지는 생각하지 않고 있었다. 하지만 지금 이 순간 세련은 진지했다.

결혼하면, 저 사람의 끈질긴 요구에서 도망칠 수 있지 않을까. 그래, 못 할 것도 없지. 결혼으로 이슈 되서 재조명받는 연예인도 많잖아? 그래, 결혼이라면. 결혼이라면…….

저편 거울에 헤어가 끝나길 기다리는 황 본의 모습이 슬쩍 비쳤다. 그 존재감만으로도 다시금 온몸에 소름이 쫙 돋았다.

여전히 내 손에 휴대폰이 없어, 손목이 잘린 것처럼만 느껴지는 시간이었다.

♪

새아의 집, 빌라 현관문 앞. 잔뜩 비를 맞은 지혁이 그녀를 들여보내고 있었다.

"잘 들어가요, 새아 씨."

"……수건이라도 줄까요?"

새아의 그 말에 그가 살짝 애매한 웃음을 지었다.

"나, 현관에 안 들이는 게 **좋을** 텐데."

묘하게 섹시하게 들리는 말이라, 그녀는 속으로 움찔했다.

그, 그치, 여자 혼자 사는 집에 좀…….

"어제처럼 굿바이 하고 싶은데……."

어제처럼이면, 어젯밤 그 키스?!

"……!"

"많이 신중해지네요. 새아 씨한테는."

그녀의 가슴에 둥— 하는 파동이 울렸다. 신중……해진다니. 나에게.

"담에 우리 이렇게 비 맞으면, 그땐 새아 씨가 먼저 키스해 주기. 나한테."

"……!"

하, 이 남자 말 한 마디 한 마디 섹시하게 하네. 진심이 있는 것 같다가도, 홀리게 하다가도, 진짜 이거.

"오늘은, 안 떨려요?"

지혁은 손을 혹 내밀어 새아의 귀 뒤의 맥을 짚어 보았다. 그녀는 파르르 긴장하며 목을 살짝 움츠렸다.

"……."

잠시간의 어색한 침묵이 둘을 휘감았다. 저 멀리서 아득한 빗소리만 들려오는 가운데, 콩닥콩닥콩닥— 귀 뒤의 맥박이 둥둥 울리는 걸, 두 사람이 함께 느꼈다. 그 울림에 따라 그의 손끝이 톡톡톡 미세하게 함께 떨렸다.

그녀 역시, 손을 뻗어 지혁의 귀 뒤를 만져 보았다. 모든 감각이 손끝에 집중된 듯한 순간, 그의 맥박도 느껴지기 시작했다. 조금은 빠른 리듬으로. 둥둥둥— 둥둥둥— 어제 심장 소리를 들었을 때와 비슷한 떨림이었다.

"이런데, 왜 차려고 그랬어요?"

지혁은 손을 내리고서 물었다. 이렇게 떨려 하면서 왜 나를 차려고 했나, 그 질문이다.

"연락 자주 한다 그래 놓고 안 하는 게 심통 나서."

"앞으론 잘할게요. 무서워서 안 할 수 있나."

그가 아주 엷게 웃음을 지었다. 그의 눈 속에, 잔뜩 비를 맞은 그녀가 여리게도 서 있었다. 그 실루엣 위로 새하얀 웨딩드레스를 입었던 그녀의 모습이 겹쳐진다. 그때 지혁은 절망했었다.

나는 왜 이 여잘 하필 지금 만난 걸까. 결혼하기 직전에. 남의 신부가 되기 직전에.

그 당시, 인생 딱 한 번의 기회가 있다면, 그녀를 절대로 놓치지 않을 거라고 다짐했었다. 다행히도 그녀는 그 결혼식의 신부가 아니었고 그날 시집가는 것도 아니었다. 지혁은 몇백억이 걸려 있던 계약 건도 던져 놓은 채 그녀를 잡기 위해 다가갔다.

어제 그녀를 데려다주고 나서 지혁은 그 다짐을 굳혔다. 앞으로 절대 그녀를 놓치지 않겠다고. 하지만 이 모든 말을 새아에게 할 수는 없었다. 나중엔 할 수 있을지 모르겠지만, 지금 하기엔 너무 부담스럽다. 내 마음이 전에 없을 만큼 신중해지기도 했고. 예전에 쓰던 그 수많은 밀당 고수의 비법들은 그녀에게 통하지 않을 것 같았다. 조금이라도 불안하게 하면, 바로 자리를 박차고 일어날 것 같다. 그래서, 약속하는 것 말고는 방법이 없었다. 좋은 놈 되겠다고, 잘해 주겠다고, 연락도 성실히 하겠다고, 불안하게 하지 않겠다고.

"이제 차지 마요."

어쩌면 벌써 그가 매달리고 있는 것인지도 몰랐다. 어쩌면 밀당 갑이던 그가, 어느새 그녀에게 가슴을 졸이고 있는 것인지도 몰랐다.

"쉽게 변하지 않는 거로."

"자기 마음 숨기지 않는 거로. 반대로 가기 없기."

"계속…… 처음처럼 예뻐해 주기."

"잘 자기."

그는 장난스럽게 그녀의 콧등을 아주 살짝 튕겼다. 이제 가야 했다. 잔뜩 젖어 버린 그녀를 계속 현관 앞에 세워 둘 수는 없으니.

"지혁 씨도…… 잘 자기."

지혁은 조용히 돌아서 계단을 내려가고 난 뒤 새아는 토끼굴에 숨는 토끼처럼 현관으로 쏘옥 들어가 문에 등을 기대고 가빠진 숨을 골랐다.

'잘 자기, 잘 자기…….'

스윗하면서도 오래오래 귓가에 맴도는 말이었다. 심장이 막 간질간질해진다.

어떡하면 좋지. 모든 것이 섹시한 이 남자를, 나는 결국 거절하지 못했다. 붙잡는다고 붙잡히고 말았다.

새아는 조르르 창가로 달려가 그가 차에 타는 걸 지켜보았다.

시동을 건 그의 차가 출발하기 직전, 그녀의 휴대폰에 디롱디롱─
메시지들이 울려왔다.

'난 이제 차에 탔어요. 시트가 젖었네요. 씻고 연락 줘요.'

묘하게 안심이 되는 말들이었다.

그녀는 씻고 화장품을 바르면서도 한참 동안 그 말을 곱씹었다.
그 말에서 계속 마카롱 같은 단맛이 우러나와서.

잘 자기, 잘 자기.

베개에 얼굴을 묻고 잠이 드는 그 순간까지도, 침샘에서 자꾸
달달한 맛이 솟구치는 것만 같은 말이었다.

7

그 결혼식,
제가 할게요!

"뭘 그렇게 간단하게만 했어. 예쁘게 좀 하지."

일자로 단정하게 묶은 세련의 머리를 보고 황 본이 한 말이었다.

"좋겠네. 오늘 내가 로드도 해 주고."

그가 손수 밴의 문을 열어 주며 말했다.

줄기차게 내리던 비가 어느새 그쳐 있었다. 그렇게 세련이 차에 오르기 바로 직전 '빵빵' 경적과 함께 구세주가 나타났다. 커다란 사이즈의 은색 세단, 거기서 근엄하게 생긴 중년의 한 남자가 내렸다.

"아빠!"

전 회장이 와 준 것이다. 미용실 바로 앞까지. 세련은 철렁했던 가슴을 쓸어내리며 안도의 숨을 내쉬었다.

"아이고, 이게 누구십니까. 우리 전 배우님 아닙니까."

그가 부러 너스레를 떨며 딸을 맞았다. 이에 황 본의 입가가 미묘하게 실룩였다가, 다시 예의 뱀 같은 표정을 유지했다.

"아버님 오셨습니까. 저희 술 한잔하러 갈 건데 아버님도 같이 가시겠습니까."

세련이 전 회장에게 몰래 연락을 했다고 여긴 것이었다.

"진짜 별 자리도 아닌데, 세련이가 겁을 먹어서."

"우리 세련이가 싫다는 건 안 했으면 좋겠는데."

"어떻게 자기 좋은 것만 하고 살겠습니까. 이 바닥에서."

"오늘은 내가 세련이 데려가겠네."

"중요한 약속인데요, 아버님. 세련이 연기 생활 계속하려면 꼭 가야 할 것 같습니다."

전 회장은 치밀어 오르는 화를 꾸욱 참고서, 황 본에게로 한 걸음 다가서 말했다.

"자네 딸이 오 학년이라 그랬나."

"……!"

"그럼 오늘 자네 딸내미도 데려갈까?"

"뭐, 저런 놈이랑 일을 해? 위약금 얼마야! 당장 가서 계약 물러!"

차에 타자마자 전 회장의 얼굴이 붉으락푸르락해진 건 물론이었다.

"해지 못 해."

하지만 세련의 얼굴이 더했다. 그 조그만 얼굴에 박혀있는 눈코입이 와르르 무너져 내릴 것만 같은 표정.

"뭐?"

"그럼 악의적인 기사 엄청 뿌릴 걸. 딴 데서도 못 일어나게. 이미지 똥 되게."

중간에 해지를 하고 나간다면 블랙스타가 어떻게 나올지 뻔히 알고 있는 세련이었다. 위약금이 문제가 아니다. 그들이 마음껏 사악하게 굴 기회를 주어서는 안 된다. 정말로 뼛속까지 물어뜯기고 싶지 않다면.

"그러게, 왜 저런 데랑 계약을 해서……!"

부글부글. 전 회장은 저 황 본이라는 놈을 갈기갈기 찢어 버리고만 싶은 심정이었다.

어떻게 저런 놈이 내 딸에게 붙어 있어. 저 패 죽일 놈을 그냥!

그런데 세련이 의외의 말을 꺼냈다.

"아빠, 나 얼른 시집갔으면 좋겠다고 그랬지?"

"그거야, 여배우들이 다 노처녀 되고 그러니까……."

"나 시집갈게. 아빠."

전 회장이 깜짝 놀라 세련을 다시 보았다.

딸은 진지했다. 그냥, 농담으로 하는 말이 아니었다.

"……세주야?"

"그래야 저런 자리 안 불려 나가지."

아버지의 입장으로선, 그야말로 억장이 무너지는 말이었다.

"아빠도 우리 집안도 저거 못 막아. 더 대단한 집안이 있어야 돼. 아빠도 내가 시집 빨리 가서 조신하게 사는 게 낫지 않아?"

"그래도 결혼이라는 게 그렇게 쉽게……."

예전부터 쟁쟁한 집안 아들내미와의 선을 여러 번 권했던 전 회장이었다. 그때마다 시집가면 여배우 이미지 훅 갈 거라고 세련이 맞서는 바람에 더는 추진하지 못했다.

그런 세련이, 이제는 먼저 시집을 가겠다고 나선 것이다. 저런 자리 끌려나가기 싫다고. 차라리 결혼을 하겠다고.

"나 이제, 미혼녀 악역도 그만할래. 맨날 머리 뜯기고 뺨이 터져 나가게 맞고 이제 시장통 아줌마들도 나한테 주먹질해. 아빠 내가 계속 맞고 다녔으면 좋겠어?"

말하다 보니 더 이상의 울컥함을 참을 수가 없었다. 과일 사러 시장에 갔다가도 나물 팔던 할머니한테 머리채를 뜯겼다. 왜 여주인공한테 못되게 구냐고. 정신 못 차리냐고. 다른 아주머니들이 '그건 드라마잖아요.' 하고 할머니를 뜯어말리자 세련은 '괜찮아요.' 하고 억지웃음을 지어 보였다. 할머니에겐 반성의 기미가 없었다. 이렇게라도 여주의 복수를 대신 했다고 여긴 모양이었다. 세련은 이를 앙다물고서 눈물을 참았다.

'오늘 밤을 새워 울더라도 지금은 참아야지. 이런 데서 울면 이상하잖아.' 하며 악착같이 버텨 온 날들이었지만 그간 쌓였던 온갖 설움이 지금 다 뛰쳐나오고 있었다. 결국, 그녀는 울었다. 이러다 내장이라도 튀어나오는 거 아닌가 싶을 정도로 꺼억꺼억 경기를 일으키듯 울었다.

그렇게 설움에 끓는 딸아이를 전 회장은 어떻게 달랠 수가 없었다. 옆에서 용을 써도 그 눈물을 멈추게 할 수가 없었다. 펄펄 끓는 분노와 안타까움에 까무러칠 것 같은 순간이었다. 여배우로 산다는 게 대체 뭐라고.

어찌어찌 본가로 데려와 제 방에 애를 재우고 나서도, 전 회장은 끔찍한 분노에 휩싸여 단 한숨도 잠을 이룰 수가 없었다. 결국 푸른 빛이 도는 새벽녘, 그는 결단을 내렸다.

내가 할 수 있는 방법이 이것밖에 없다면…… 그렇다면…….

그가 휴대폰을 들어 메시지를 썼다.

'마카오에 땅 필요하다고 하셨죠. 저희한테 필요한 건…….'

수신인은 성진 건설의 권석범 회장이었다.

♩

간밤에 언제 비가 왔나 싶게 아침부터 미치도록 날이 맑았다.

'오늘 날씨 진짜 좋죠? 날씨가 이쁨'

띠롱- 지혁에게 선톡이 왔다.

'오늘도 날씨만큼 이쁘신지.'

출근해 슬쩍 메시지를 보던 새아가 쿡 웃음을 터뜨렸다.

'셀카 한 장만 보내 주면 안 돼요?'

그의 말에 새아는 잠시 고민을 하다가 답을 썼다.

'먼저 보내 주면요.'

그리고 잠시 후, 진짜 지혁의 사진이 왔다. 사무실 창가에서 어
색하게 셀카를 찍은 그의 모습이.

어머, 이 남자는?! 아침부터 잘생겼네. 이 미모엔 어쩜 기복이
없냐.

'여기가 사무실이에요?'

'내 방 응접실.'

그가 이렇게까지 나오는데 가만히 있을 수가 없어, 새아는 주변
눈치를 살짝 보고는 계단 쪽으로 갔다. 우리 회사에서 햇빛이 가
장 잘 드는 곳이 여기였다. 쨍한 햇살 아래, 예쁘게 보정을 해 주
는 앱을 켜고서 이리저리 각도를 찾고 있는데……,

"뭐 하는 거지?"

유준이 밑에서 불쑥 올라왔다.

아우, 깜짝이야.

"뭐, 그냥, 날씨가 예뻐서."

"이거 이거 남자 생겼구먼?"

이, 이 자식 눈치 보소?

"아, 아니야."

"아니긴 뭐가 아니야. 너? 윤경훈 결혼식장에서 만났구나? 그래. 최근에 네가 남자 만날 데가 어딨었어."

이 동선 파악까지. 하아, 웨딩 업계 사람들은 이래서 안 된다. 이 눈치 눈치, 뭘 숨길 수가 없잖아?

"와, 너 이 바닥 사람 다 됐구나?"

결국은 그녀도 인정할 수밖에 없는 순간이었다.

그 눈치, 혹시 내가 가르친 건 아니겠지?

"너는? 전 남친 결혼식장에서 남자를 만나고 싶냐?"

"……좀 이상한가?"

"사진 띄워 봐. 관상 좀 보자. 이 오빠가 관상 보면 딱 알지."

"비밀이햐아~"

"너, 이러기야? 일로 와."

"내 맘이햐아~"

새아는 휴대폰을 가슴에 품고 다시 사무실로 도망 왔다. 바로 팀장 회의에 들어가야 해서 더 이상 딴짓을 할 새라고는 없었다. 그 와중에도, 지혁은 짬짬이 메시지를 보내왔다.

'주말에는 뭐 해요?'

'토요일 오전은 일할 것 같아요. 상담이 있어서.'

지혁도 한가해서 메시지를 보내는 건 아니었다. 그 바쁜 와중에도, 새아가 보고 싶었던 것뿐.

113

'결혼하는 신부들 보면 어때요? 좋아요?'

'귀여운 신부도 있고 예민한 신부도 있고 그래요.'

'난 웨딩홀 임원인데 웨딩 쪽은 아는 게 하나도 없네요.'

'그러니까 전문가가 있겠죠?'

'토요일 오후에 호수 보러 갈래요?'

새아는 멈칫했다.

호수우? 교외로 나가겠다는 소린가? 호수에서 뭘 하지? 걷겠지? 뭐 입지?

'그래요, 좋아요.'

그렇게 메시지를 보내고 나자, 심장 어딘가가 더욱 간질간질해졌다. 사실 어제부터 그랬다.

'잘 자기.'

그의 스윗한 인사를 들은 이후부터 계속 엉덩이가 붕 떠서 돌아다니는 것만 같은 기분이었다. 자꾸만 달콤한 침이 고이고, 그래서 자꾸만 입맛을 다시게 된다.

이때, 팀원 한 명이 다가와 그녀에게 커다란 앨범을 건넸다.

"팀장님, 현스튜디오 뉴 샘플 나왔어요."

"오, 그래? 이리 줘 봐."

스튜디오에서 샘플이 변경되었다면 필요에 따라선 기존 앨범을 선택한 신랑, 신부에게 뉴 샘플을 권해야 할 수도 있다. 앨범을 한 장 한 장 넘겨 모델들의 구도와 앵글, 포즈와 세트 배경 연출 등을 살펴보는 가운데, 문득 한 페이지에서 신랑, 신부의 얼굴 대신 지혁과 제 얼굴이 떡 하니 박혀 있는 걸 발견했다.

'어우, 깜짝이야.'

너무 놀라 눈을 비비고 사진을 다시 보니, 아기자기한 세트를 배경으로 알콩달콩한 포즈를 취하고 있는 건 그냥 신랑, 신부 모델들이었다. 아무도 눈치채지 못한 저만의 착각이었지만, 괜스레 양 볼이 발갛게 달아올랐다.

아우 아우, 이새아. 제발, 제에에발 그 결혼병은 넣어 둬. 혼자 앞서가고 설레발치고, 이런 거 제발 자제 좀. 응?

어느덧 오후쯤, 설명희 대표가 긴급회의를 소집했다. 이번엔 팀장급이 아니라 전체 플래너들이 다 모이는 회의였다.

"자, 들어 봐. 유명 여배우가 우리 회사에서 결혼 준비를 할 거야."

뜻밖의 소식이었다. 연예인 진행 건?

"날짜 급해. 물론 모든 건 극비고. 입 무거우면서도 일 야무지게 할 플래너가 필요해."

오오, 여배우 누구래. 대박. 모인 플래너들이 일제히 술렁거렸다.

"뭐, 다들 연예인 포트폴리오 쌓고 싶겠지만 그래도 한 명을 결정해야 하는데, 일단 지원자 받을게."

몇몇 플래너들이 우물쭈물 손을 들고 있을 때, 특히나 눈에 불을 켜고 달려들어 열정 광선을 내뿜는 이가 있었다.

"대표니이임! 제가 할게요오오!"

회의장을 울리는 쩌렁쩌렁한 목소리와 부리부리한 눈빛. 이 기세에 눌린 다른 플래너들이 웃으며 손을 내릴 정도였다.

"이 팀장이? 할 수 있겠어? 저번에 전 남친 결혼식 갔다가 멘탈 탈탈 털린 거 아니었어?"

아, 이, 쪼끄만 회사 소문 도는 거 하고는.

"그새 남친이 생겼답니다."

옆에 있던 유준의 말이었다.

이, 이, 고놈의 주둥이를 진짜!

주변의 동료들이 "오올-" 하고 있는 가운데, 새아는 유준을 찌 릿하게 째리며 옆구리를 쿡 찔렀다가, 다시 표정을 바꿔 초롱초롱 한 눈으로 명희를 바라보았다.

"저 꼭 해 보고 싶습니다! 잘할 수 있습니다아!"

"의욕만 가지고 일이 되겠어? 일을 잘해야지?"

"조예차아안! 잡아 오겠습니다!"

순간 왜 그 말이 튀어나왔는지 본인도 알 수 없었다. 일단 연예 인 웨딩 건을 물고 보겠다는 강한 의지 때문이었는지, 조예찬이 나에게 보였던 실낱같은 호감의 징조를 믿은 것인지.

조예찬? 그 이름에 동료들이 단숨에 술렁거리기 시작했다. 여 기에 혹한 건 명희 역시 마찬가지.

"진짜? 아무나 안 찍는다더니?"

"어배우가 아무나인가요? 제가 한번 만나서 설득해 볼게요."

"오, 정말? 오케이! 그럼 이번 건은 멘탈 제대로 회복하신 이 팀 장 진행!"

오오- 주변에선 박수까지 쳐 가면서 새아의 열정을 칭찬해 주는 분위기였다.

"근데, 여배우 누구예요?"

"요새 그 사이다 광고 있잖아. 팡- 하고 터지는 거."

명희는 어설픈 포즈로 삐걱삐걱 그 CF를 따라했다. 뚜껑이 팡 하고 터지면 드러나는 에스라인.

"아, 전세련이요?!"

끄아아아!

이 기쁜 소식을 지혁에게 전하지 않을 수가 없었다.

'대박, 오늘 완전 럭키 럭키!'

잔뜩 기분이 좋아진 새아가 덩실덩실 엉덩이춤을 추는 이모티콘을 곁들였다.

'왜요, 뭔데요?'

그 시각, 지혁은 성진 건설을 나와 로안 쪽으로 걸어가고 있었다.

'후훗, 드디어 고생 끝에 낙이 오는 건가. 만나면 얘기해 줄게요.'

'아, 궁금하다. 빨리 보고 싶게 하네.'

크으으으. 권지혁, 이 남자. 이렇게 연락을 잘하니 참으로 스윗하고 순둥하네. 히히, 앞으로도 이렇게만 하란 말이야.

일도 연애도 술술술 잘 풀리는 것 같아 새아는 절로 콧노래가 나왔다.

이럴 때가 아니다. 지금껏 전세련이 입었던 시상식 드레스를 보면서 체형을 파악하고 그 스타일과 취향도 파악해야 한다. 그래야 최적의 웨딩드레스를 추천할 수 있을 테니.

연예인은 일반인보다 드레스를 입을 기회가 훨씬 많기 때문에 아무래도 까다로울 수밖에 없다. 조금 급하긴 하지만 해외 드레스 브랜드에 오더를 줘야 할 수도 있기 때문에 국내뿐 아니라 해외 드레스 신상들도 쭉 정리해 놓는 게 좋을 것이다. 새아는 눈에 불을 켜고 일에 몰두했다.

♩♩

만나면 얘기해 준다니. 대체 무슨 좋은 일이 생겼길래. 그녀가 기분이 좋다고 하니 나도 기분이 좋다. 온 우주의 중심이 휴대폰으로 옮겨 가는 듯한 느낌이 든다. 너무나도 간만에 드는 기분이었다.

사실 연인에게 친절하게 연락을 많이 하던 스타일이 아니었기에 이렇게 하나하나 일상의 감정들을 공유한다는 게 조금 신기하기도 하고 낯설기도 했다.

틈날 때마다 햇살 속에서 찍은 새아의 셀카 사진을 들여다보았다. 급히 찍은 듯했지만, 참 사랑스러운 모습이었다.

얼른 일 끝내고 달려가고 싶을 만큼, 그만큼, 보고 싶었다. 나의 새아 씨가.

그러나 로안에 도착한 지혁은 제 정수리에 운석이 내리치는 것
만큼이나 상상치도 못한 소식을 듣고 말았다.

8

안녕? 신랑?
일 년 만이네?

"오늘 VIP룸에서 식사 돼요?"

지혁이 자연스럽게 로안으로 들어서며 말했다.

"마카오 귀빈들 대접하게."

지혁의 등장에 설영희 본부장이 전화를 다급하게 끊고는, 재빨리 평소의 우아한 표정을 지었다. 살짝, 뭔가를 숨기는 것처럼.

"물론이죠. 몇 시요?"

"저녁이 다섯 시면 좀 그렇죠? 빨리 퇴근하고 싶은데."

"일곱 시로 해 놓겠습니다."

설영희 본부장이 연회부로 연락을 하고 있을 때, 지혁은 카운터에 대충 몸을 기댄 채 예약 장부를 슥슥 넘겨보았다. 이미 내년도 봄, 가을 시즌까지 주요한 시간대는 모두 예약이 끝나 있었다.

"와, 예약이? 꽉 찼네? 우리 로안 너무 잘되네. 이 비싼 데서 어떻게 결혼하나 몰라. 결혼식 끝나면 알거지 되겠다."

"저희 타겟은 돈 많은 집 자제들이니까요."

"아, 나 같은?"

"뭐, 그렇죠?"

이때, 지혁은 한두 달 남짓 남은 로열 타임에 익숙한 이름을 발견했다.

"어어?"

"왜 그러세요?"

"대박, 이날 세련이 결혼해요?"

오올─ 전세련이 드디어 결혼하는구나. 축의금 왕창 내라 그러겠네.

반가운 이름을 발견한 지혁이 살짝 싱글거리고 있는 가운데, 영희는 빳빳하게 굳어져 삐질삐질 식은땀을 흘리고 있었다. 올 게 왔다는 표정이었다. 웨딩홀 예약부의 신입 사원인 다람은 오히려 상황을 몰라 해맑기만 했다.

"오와, 전세련 아세요?"

"그럼요. 아버지들끼리 친해서 코찔찔이일 때부터 봤는데, 야, 이게 언제 커서 배우를 한다고."

"친하세요?"

"쿵, 뭐 일 년에 한 번 볼까 말까. 에이, 연락 자주하면 스캔들 나. 있는 집 자식들끼리."

우와, 우리 상무님 인맥 장난 아니시다.

다람이 해맑게 입을 벌리고 있는 가운데.

"연예인 결혼식이면 또 바쁘겠네요. 아, 아버지가 마카오 땅 얻는 조건으로 우리 홀 내주기로 한 건가? 역시. 세련이 예비 신랑은 뭐 하는 사람이에요?"

예약 장부에는 세련의 이름만 적혀 있을 뿐 신랑 이름이 없었다. 다람은 시스템에 접속해 전세련의 고객 차트를 들여다보았다.

"오, 건설사 다니시는 분인가 봐요."

다람이 재잘거리고 있는 와중에도, 뒤에 선 설 본은 이상하리만치 입을 꾸욱 다물고만 있었다.

"누구지? 그럼 내가 아는 사람일 수도 있겠다."

"나이가, 서른넷이네요."

"우, 나랑 동갑이네. 누구지? 이름 뭐예요?"

그 시각, 설 본이 차라리 눈을 참담하게 감아 버리는 걸 지혁은 보지 못했다.

"신랑 이름이…… 권지혁?"

어리바리 해맑은 다람과는 달리, 주변 직원들은 경악하고 있었다. 주변 분위기는 얼음처럼 싸해지는데, 지혁 혼자만 여전히 태연했다.

"에이, 그건 내 이름이고. 내 이름 말고 신랑 이름."

이 친구가 아직 신입이라, 뭘 잘 모르는구나. 내 이름이 권지혁이에요.

"신랑 이름, 권지혁 맞는데요?"

"응? 나 말고 건설계에 권지혁이 또 있나?"

그제야 지혁은 갑자기 싸해진 주변의 분위기를 느꼈다.

"성진 건설 상무, 권지혁. 어? 그러네요?"

그 말에 지혁은 화들짝 모니터를 돌려 고객 차트를 확인했다. 다람의 말은 거짓이 아니었다.

어어어? 전세련의 신랑이 바로 나? 권지혁? 나아아? 나아?

직원들이 다람의 허리를 쿡 찌르면서 "상무님이 권지혁이잖아." 눈치를 주고 술렁이는 가운데 지혁은 서서히 상황 파악이 되기 시작했다. 아버지 권 회장이 예전부터 그런 말을 했었다.

'네 놈이 그렇게 계속 비혼주의 비혼주의 노래 부를 거면 아무 여자나 골라서 로안에 날 잡아 가지고 장가보내 버릴 거야.'

그냥 화가 나서 홧김에 하신 말인 줄 알았는데, 실현 가능성 없는 빈말인 줄 알았는데, 뭐 그냥 비유적인 표현인 줄 알았는데, 혹시? 호오옥시?

"나, 나, 나, 나, 그날 결혼해요? 아니지? 아니죠?"

이글거리는 지혁의 시선을 설 본은 고대로 옆으로 피했다.

피하는 꼴 보니 이거 이거?

"맞구나?"

마, 말도 안 돼!

"나, 그날 결혼하는구나? 누구 지시예요? 아버지?"

꼬르륵— 설 본의 눈동자가 지혁을 피해 다른 방향으로 데굴데굴 굴러갔다.

"그, 그, 그, 마카오 땅에 아들을 팔았구나?"

"상무님, 일단 진정하시고…….."

"진정이 지금, 되겠어요? 내, 내가 갑자기 결혼을 한다는데?"

정수리 한가운데로 어마어마한 운석이 떨어져 쫘아아아악 쪼개지는 듯한 충격이었다.

그 말 이즈 레알 참 트루? 내가, 결혼? 다음 달에 겨어얼호오온?

놀랍게도, 말도 안 되는 이 일이 가능한 것처럼 느껴졌다. 아버지는 그럴 사람이다. 정말로, 충분히. 일단 지르고 보는 그 막무가내 황소고집에, 되든 안 되든 무조건 밀어붙여서 빌딩을 올리고야 마는 그 건설사 스타일!

그, 근데 그렇다고 그걸 설마 내 결혼까지 이렇게 하실까? 추, 충분히 그러실 양반이다.

지혁이 비혼주의니 뭐니, 그런 소리를 할 때마다 저놈 자식 무슨 수를 써서라도 어떻게든 보내 버리겠다고 눈을 부라리셨던 걸 보면.

두부처럼 얼굴이 새하얘진 지혁이 휴대폰을 들었다.

"아부지, 아부지, 왜 전화 안 받아요! 아부지!"

연결은 되지 않았고, 지혁은 더 이상 그 자리에 있을 수가 없었다.

"상무님이라고 해도 미리 약속하고 오셔야 해요. 시간 잡아 드릴게요."

아무리 회장실 직속 비서가 말려도, 다음 달에 결혼 날짜가 잡힌 나의 문제는 시간과 약속을 잡아서 해결할 성질의 것이 아니다.

일단 쾅하고 문을 차고 들어오는 지혁과 이를 말리는 비서.

"아부지, 나 결혼해요?"

그 우당탕탕 요란한 소리에 결재판을 들춰 보던 권 회장이 고개를 들어 지혁을 빤하게 바라보았다.

"들었구나."

"에이, 농담이죠? 무슨 결혼이에요? 조선 시대도 아니고. 여잔 내가 데려와야지."

권 회장은 태연하게도 찬찬히 눈을 끔뻑 뜨면서 쓰고 있던 안경을 벗었다.

"여자, 안 데려올 거잖냐."

아주 잠시, 지혁의 말문이 막혔다.

아버, 아버, 아버지?

"일단 앉아 봐라."

"내, 내가 지금 앉아서 얘기하게 생겼어요?"

일단은 펄쩍 뛰었지만, 도리가 없다. 앉아서 얘기하는 수밖에.

"겨어얼혼? 내가 결혼?"

"그러니까 이번 주 내로 계약서 도장 찍어라. 그런 소리는 왜 했어?"

"밀당 몰라요? 공사 규모만 두세 배씩 키우는 데 그렇게 안 밀어붙이면 걔네들이 하겠어요?"

"부지 확보부터 했어야지."

"세련이 아파트 광고 주려고 했죠. 솔직히 세련이급에 아파트면 과분하잖아요?!"

"내가 보기엔 세련이 너한테 과분하다."

으형형형, 아버지. 그게 또 무슨 소리세요.

"아들내미 둘 있는데 둘 다 생각이 삐뚤어져 가지고, 한 놈은 애비 뜻 거스르고 제멋대로 결혼하고 한 놈은 비혼주의인지 뭔지 썩어 빠진 생각이나 하고 있고. 너같이 돈 놈한테는 세련이도 과분해."

"자꾸 억지로 결혼을 갖다 대니까 더더욱 결혼 생각이 없어지죠. 아니, 무슨 리조트 사업 하나에 아들내미를 갖다 팔아요?"

"리조트 하나만 보고 팔았겠니. 앞으로 세련이네 부동산 회사랑 같이할 일 많을 거다. 걔네 회사가 작아 보여도 가진 땅이 보통이 아니야. 좁은 땅덩어리에 건물 올릴 데가 또 어딨어. 두 사업체가 한 배를 타는데 혼약만 한 게 또 없고."

오 마이 갓.

지혁은 진정 돌아 버릴 것 같은 심정이었다.

"아부지, 아무리 그래도 이건 아니죠. 어떻게 쌓은 정도 없는 여자랑 갑자기 살 맞대고 살아요?"

"누가 너보고 결혼 생활하래?"

"눼에에에?"

지혁의 얼굴은 오히려 해괴해졌다.

"일 년에 삼분의 이는 외국 나가 있는 놈이 뭔 결혼 생활을 해. 대충 식만 올리고, 일이랑 결혼해서 살아. 오히려 사랑이니 뭐니 죽고 못 사는 연놈들이 이혼은 더 많이 하더라. 그냥 계약 맺는다고 생각해. 너 계약 좋아하잖아."

아무리 계약 좋아한다 한들, 제 인생 걸고 이런 계약하는 놈이 어디 있습니까.

"그래서, 저도 아버지처럼 살라고요? 평생 한 여자한테 정착 못 하고, 삼 개월마다 여자 바꿔가면서 살라고요?"

"이미 너도 그렇게 살고 있잖아. 너라고 그 버릇 고칠 것 같아? 너라고 와이프한테 충성할까?"

"그게 아부지가 아들한테 할 소리예요?"

"네가 뭐라 그랬어. 결혼해서 한 여자를 불행하게 하기 싫다며. 명목뿐인 결혼이면 불행하고 말고 할 게 어딨어. 각자 알아서 지 인생 사는 거지. 요새 말로 뭐라 그래. 쇼윈도 부부. 그거라고 생각하면 될 거다."

그, 그런 말은 어디서 배워 오셨습니까? 쇼윈도 부부우?

"난 그래도 이 결혼 못 합니드아아!"

"왜 못 해? 강 비서한테 얘기 들었다. 집안 좋고 못생긴 애 더 이상 들이밀지 말라고. 세련이 정도면 이쁘잖아. 어떻게 여배우보다 더 이쁜 여자를 데리고 와?"

"아, 그래도 싫어요오옷!"

"다른 부잣집 아들놈은 모델, 배우랑 결혼 못 해서 안달이던데, 너는 갖다줘도 싫다 그러니?"

오 마이 갓, 아버지이. 지금 그 말이 진심이세요?

"에잇, 정 하기 싫으면 말아. 리조트 건 날아가는 거지. 네가 일으킨 건 네가 한번 엎어 봐. 지금껏 들어간 투자금, 지가 독박 써 봐야 무슨 일 했는지 알지."

"악! 아부지!"

"왜!"

"세련이 번호가 뭐예요?"

꿍짱꿍짱, 양 구둣발로 거센 비트를 내며 복도를 걸어가고 있던 지혁이 싱글벙글 가벼운 걸음으로 회장실에 들어오려던 상후와 마주쳤다.

"오우, 권 상무~ 여기 있었어? 오늘 전 회장님네에서 가계약서 받았다!"

순간, 지혁은 강 비서 품에 안겨 있는 결재판을 빼앗아 갈기갈기 찢어 버릴 뻔했다.

"악! 갖다 버려! 그 따아앙!"

"얘가 왜 이래? 돌았나?"

상후는 결재판을 아기처럼 소중히 감싸 안고서, 잔뜩 벌게진 지혁의 안색을 살폈다.

엥? 이 자식 왜 이래? 왜 익은 토마토처럼 퍽-하면 터질 기세야? 어디 심하게 고장 난 거야?

고등학교 때부터 알아 온 놈이지만, 그가 이렇게까지 돌아 버릴 것 같은 얼굴을 하고 있는 건 처음이었다.

"말이 돼? 내가, 그 땅에, 내 인생을 팔았다고?!"

느닷없이 천장을 향해 우오오오오 포효하다가, 갑자기 우다다다 어디론가 달려간다.

"에에엥? 저 새끼가 왜 이래? 똥꼬 찔린 강아지 마냥?!"

그렇게 지혁이 잔뜩 오른 열을 주체하지 못하고 있을 때, 띠롱- 새아에게서 메시지가 왔다.

'오늘 저녁에 일 있어요?'

아, 연락 안 하면 차 버릴 거라 그랬지?

지혁은 환장해 돌아 버리겠는 그 와중에도, 아주 최소한의 이성을 되찾아 정상적인 답을 보냈다.

'마카오 귀빈들이랑 식사할 것 같아요.'

몇 번의 수소문 끝에 세련을 찾은 곳은 그녀의 단골 헤어숍 앞이었다. 세련이 이제 막 헤어메이크업을 마치고 일층으로 내려오고 있었다. 지혁은 일단 되는 대로 주차를 하고 차에서 내려, 밴에 타려는 세련에게로 성큼성큼 다가섰다.

"지금 뭐 하십니까?"

매니저 민환이 일단 그를 막아섰다. 조그만 팩트로 화장 상태를 점검하던 세련이 지혁의 모습을 흘깃 보고서는 씨익 미소를 지었다.

"안녕? 내 신랑? 오랜만이네?"

그야말로 눈이 뒤집히는 말이었다.

"들여보내 민환아."

환장하겠네. 진짜.

지혁은 누가 들을세라 세련을 밴 안으로 꾸역꾸역 밀어 넣고, 끓어오르는 화를 최대한 꾹꾹 눌러 담으며 온건한 대화를 시작했다.

"와, 세련아. 너 오랜만이다. 너 나랑 결혼할 거니?"

"방금 못 들었어? 새신랑?"

애써 누른 자제심이 삼 초도 못 갈 것 같은 게 함정이다.

"야, 너 일 년 만에 만나서 굉장히 놀라운 소리 한다?"

"나, 더 이뻐졌지?"

"또 어디 뜯어고쳤어? 이젠 고칠 게 없어서 남의 인생 쑤시려드냐?"

"간만에 티격태격하니까 반갑다. 오빠랑 나랑 어렸을 때 많이 치고받고 놀았는데. 친남매처럼."

"그러니까 어떻게 친남매 같은 사이가 부부가 되냔 말이야?!"

"난 오빠 동의하고 얘기 끝난 줄 알았는데."

세련은 다 예상했던 반응이라는 듯, 시종일관 태연했다.

"당사자들끼리 이제 앉아서 얘기 시작했는데 뭔 얘기가 끝나?"

"오빠, 일반적인 결혼 생활 못 한다고 들었어."

"내가?"

순간, 세련의 시선이 어딘가 아래로 내려가려는 것을 지혁이 멈춰 세웠다.

어딜 봐, 이것아!

"아냐, 그런 거 인마! 여자 너무 좋아해서 문제지."

"일 년에 칠팔십 프로는 외국 나가 있는다며. 남은 이삼십에 무슨 결혼 생활. 명목상 결혼이야. 오빠네는 땅이 필요하고. 난 빵빵한 집안이 필요하고."

"너희 집안 빵빵한데, 왜 우리 집이 필요해?"

"그 집이 내 시댁이면 달라지지!"

"왜? 기사 많이 나서? 이슈 되서? 너 결혼한다고 배우 포기할 거 아니잖아. 대기업 안주인으로 조신하게 살 것도 아니잖아."

이에 세련의 눈빛이 미세하게 굳어졌다.

"오빠, 이 바닥 진짜 모르는구나?"

"내가 그 바닥을 왜 알아야 해? 진짜 똑바로 말 안 해?"

"……스폰서!"

처음으로 그녀의 목소리가 떨리기 시작했다.

"결혼을 해야, 그런 데 안 불려 나갈 거 아니야?"

"그, 그런 거면…… 차라리 결혼 말고 스폰서를 해 달라 그래! 돈은 빵빵하게 대 줄게. 어? 안 그래도 아파트 광고 주려고 했어!"

"오빠 어차피 결혼 생활 안 할 거고 일본 땅이 필요해. 나도 어차피 결혼 생활 안 할 거지만, 시댁이 필요해. 둘 다 윈윈이잖아?"

하아, 윈윈이란 단어가 이럴 때 쓰이는 말이었니?

"사업하는 집 아들내미가 뭐 이렇게 말귀를 못 알아먹어? 이렇게까지 펄쩍 뛰는 거, 오바야. 오빠."

"내 결혼이야, 내 인생이라고!"

"순진하시네. 오빠네 같은 집안에서 제 맘대로 결혼할 수 있을 줄 알았어?"

"결혼을, 아예, 안 하려 그랬지!"

"것도 오빠 맘대로 될 것 같아? 혹시 이렇게 펄펄 뛰는 게 만나는 여자 있어서 그래?"

다다다 몰아붙이던 지혁의 말문이 순간 턱 막혔다.

"왜, 얼마나 만난 여잔데?"

오늘로…… 삼 일째지. 새아 씨하고는.

"정리 안 해도 돼. 계속 만나든가 말든가."

"너랑 나랑 대문짝만하게 기사 나갈 텐데 어떻게 그래?"

"아? 그럼 지금까지 그 여자가 받을 상처 때문에 길길이 날뛴 거야?"

바로 어제 한 말이었다. 분위기도 처량하게 비까지 맞으면서 했던 말. '상처 줄 놈 왜 만나요.' 하길래 이번엔 진짜 제대로 해 보겠다고 약속했다. 그 말을 하고 나서 채 이십사 시간도 지나지 않은 지금이다.

"안 돼, 세련아. 이건 진짜 아닌 것 같아."

"그럼, 계약서 찢어 버리던가. 쉬운 문젤 갖고."

"야! 전세주!"

"왜! 그 땅은 필요한가 보지?"

그 와중에, 이들이 타고 있는 밴이 어디론가 이동하고 있는 걸 지혁은 인지하지 못했다. 그 커다란 타이어가 굴러 굴러 도착한 곳은 다름 아닌, 소울 웨딩 플랜 앞이었다.

9

내 남자 친구의
결혼식

"음, 전세련 씨는 어떤 분이랑 결혼하려나. 좋겠다."

새아는 콧노래를 흥얼거리면서 미팅 자료를 정리했다.

이거 상담하고 한두 시간 있으면 퇴근이겠네. 후훗, 권지혁 씨
는 저녁에 약속 있다고 했으니까, 또 막 데리러 오고 그러진 않겠
지? 아이, 참. 귀찮게 말이야.

문득 그때가 생각났다. 해 질 녘, 지혁이 예식장 앞에서 손을
딱 하고 잡았을 때. 내 마음이 미세하게 흔들렸던 그 순간. 흐음,
그때도 진짜 섹시했지. 집 앞에서 키스했던 그때. 어떻게 나도 하
루 만에 사귀기로 결정한 걸까. 아우, 이런 데인저러스한 남자 같

으니라고.

비를 잔뜩 맞은 채 나를 잡으러 왔던 어제도 사실 너무너무 섹시해 보였던 순간이었다. 다시 그때를 떠올리니 가슴이 방방방 뛰기 시작한다. 어제는 불안함에 가까웠지만 오늘은 설렘 쪽에 더 가깝다.

나 너무 금방 푹 빠져 버린 거 아니야? 뭐, 원래도 금사빠에 가까웠지만, 그래도오.

"유준아, 생각해 보니까 난 웨딩 플래너 하길 넘 잘한 것 같아."

유준에게 말을 거는 새아의 입가엔 배시시 살구빛 수줍은 미소가 걸려 있었다.

"엥?"

"사랑은 너무 행복한 거잖아? 그 사랑의 클라이맥스가 결혼인 거고? 난 그 사랑이 완성될 수 있게 도와주는 천사인 거고! 꺄아, 너무 행복하네. 완전 사랑의 천사 아니야."

아니, 얘가 또 왜 이렇게 들떠서 이래?

"언제는 본인 연애가 쑥대밭이라 매일 짝 있는 사람들 보는 것도 힘들다더니."

"어머? 내가?"

새아는 검지를 좌우로 살랑살랑 흔들며 고개를 치켜들었다.

"움움움. 나 이제 엄청 사랑받으꼬야."

"그래? 전세련 드레스 콘셉트 잡았다며. 보여 줘."

"아, 응."

새아가 순진하게 휴대폰 갤러리를 켜서 드레스 사진을 보여 주자, 유준은 간단하게 사진을 옆으로 넘겼다. 바로 등장한 건 지혁의 셀카 사진이었다.

"이놈이야?"

"꺄아악! 내놔!"

바로 눈이 휘둥그레진 새아가, 휴대폰을 빼앗으려 그에게 대롱대롱 달려들었다.

"지는 피혼 철벽남인 주제에 남의 연애에 왜 이렇게 관심이 많아?"

"어디 보자."

유준은 높은 키로 휴대폰을 번쩍 들고는 지혁의 사진을 주욱 확대해 보았다. 그녀가 아무리 폴짝폴짝 뛰어 손을 뻗어도 도달할 수 없는 높이였다.

"야, 웬일로 사람처럼 생겼냐? 스읍, 낯이 익은데. 혹시 업계 관계자야? 로안 갔다가 만난 거면, 로안 쪽?"

와, 나는 어떤 호랑이 새끼를 키운 거야? 아무리 웨딩 업계에선 눈치코치가 중요하다고 했지만, 이건 뭐 무당 수준 아니냐?

"그래, 거기 오너다! 내놔, 이제!"

"로안이랑 우리랑 로미오와 줄리엣인데?"

똑같이 생긴 두 여자가, 이 좁디좁은 웨딩 바닥에서 치열한 앙숙인 건 모두 다 알고 있는 사실이었다. 세 번 결혼했던 경력을 바탕으로 웨딩 컨설팅 대표를 맡은 설명희와 그에 비해 한 번도 결혼하지 못한 채 로안 총괄을 맡은 본부장 설영희.

"왜, 내가 해 볼란다 줄리엣. 아, 얼른 줘!"

"야, 이거는 누가 봐도 선수상 아니냐? 이렇게 뺀질거리게 생긴 놈은 뒤통수를 쳐도 제대로 칠 놈인데."

"나도 그런 줄 알고 차 버리려고 했는데, 사람이 괜찮아. 진심이 있더라고."

지혁을 두둔하며 묘하게 반짝이는 새아의 눈빛에 유준은 이미 반쯤은 틀렸다는 생각을 했다.

"이거 이거 벌써 푹 빠졌구먼? 오늘 보기로 했어?"

"아니, 이따 저녁에 마카오 귀빈인가랑 미팅 있대."

유준은 '딱한 것'이라는 표정을 지으며 휴대폰을 넘겨주었고, 새아는 입술을 한 번 삐죽이고는 휴대폰을 품에 소중히 넣었다.

어이구? 좋단다. 새아야 내가 뭐랬니. 관상은 사이언스라고. 네가 몇 살인데 남자 얼굴 따지냐. 딱 봐도 얼굴에 쓰여 있잖아. 바—람—둥—이—. 얘가 그렇게 속고 또 속네. 그러다 깨지면 또 술을 얼마나 처먹고 길바닥에서 상모돌리기를 하려고 진짜. 그럼 내가 또, 응? 바빠지잖아?

♩♩

세련의 밴 창문에는 블라인드가 캄캄하게 내려와 있어 밖이 잘 보이지 않았다. 그 속에서 지혁은 여전히 분통을 터트리고 있었다. 이 차가 어디로 굴러가고 있는지도 모른 채.

"그런 결혼이면 꼭 나 아니어도 되잖아. 왜 꼭 나여야 돼?"

왜 나지? 아무리 생각해도 결론은 하나다.

"야, 너 내가 만만하냐?"

그렇게 목에다가 찌릿찌릿하게 핏대를 세우고 있는데, 문득 세상 느껴본 적 없는 싸늘한 예감이 온몸에 바늘처럼 꽂힌다.

"잠깐, 여기 어디야?"

익숙한 곳인데, 여기.

"예식 날짜 봤잖아. 준비 당장 시작해야 할 것 같은데?"

세련은 당차게도 먼저 문을 열고 내렸다. 지혁은 엉겁결에 따라 내렸다가…… 경악을 금치 못했다.

여, 여기는…… 내가 어제 왔던…… 새아를 데리러 왔었던……소울 웨딩 플랜이다.

순간, 두피 속부터 머리끝까지 새하얗게 백발로 변해 버리는 기분이었다.

"안 돼, 여긴 안 돼. 여긴, 진짜 안 된다고!"

입술이 다 얼어붙어 말이 제대로 나오고 있는지도 모르겠다. 그야말로 기겁 식겁 그 자체.

왜, 왜 하필 여기야?!

"오, 전세련 씨 도착했나 보다."

저편에서 까만 밴이 정차하고 세련이 모습을 드러내자, 안에서 보고 있던 명희의 얼굴에 화색이 돌았다.

"신랑은 뭐 하는 사람이래요?"

옆에 선 새아가 빈 차트판을 품고 물었다.

"극비. 오늘 같이 오니까 살짝 물어봐."

"네엡!"

생글생글, 영업용 미소 풀착장이다. 크흐흐. 전세련 결혼 진행으로 내 커리어가 화려하게 꽃 피는구나. 친해져서 주변에 친한 연예인도 진행할 수 있음 좋겠다. 헤헷, 진짜 잘해 줘야지. 프로페셔널해 보이게. 엣헴.

짤랑— 문이 열리고, 무릎 위까지 올라오는 니하이 부츠를 신은 세련이 그 기다란 모습을 드러냈다.

우아, 얼굴 오목조목 아기자기한 거 보소. 여배우는 여배우네, 대박.

"안녕하세요."

"안녕하세요. 소울 웨딩 플랜, 이새아 팀장입니다."

새아는 그 언제보다도 화사하게 웃으면서 세련에게 깍듯하게 인사했다. 그리고 고개를 드는데…… 익숙한 얼굴이 보였다. 세련의 옆, 입구 쪽에 권지혁이 서 있었다.

엥? 벌써 나 보러 왔어요? 오늘 귀빈들이랑 밥 먹는다더니. 어쩌지, 나 지금 상담 들어가야 하는데.

자세히 보니 지혁은 거의 억지로 이곳에 발을 들인 것 같았다. 똥 마려운 강아지마냥 안절부절못하면서 어딘가로 도망갈 구석을 찾는 듯 시선을 이리저리 돌리고 있었다.

엥? 저 남자가 왜 이러고 있지?

"대표님께 얘기 들었어요. 여기 에이스시라고."

세련이 새아에게 먼저 악수를 청했다. 그 악수를 받아 손을 흔들면서도 새아의 의문은 사라지지 않았다.

왜, 권지혁이 여기 있지?

이젠 도망갈 수도 없다, 차라리 체념한 듯, 입술을 깨무는 지혁과 쿨하고 털털한 척 웃으며 지혁을 소개하는 세련.

"인사해요. 제 신랑 될 사람이에요."

새아는 지금 이 말씀이 실화인가 싶었다.

엥? 에에엥? 뭐라고요? 시, 신랑 될 사람? 예랑이라고요? 권지혁 씨가? 그럴 리가요? 궈, 권지혁 씨는 내…… 남친인데?

저편 사무실 자리에 앉아 있던 유준도 그 신랑이라는 작자의 얼굴을 보았다.

"저, 저, 저 사람이 신랑이야?"

그 역시 경악하지 않을 수가 없었다. 저 인물은 구면이다. 조금 전 셀카로 보았던 그 절세미남. 전 남친 결혼 준비해 주고 장가보낸 지 얼마나 되었다고, 어떻게 현 남친이 결혼 준비해 달라고 찾아왔는가. 이새아, 진짜, 남자 복, 하아.

"저희, 상담 좀 해 주시겠어요?"

여전히 세련이 털털하고 쿨한 미소를 짓고 있는 가운데 새아의 귓가에는 지혁이 했던 그 헛말들이 왕왕왕 울려 퍼지고 있었다. 뭐라 그랬더라.

'결혼 말고 연애만 해요. 순정남 할게요.'

'그래도 만나 볼래요? 연애만 해요, 우리.'

그렇게 결혼을 기피하고 '연애만'을 강조했던 그 이유는 단 하나……. 따로 결혼할 여자가 있었던 것이었다. 그러니까, 나는 그냥 연애용 여자였던 것이다.

주변 분위기에 휩쓸려 새아와 지혁 역시 손을 마주 잡았지만, 새아는 지금 잡은 이 손목을 똑 하니 분질러 끊어 놓고 싶은 심경이었다.

'이런 시봉새, 개호로자식을 봤나!'

평소 언어생활이 고운 편이라, 더 심한 욕이 바로 생각나지 않은 게 한스러울 뿐이었다. 새아는 오히려 기괴한 표정으로 눈을 동그랗게 뜨고 말했다.

"안녕하세요, 신랑님."

지혁의 표정은 참담, 그 자체였다.

"안녕하세요. 플래너님."

새아의 눈이 뒤집어졌다.

"화려하게 했으면 좋겠어요. 대한민국에서 내가 결혼하는 거 모르는 사람 없게. 결혼으로 이슈 되서 다시 재조명된 스타들도 있잖아요?"

이곳은 상담실. 여기까지 내가 어떻게 왔는지도 모르겠다. 이 감정도 이 상황도 도저히 정리가 안 되지만, 새아는 일단 하던 대로 차트부터 폈다.

"신부님, 나이가?"

자기도 모르게 신랑 나이에 서른넷을 적은 뒤였다.

"서른이요."

"두 분 만난 지 얼마나 되셨어요?"

원래 첫 상담부터 그런 걸 물어보지는 않는데, 나도 모르게 홀린 듯이 그 질문이 나와 버렸다.

"일 년이요."

빠각, 빠각, 빠가각. 연필깎이에 들어간 연필이 칼날에 돌돌돌 갈리듯이 지금 나의 두뇌가 돌려 깎이는 것 같았다. 일 년 만났다고? 둘이? 하, 둘이?

태연한 세련의 목소리에 경악한 건 지혁이었다.

"뭐어어어?"

너랑 나랑 얼굴 본 게 일 년 만이 아니고?

"기사엔 일 년으로 내보낼 거야."

"이게 어디서 거짓된 소리야?!"

새아의 얼굴이 실시간으로 썩어 들어가자, 지혁은 그야말로 입술이 바싹바싹 타들어 가는 것 같았다.

"너, 나랑 얘기 좀 하자. 전세련."

지혁의 말에 새아는 튕기듯이 바로 자리에서 일어났다.

"그럼 두 분이서 말씀 나누세요."

비틀비틀. 상담실을 나가는 그녀의 뒷모습이 곧바로 실신할 것처럼 휘청이는 걸 지혁은 보았다.

'어떻게, 어떻게······.'

바로 왈칵하고 눈물이 터져도 이상하지 않을 순간이었다. 밖에서 유준이 괜찮냐고 물어보며 챙겨 주었지만, 새아는 그 손마저 떨쳐 내고 토각토각 위험하게 계단을 내려갔다. 내려가고 내려가 지하 주차장에 당도하고 나서야, 지금 이 상황에 대한 현실감이 찾아오기 시작했다.

"말도 안 돼, 말도 안 돼."

기가 막히고 코가 막히다 못해, 온몸의 혈마저 막혀 버린 것 같다. 팡팡팡─ 한강에서 불꽃놀이를 보며 느꼈던 긴장과 설렘, 두근거림이 전혀 다른 의미로 뒤집어지고 있었다. 배.신.감.으로.

"사귀자며! 예쁘다며!"

부, 분명 나한테 그랬잖아. 정말 열심히 정성 들여서 말했잖아. 믿지 못하는 걸, 믿게 하려고 막 그랬잖아.

"근데 전세련이랑 결혼하겠다고 나를 찾아와?"

어떻게 나를? 나를 찾아올 수가 있어?

"세상에, 인생 싱크홀이네. 추락 한번 제대로네."

딱 그 느낌이었다. 지하 천 미터 아래로 그대로 추락해 굴러떨어지는 듯한 느낌. 지구 반대편까지 뚫어 미끄덩한 석유가 나올 때까지, 아아아악— 아득히 추락하고 있는 기분이었다. 훅하고 자리에 주저앉을 수밖에 없었다.

♪♪

와, 복장이 터져서 사람이 죽을 수도 있나. 그럼 그걸 '복장사'라고 부르나.

지금 지혁의 기분이 그랬다. 심장이 웰던으로 구워져 바삭바삭 타오르다가, 위장과 대장이 꽈배기처럼 디디 꼬여 팡 하고 터질 것 같은 이 느낌. 딱 복장 터져 죽을 것 같은 이 느낌.

"여배우는 일상이 다 연기냐? 립스틱에 침이나 바르고 구라를 쳐!"

잔뜩 열이 오른 지혁은 세련에게 그렇게 쏘아붙이고는 상담실 밖으로 나갔다. 제대로 상처받은 얼굴의 새아를 따라서. 휘청이다가 툭하고 부러져 쓰러질 것 같던 새아의 뒷모습을 찾아서. 정말로 어딘가에 실신해 쓰러져 있을까 봐 지혁은 소울 웨딩 플랜 곳곳을 찾아 뒤졌다. 해명을 해야 했다. 이게 어떻게 된 일인지, 어떻게든 이해를 시켜야 했다. 한참 후에 찾아낸 그녀는 지하 주차장에 돌처럼 굳어진 채 멍하니 쭈그려 앉아 있었다. 막상, 저편의 그녀를 보니 곁으로 제대로 다가서지도 못하겠다. 일이 이렇게 꼬일 줄 내가 어떻게 알았겠는가. 하필, 하필, 내가 여기 이렇게 오게 될 줄이야. 그렇게 바스락거리고 있던 지혁을, 쭈그려 앉아 있던 새아가 발견했다.

"어머, 안녕하세요. 신랑님!"

밝은 척 톤을 높이는 그 목소리가, 오히려 더 무섭고 섬뜩했다.

"결혼이요? 전세련이랑 일 년 만나고 결혼이요?"

그녀가 무덤 속 좀비처럼 벌떡 자리에서 일어나 성큼성큼 다가오자 지혁은 자기도 모르게 뒷걸음질을 쳤다. 아이구야.

"새아 씨, 일단 다 오해예요. 내가 새아 씰 신부로 오해했던 것처럼, 이거 다 오해예요."

아하하하? 오해란다. 오해!

"어떻게 하면 결혼하러 찾아온 게 오해가 될 수 있지? 사귀다, 만나다, 들킨 것도 아니고, 결혼하겠다고 여기까지 제 발로 기어들어왔는데 하! 필! 여기까지 왔는데, 오해에?"

바로 헥토파스칼킥으로 지혁의 정강이를 냅다 차 버리는 새아. 급작스러운 공격에 한 발을 들고 깽깽이를 하고 있는 지혁에게, 새아는 퍼부었다.

"나를 차지 말아요? 와, 이게 어디서 개수작이야? 재벌가는 가정교육을 와이파이로 받니?"

"새아 씨,"

"부잣집 남자들은 여자를 이런 식으로 데리고 놀아? 난 결혼 생각 없어요, 결혼은 딴 여자랑 할 거니까? 필 꽂히는 여자는 엔조이로, 불장난으로 데리고 놀 거니까? 와, 똥차 가고 벤츠 온 줄 알았는데, 재수 똥싸개가 왔네?!"

"나도! 이러고 싶어서 여기 온 줄 알아요?"

한창 정강이를 비비던 지혁이, 누적되는 억울함에 벌떡 가슴을 펴고 소리를 높였다.

"일 년? 일 년이 뭐야! 세련이 보는 게 일 년에 한 번인데."

"······?"

"내가 결혼하는 거, 나 오늘 알았어요! 로안 갔다가 예식 장부 보는데 거기 내 이름이 전세련하고 쓰여 있었습니다! 새아 씨가 아무리 돌겠어도, 갑자기 강제로다가 정략결혼해야 하는 나보다 돌겠어요?"

"네에에?"

"세련이 아부지가 가진 땅에 우리 아부지가 날 팔았다고요오!"

순간, 새아는 제 턱관절의 나사 하나가 핑구르르르 밖으로 튕겨 나가는 소리를 들었다.

"뭐라고요오오오오?"

10

내가 하다 하다
현 남친 결혼식을 맡아 주리?

"세련이네 아부지가 가진 땅에 우리 아부지가 날 팔았다고요!"

"뭐라고요ㅇㅇㅇㅇㅇ?"

잠깐, 이게 무슨 소리야. 전세련네 집안이 가지고 있는 땅에 지금 여기 계신 권지혁 씨가 팔려 갔다고? 강제 정략결혼에? 무슨 심청이도 아니고 공양미 삼백 석도 아니고 땅에다가 아들 결혼을 팔아?

너무나 기가 막히고 코가 막혀 새아는 잠시간 말을 이어 나가지 못했다. 지혁은 어떻게든 마카오 리조트 건설 건을 밀어붙여야 하는 자신의 입장과 그걸 미끼로 세련에게 장가보내려는 아버지 권 회장의 입장을 뭐라 뭐라 열심히도 설명했지만, 아무리 듣고 들어도 결론은 하나였다.

"재벌끼리의 뒷거래와 정략결혼에 대해서, 나는 잘 모르겠고요!"

그를 너무 빨리 믿어 버렸다는 것.

"그냥, 내가 미친년이네요. 권지혁 씨 안 지 얼마나 됐다고, 네 놈을 쉽게 믿은 내가 미친년이네요."

하아아, 지혁 역시 돌아 버릴 것 같은 건 마찬가지였다.

"그러니까 내가 이렇게 환장하는 거 아닙니까. 상황이 꼬여도 어떻게 이렇게 꼬이냐. 세련이는 와도 어떻게 여기로 오냐."

미치고 팔짝 뛰겠네, 진짜. 지혁이 마른세수를 하며 뒷머리를 마구마구 흩트리자, 새아는 더더욱 무섭게 눈을 뜨며 드세게 나섰다.

"아뇨, 여기로 온 게 완전 다행인데? 안 왔음 나 모르게 결혼 준비는 착착 진행되고 나한텐 '잘 자기.' 이랬을 거 아니에요?"

"아우! 나는 안 미치겠어요? 안 그래도 비혼주의자인데, 갑자기 결혼 날짜랑 상대가 정해진 나는 안 미치겠느냐고요!"

"모르겠고! 난 네놈 결혼식 못 맡아요! 아깐 내가 하도 황당하고 경황이 없어서 상담실 들어갔는데, 이젠 내가 하다 하다 현 남친 결혼식을 맡아 줘야 해요?"

아니지, 아니지. 현 남친? 누가?!

"누가 현 남친이야. 내가 삼 일간 뭐에 홀렸지. 이런 놈이랑 잘해 보려 그러게. 으아악!"

새아가 불처럼 뿜어대는 화에, 지혁은 어찌할 바를 모르고 발만 동동 굴러댔다.

"아우, 내 인생 왜 이래!?"

"지혁 씨 말대로 갑자기 강제로 정략결혼을 해야 한다고 쳐요. 근데, 그런 당신을 내가 이해하길 바라는 것도 이기적인 거 아니에요? 그럴 거면 나에게 진심이라는 말은……."

여기서 약한 모습을 보이고 싶지는 않았지만…… '진심'이라는 그 단어에 순식간에 눈물이 확 고여 말끝이 울먹임에 번지고 말았다.

"그런 말은 왜 했어? 왜 자꾸 기대하게 했냐고?"

지기 싫어 더더욱 목소리를 높였지만 이미 눈망울에 투명한 물기가 번지고 있었다.

지혁은 더더욱 죽고 싶은 심정이었다. 나 때문에 울지 않게 하기로 한 게 바로 어제였는데. 어떻게 나란 놈은 오늘 하루 만에…….

"새아 씨."

지혁이 한 걸음 다가오자, 새아는 미간에 잔뜩 힘을 주고 최대한 무서운 표정을 지으며 양손을 풍차처럼 돌려댔다.

"꺼져, 이 개놈이 안 꺼져?"

급기야 두 눈을 꼭 감고 양 주먹을 투포환처럼 사방으로 휘두르는 새아.

"찌그러지라고, 이 자식아!"

그 무차별 공세에 지혁은 일단 지하 주차장에서 쫓겨날 수밖에 없었다. 허공에 대고 이 자식아, 꺼져, 꺼져, 사방으로 발길질까지 하던 새아는 다시 털썩- 자리에 주저앉고 말았다.

그가 떠나고, 새아가 지랄을 멈추자, 지하 주차장이 조용해졌다. 멍해질 정도로. 아무리 생각해도 지금 이게 실화인가 싶었다. 내가 잠시나마 마음을 줬던 남자가 이 건물, 이 회사에 남의 신랑으로 들어왔다는 게, 실화인가.

와, 얼탱. 와, 얼척.

지혁까지 나가고 나자, 세련은 혼자 남겨졌다. 혹여나 지혁이 다시 돌아올까 싶어 밖에서 기다리던 유준은 이대로 계속 VIP 신부를 혼자 둘 수 없어 상담실로 들어가 수습에 나섰다.

"죄송해요. 전산으로 확인해 보니까 이새아 팀장은 그 날짜에 다른 신부 진행 건이 있어서요."

"그래요? 사실 저 그 블로그 포스팅 보고 온 건데. 로망의 결혼식 플랜. 팀장님 감각이 남다르시더라고요. 꼭 팀장님이랑 같이 하고 싶은데."

아무리 세련의 억지가 그러한들, 어쩔 수 없다.

이새아는 포기하세요. 안 됩니다.

"제가 그 플랜 그대로 해 드릴게요. 저도 같은 팀이라 같이 짰어요, 원래."

바로 이때, 쾅— 하는 요란한 소리와 함께 지혁이 안으로 들어왔다. 팡— 하고 터져 버릴 것만 같은 시뻘건 얼굴로.

"야, 전세련. 일어나!"

지혁의 양 귀에서 압력밥솥의 스팀이 뿌뿌— 뿜어져 나오고 있었다. 그야말로 화가 머리끝까지 치밀어 오른 모습.

"저 오늘 신랑 아닙니다. 친한 오빠로 와 준 거예요. 신랑감 원하면 딴 데 가서 찾아! 일어나!"

누가 봐도, 굉장히 크게 싸움 날 것 같은 분위기였다. 눈치 빠른 유준은 재빠르게 자리를 피했다.

"일단 얘기 나누세요."

상담실에 둘만 남자, 지혁의 목소리는 더더욱 커졌다.

"내가 너한테 대체 얼마나 만만해 보였는진 몰라도, 이건 사람이 사람한테 할 도리가 아니지!"

아무리 내가 우스워 보여도 그렇지, 네 결혼에다가 나를 갖다 붙여? 감히 나르을?!

"네가 외동딸로 크면서, 다 고친 얼굴로 여배우질하고 돌아다니면서 얼마나 많은 사람이 네 비위를 맞춰 줬는지는 몰라도, 나까지 네 비위 맞춰야 돼? 네가 공주님처럼 떼쓰고 징징거리면, 세상이 다 네 위주로 돌아가는 줄 알아?"

"……!"

여기에, 세련의 목소리도 높아지지 않을 수 없었다.

"내가 공주에서 왕비 되자고 결혼하는 줄 알아? 난 그냥! 술 따르기 싫은 거야."

어느덧 그녀의 두 눈에 끔찍한 모멸감이 서렸다.

"가서 웃음 팔면서 원하는 거 얻어 내면, 그게 뭐 하는 여자야? 부잣집 외동딸 대접까진 바라지도 않아. 그저 최소한 인간답게만 살겠다고!"

"아, 그래? 듣고 보니 네 인생 겁나 불쌍하네. 네 인생 시궁창이라 남도 시궁창으로 끌어들일 거면, 가서 딴 놈 찾아. 어디서 땅빌미로 협박을 해? 그 호텔 안 짓고 말아, 내가."

"그래? 그거 좋네. 그 쉬운 길 놔두고 왜 여태까지 돌아갔대? 호텔 건 완전히 뒤엎으면 우리 결혼도 엎어 줄게! 가서 엎어 와!"

꽈아아앙─ 지혁은 그대로 돌아서 상담실을 나왔다.

세상에 태어나 이렇게 꼭지가 돌아 버리도록 화가 난 적은 없었다. 눈에 보이는 모든 벽에다가 맨 주먹질을 하고 싶은 기분이었다.

그는 일단 화장실로 들어가, 찬물로 어푸어푸 세수를 했다. 이러면 화가 좀 가라앉을까 해서. 꿈이라면 깨고 싶어서.

♪♪

상담실에서 나온 유준은 바로 지하 주차장으로 내려가 새아를 찾았다.

"으헝, 으헝, 으허허허헝!"

아니나 다를까. 그곳에선 이미 곡소리가 나고 있었다. 새아는 저 구석에서 공처럼 몸을 말아 동그랗게 쭈그려 앉은 채, 전 재산이 몰수된 듯 엉엉엉 펑펑펑, 있는 힘껏 울고 있었다. 방법이 없다. 일단 등을 토닥이며 달래 주는 수밖에.

"내가, 내가 언제까지 이 꼴을 당해야 하니? 이번엔 연습장 되기 싫다고, 쓰고 버려지는 거 비참해서 못 해 먹겠다고 몇 번을 얘기했는데. 으헝헝헝."

분명히 말했거든, 내가. 진심으로 굴 거 아니면 꺼지라고. 진짜.

"야, 내가 그 새끼 선수상이라고 했잖아."

유준 역시 이 상황이 답답한 건 마찬가지였다. 전 남친 장가보낸 게 고작 며칠 전이다. 그 상처 아물기도 전에, 새로운 사람에게 아주 잠깐 마음 열었더니, 그놈마저 통수 통수 뒤통수를 이렇게 후려치고…….

"하아, 전세련이 마카오 귀빈이냐? 어디서 거짓말이야."

"그래, 갑자기 내 인생에 반전이 있을 리가 없지. 갑자기 쨍하고 볕 들 리가 없지. 기대한 내가 붕신이지!"

"……사람한테 너무 기대 걸지 마. 새아야."

그의 목소리는 진지했다.

"완전히 너한테 딱 맞는 사람 쉽게 찾기 힘들어. 매번 실망하는 건 네 몫인데, 왜 자꾸 기대를 해."

그, 그치. 관계에서 실망하고 괴로운 건 항상 내 몫이었다. 사

람한테 기대 자체를 말았어야 했는데, 그렇게 쉽지 믿지 말았어야
했는데, 그랬어야 했는데……!

"내가 이번에 진짜 마지막으로 사람 한번 믿어 볼라고, 으헝헝
헝, 오오오오!"

그녀가 더더욱 폭풍 오열을 하자, 유준은 다급하게 말했다.

"아니다, 넌 잘못 없어. 저 새키가 믿게끔 꼬셨겠지. 아우, 저
씨 발라먹을 새키."

새아는 지하 주차장이 왕왕 울리도록 포효했다.

"상똘배기, 지옥에나 가 버렷!"

나름 고심해서 뱉은, 심한 욕이었다.

그리고 저편에서…… 지혁이 뒤로 돌아섰다.

더 이상, 그녀에게 가까이 갈 자격도 없는 놈이었다. 나는.

차가 나오는 출구 쪽으로 나가 어딘가로 계속 걷다가 난데없이
발작하듯, 발악하듯, 알 수 없는 몸부림이 튀어나왔다.

"아우, 아우! 일이 왜 이렇게 되냐."

으아아─ 온몸의 마디마디 끝까지 분이 뻗쳐 도저히 이겨 낼 수
가 없었다. 더 이상 상처 주지 않겠다고 약속한 게 바로 어제였는
데, 정말 잘해 보겠노라고, 좋은 놈 되겠다고 몇 번을 다짐했는데,
대체 왜 일이 이렇게 된 걸까.

"미친놈, 미친 새키, 미친 자식!"

상황이 어찌 되었든, 나란 놈은 진짜 개새끼다.

지혁에게 전화를 계속 걸었지만, 그는 받지 않았다. 안에서 한참을 기다리던 세련은 결국 가방을 챙겨 선글라스를 끼고 일어났다. 최대한 아무렇지 않은 표정으로. 최대한 태연하게.

혼자 로비로 나오는 그녀를 명희가 살짝 놀란 얼굴로 맞았다.

"벌써 상담 다 끝나셨어요?"

"아직 저희들끼리 콘셉트 논의가 안 되어서요. 정해지면 다시 올게요."

"아, 그러세요. 또 오세요, 신부님."

명희가 꾸벅- 인사를 하는 가운데, 세련은 도도하게 밖으로 걸어 나가 건물 앞에 대기하고 있던 밴에 올라탔다.

"안 내려오고 뭐 했어. 같이 진행 상황 체크해야지."

어쩐지 그 자리에 민환이 따라오질 않았다.

"앞으로 왔다 갔다 결혼 준비 스케줄도 많을 텐데."

아무런 답도 없이, 밴이 출발했다.

한참 눈물을 쏟고 나서야, 새아는 겨우겨우 진정할 수 있었다. 유준이 갖다준 냉수를 꿀꺽꿀꺽 마시고, 찬 수건으로 얼굴을 식히고, 그리고 크게 심호흡을 내쉬고, 또다시 터지려는 울음을 꾸역

꾸역 눌러 담고서.

그렇게 평정을 찾고 로비로 올라오자…….

"이 팀! 어떻게 된 거야? 왜 전세련이 왔다 그냥 가?"

명희가 바로 새아의 곁으로 다가와 사건의 진상을 물어보았다.

"이번 건, 제가 맡겠습니다. 대표님."

옆에 있던 유준이 그녀 대신 나서 주었다.

"에잉? 이 팀은 얼굴이 왜 이렇게 벌게?"

"사실, 오늘 신랑 신부가 이 팀장 보는 앞에서 크게 싸워서요. 좀 놀란 것 같습니다."

그 말에 명희의 빠른 촉이 발동했다.

"그래? 설마, 둘이 파투 나는 거 아니지?"

"그럴 수도 있겠는데요?"

"쉬이잇! 극비 알지? 파투 나더라도 우리 측에서 새어 나가면 안 돼."

명희는 세련이 나간 문 쪽을 보고 묘하게 입맛을 다셨다.

하아, 이번에 홍보 한번 크게 때리고 포토월 세워 보나 했더니…… 이거 이거 파투 날 각이란 말이야?

새아는 자꾸만 터져 나오려는 울컥함을 꿀꺽꿀꺽 삼켜 내고서 겨우 제 자리로 복귀했다. 누가 톡 하고 건드리면 바로 파아아앙 터질 것 같았지만, 어쩔 수 없었다.

"오늘까지 신랑, 신부 일주년 선물 명단 마감합니다. 퇴근 전까지 주소 주셔야 배송해 드릴 거예요. 다들 리체크해 주세요."

뒤에서 한 직원이 공지를 하며 지나갔다. 직장인의 비극은 멘탈 사망각에도 일을 해야 한다는 것이었다. 이 역한 감정을 어떻게든 눌러 담고 눌러 담아 최대한 멀쩡한 목소리를 꾸며 내야 했다. 오늘 밤 폭음으로 폭발해 버리더라도, 일단 지금은 일을 마무리해야 했다. 내 신부들에게 선물을 보내야 했다.

그러나, 비극은 여기서 끝이 아니었다.

11

고작 삼 일 사귄 게
뭐가 대수라고 이렇게 아파

'고객 전화기가 꺼져 있어…….'

버튼을 누르자마자 울리는 단호박 멘트에, 새아는 전화를 걸었던 하선영 신부의 프사를 다시 살펴보았다. 프로필을 장식했던 샤방샤방한 웨딩 사진이 싹 없어지고 아주 우중충한 먹구름 사진 하나만 띡 올라와 있었다. 아까 하도 울어 목소리가 잠긴 탓에 헉 하는 소리조차 제대로 나오지 않았다.

이 분위기 뭐지. 혹시 벌써……? 아니겠지? 아닐 거야.

그녀는 작년 이맘때쯤 시집보냈던 다음 신부에게 전화를 걸었다.

우리 수민 신부님 결혼식도 참으로 버라이어티했는데.

신부님이 신발의 볼이 좁으면 발이 무섭게 퉁퉁 붓는 스타일이라 결혼식 직전에 웨딩 슈즈가 아예 들어가질 않았다. 이러다간 맨발로 입장해야 할 각. 식 직전, 그녀는 바람같이 근처 수제화 가게를 검색해 발바닥에 땀이 나도록 뛰어가 화이트 컬러의 펌프스를 사 왔다. 입장 직전에 자연스럽게 신발을 바꿔 신겨서, 결국 무사히 시집보낸 신부였다.

엣헴엣헴, 간만의 전화니까, 지금 내 상황은 최악이지만 그래도 최대한 밝은 목소리를 꾸며 내어 보자.

"어머, 신부님. 잘 지내셨어요? 저 이새아 플래너예요."

그러나, 돌아온 신부의 목소리는 그야말로 얼음이 뚝뚝 떨어질 정도로 차가웠다.

"알고 받았어요. 웬일이세요."

지금 거기가 겨울왕국인가. 엘사의 마법에 성대가 얼어 버리신 건가. 워, 원래 이런 신부님이 아니었는데. 애교 많고 귀여우신 스타일이었는데.

난데없는 신부의 싸늘함에 화들짝 놀랐지만, 그래도 새아는 다시 목소리를 착하게 꾸며 내었다.

"결혼 일주년 축하드려요. 제가 기념 선물 보내 드리려고요. 주소 체크 좀……."

"안 보내 주셔도 돼요."

"……네?"

"저희 헤어졌어요."

뚜뚜뚜뚜—

저, 저기 헤어진 게 저 때문은 아니잖아요?

새아는 끊긴 전화기에 대고라도 억울한 한마디를 하고 싶었다. 오늘 하루 눈물샘이 굉장히 활성화되어 있어서 그런지, 이런 일로도 막 울컥울컥하고 눈가가 뜨거워지고 그랬다.

안 돼, 오늘까지 주소 다 받아야 한다고.

그렇게 타오르는 심장을 꾸욱 붙잡고서 연신 전화를 걸었지만 놀랍게도 그 많던 신부 중에 전화를 제대로 받는 이가 별로 없었다. 결국 담당 직원에게는 딸랑 주소 하나만 건네주어야 했다.

"이게 다예요?"

우리 새아 팀장님, 진행 신부 수도 많은데 이게 다라고요?

새아는 말없이 끄덕하고 자리로 돌아왔다.

"왜 나만 진심이지……?"

중얼거리는 한마디에 묘한 분노가 그득그득 담겨 있었다. 옆에서 전화기를 들고 있던 유준이 재빠르게 새아의 안색을 살폈다.

"갑자기 왜?"

"내가 얼마나 축복해 줬는데, 신부들한테 얼마나 잘해 줬는데, 다들 헤어지고 지랄이야, 지랄이!"

그러다 다시 펑 하고 울어 버릴 것처럼 그릉그릉 시동을 거는 것 같이, 유준은 재빠르게 그녀의 짐을 싸기 시작했다.

"너 안 되겠다. 너 오늘 일찍 퇴근해. 내가 촬영 체크 갔다고 해 놓을게."

160

그녀의 어깨에 가방을 대롱대롱 매달아 밖으로 내보냈다. 유준의 채근에 탈탈탈 떠밀려 나가면서, 새아는 터지려는 눈물을 참고 또 참았다.

정말이지 너무나 어이가 없었다. 이렇게 못 믿을 세상에서 사랑을 기대한 건, 내가 철이 없어서인가.

유준이가 그랬지. 사람한테 아예 기댈 하지 말라고. 그래, 그렇게 공들였던 결혼식도 쨍그랑 쨍그랑 잘만 깨지는데…… 참으로 깨끗하게도 헤어지고 그러는데…… 고작 삼 일 사귀다 깨진 게 뭐가 대수라고…… 뭐가 대수라고…… 이렇게 아파. 이 끔찍한 통증은 대체 뭐냐고.

♪

그날 저녁, 권석범 회장은 본가에서 태연히도 골프 연습을 하고 있었다.

현관에서부터 꿍꽝꿍꽝– 거센 구둣발 소리가 들리고…… 지혁이 수트 자락이 휘날리도록 들어와 떡하니 서서 큰 소리를 내뱉는다.

"아버지, 나 이 결혼 진짜 못 해요. 그날 나 외국으로 튈 거예요. 신랑 없이 한번 치러 봐, 결혼식. 아버지도 개망신당해 봐야 돼. 진짜로."

그러나 권 회장은 아주 조금의 표정 변화도 없이 테이블에 놓여 있는 계약서를 턱 끝으로 틱 가리켰다.

"여, 여기 왜 도장이 찍혀 있어……! 아부지!"

크허어억- 지혁은 기함할 수밖에 없었다.

"그럼 변호사 구해. 국제 소송 쪽으로."

"왜요, 하라면 못 할 줄 알고요?"

"튀어 봐 외국으로. 왜, 티켓도 끊어 줘?"

으아아악! 말도 안 돼, 이건 진짜!

"아니, 어떻게 아들 결혼을 억지로 시키려고 그래요? 아부지가 이렇게 억지로 구니까 엄마 도망가고 형도 도망가고 가족이라고는 나 하나 남은 거 아닙니까? 이제 저까지 안 보시게요?"

이에 권석범 회장이 골프채를 놓고 그를 똑바로 바라보았다.

"나는 네가 성진 건설 위하는 거 안다. ……어쩌면, 나보다 더."

♪♪

피켓을 들고 농성을 벌이는 건설 노동자들의 시위로 성진 건설 앞이 떠들썩했다.

"법정 근로 시간 준수하라! 준수하라!"

"이정춘 과로사 책임져라! 책임져라!"

확성기에 내고 왕왕- 지르는 소리에 전 직원이 시끄러워하고 불안해하는 가운데……

"아부지, 보청기 해 드려요?"

회장실은 너무 높아 그 소리가 안 들리는 줄 알았다. 지금처럼, 회장 의자에 앉아 있는 석범의 표정엔 전혀 변화가 없었다.

"한번 놀면 영원히 놀고 싶은 게 노동자들 본성이야. 쟤네들 요구하는 거 다 들어줬다간, 생산성 절대 안 나와!"

"그러다 사람이 죽어 나갔어요!"

"돈으로 보상했어!"

"사과를 안 했잖아요!"

"내가 숙이고 들어가면, 노조 전체가 이거 해 달라 저거 해 달라 물고 늘어질 거다! 난 회사를 이렇게 키웠어!"

"그 시대엔 그 방법이 맞았겠죠. 지금은 아닙니다. 이렇게 소통하지 않으면 큰 기업 무너지는 것도 순식간이에요!"

지혁만이, 권 회장의 그 황소고집에 맞설 수 있는 유일한 사람이었다.

여기서 아버지를 설득시키지 않으면 성진 건설의 미래는 계속해서 이 모양 이 꼴일 것이다. 까라면 까는 수직화된 군대식 문화, 단절된 소통, 그리고 끝없는 갑질.

"소통? 내가 오너인데 무슨 소통을 해? 나는 지시하고, 노동자들은 따르면 돼!"

"아버지."

"행여 내가 틀릴 때도 있겠지. 그래도 오너가 가자는 방향대로 똘똘 뭉쳐 가는 조직이 결국 성공하게 되어 있어! 쭉 그래 왔고! 거기서 나오는 잡소리, 힘들다는 볼멘소리 들어줬다간 죽도 밥도 안 돼……!"

이제 더 이상 그런 방식은 안 된다. 계속해서 그렇게 막무가내 안하무인식으로 갑질을 하다간 언제 한번 인터넷에 크게 털려도 털릴 것이었다. 갑질 회장님을 고발하는 SNS 한 줄에도 계열사 주가까지 출렁이며 하루에도 몇백억이 빠지는 시대였다. 아버지의 한 마디 한 마디, 모든 말이 오너 리스크였다.

"전 다르게 할 겁니다!"

"뭐?"

"아버지와는 완전히 다른 식으로 일할 거고! 완전히 다른 방식으로 성공할 겁니다. 모두 다 제 목소리를 내면서! 들어주면서! 다 같이 갈 거라고요……!"

"그럴 거면 네 실력부터 증명해!"

"못 할 것 없죠!"

그때부터였다. 성진 건설을 위해서, 임직원들을 위해서, 지금과는 다른 기업 문화를 만들기 위해서, 지혁은 미친 듯이 일에 매달려 성과를 냈다.

가끔 장난처럼 여자를 만나긴 했지만, 조금 밀당하다가 재미 없어지면 흐지부지 관계를 끝내고 다시금 일에 몰두했다.

모두 다 일로서 인정받기 위해서였다. 그렇게 회사에 변화를 주기 위함이었다. 성진 건설에 몸담은 직원들에 대한 책임감이기도 했고.

"다 회사를 위한 길이야. 네 프로젝트잖아."

그러나, 이런 식은 안 된다.

"회사 때문에 제 인생 희생할 생각, 없습니다."

회사를 위해서, 마음에도 없는 여자랑 결혼하는 일은…… 상상할 수 없다.

"희생 없이 어떻게 회사가 굴러가. 오너 일가가 더 책임감을 가지고 매달려야지!"

"그렇다고 제 결혼까지 회사 영달에 갖다 바치라고요? 사생활까지 포기하라고요? 그렇겐 못 합니다, 안 합니다!"

"포기한 건 너야. 결혼 안 한다며. 너 그러는 게, 애비한테 반항하는 것밖에 더 돼?"

"……!"

"아니면, 너도 형처럼 다 뺏기고 쫓겨나고 싶어?"

일순, 지혁의 눈에 경멸의 빛이 잠시 스쳤다.

"자식 갖다 버린 게, 자랑이세요?"

권 회장은 이에 지지 않았다.

"너도 이번엔 아슬아슬하다?"

바에 있는 모든 술을 다 섞어 마시고만 싶은 밤이었다.

"독한 술로 한 잔 거하게 말아 주세요."

그렇게 썩은 속을 소독하듯 술로 적셨다.

아버지의 세상은 너무나 굳세고 견고해서, 내가 감히 깨뜨릴 수가 없다. 절대로. 한때는 설득하고 설득하면 아버지가 변할 거라고 믿었다. 말을 하면 알아들으실 거라고 생각했다. 하지만 전혀, 아니었다.

근거 없는 아버지의 똥고집은 엉뚱한 데서 기승을 부렸고, 내가 맞설수록 아버지는 더더욱 공산당 독재자처럼 구셨다. 조금이라도 반항의 기미를 보이는 직원에게 손찌검을 하셨고, 그의 부모가 듣는다면 통곡할 만한 막말을 내뱉으셨다. 누군가 그 모습을 휴대폰으로 촬영해 어디 올린다면, 성진 건설의 이미지는 그날로 끝장이었다.

그러나 아버지라서, 달랠 수가 없었다. 그 기세를 아주 조금도 꺾을 수가 없었다. 소통되지 않는 아버지에 대한 울화와 답답함이 명치에 단단히 응어리져 있었다. 이 고통을 누군가와 나눠 지고 싶지 않았다. 이런 집안에 누굴 데려와. 사랑하는 사람을 나와 같은 고통에 밀어 넣을 순 없다. 여전히 결론은 하나였다. 내 생에, 결혼은 없다. 절대로.

잔뜩 취해, 여기까지 와 버렸다. 새아의 집 앞까지. 미안했고, 또 억울했고, 여전히 분통 터지고, 그리고 다시 미안하고. 빌고 싶기도 하고, 울고 싶기도 한, 그런 감정으로.

빌라 이층, 그녀의 거실 쪽에서 엷은 불빛이 새어 나왔다. 그녀가 집에 있는 것이다.

전화하면 받을까. 아니, 안 받겠지. 전화해도 받지 마. 나 같은 놈 전화. 그래도 전화해 볼까. 내가 여기 앞에 있다고, 연락해 볼까. 내려와서 샌드백처럼 때려 달라고 해 볼까. 그냥 나란 놈 없어질 때까지, 다 부서질 때까지, 때려 달라고 하면 안 될까.

♩♩

그 시각, 새아는 소주병을 끌어안고 누워 있었다. TV를 끄면 밀려드는 끔찍한 적막이 싫어서 침대에도 가지 못하고 소파에서 잠을 청하는 날이다.

그녀의 얼굴 위로 알록달록한 TV 불빛이 어렸다. '와하하!' 예능 패널들의 웃음 소리가 쏟아졌다.

아무런 생각도 하지 말자. 제발, 제발. 나에 대한 생각도, 권지혁 씨에 대한 생각도, 그 모든 것에 대한 생각도. 그 생각을 하면, 잠이 안 올 거고, 잠이 안 오면, 다시 그 생각이 날 거고, 그러면 권지혁 씨 생각이 또 날 거니까. 그냥 아무 생각 말자. 고작 삼 일 짜리 연애, 그게 뭐라고, 뭐가 이렇게 괴로워. 이렇게까지 힘들 거 없어. 때 지난 재방송이나 돌려 보면서, 의미 없이 웃으면서 견디고 견디면 되잖아. 그냥, 생각하지 말자. 아무것도.

그러다 살짝 선잠이 들어 모든 게 희미해졌을 때 띠리링- 전화가 울렸다. 화들짝 놀라 일어나 액정을 보니 믿을 수 없는 이름이 떠 있었다.

"……이 시간에 뭐야? 아직도 나한테 할 말이 많았어?"

이 시간에 나에게 전화가 온 게 너무너무 황당하고 당황스러웠지만, 아아- 새아는 습관처럼 목소리를 가다듬었다.

"언니! 여기 나 LA인데요!"

전화의 주인공은 윤경훈의 어린 신부, 예니였다.

"아, 네. 예니 신부님!"

"오빠가 없어졌어요."

허둥지둥 소파에서 일어나려던 새아는 팔을 헛디뎌, 바닥으로 꽈당 떨어지고 말았다.

"여기 호텔이 전전 여친 옆집이에요!"

볼을 바닥에 붙인 채 기우뚱 기울어 있는 와중에도 머릿속에 번개처럼 한 여자의 이름이 스쳐 지나갔다.

"……혹시 채선하?!"

12

그치, 결혼보다
중요한 건 인생이지

　LA 거리, 그 유명한 폴스미스 핑크월 앞. 불굴의 한국인 한 분이 여기서 인생 사진 한 장 거하게 뽑아 가시겠다는 굳은 의지로 온갖 깜찍한 포즈를 다 취하고 계신다.

　"용량 터지겠다, 이뻐, 겁나 이뻐. 참으로 체고시네."

　끝없는 앵글 다변화 요청과 거듭된 재촬영 열정에, 경훈은 점점 영혼을 잃어 갔다.

　"오빠, 한 장을 찍어도 성의 있게. 이 귀여움을 못 담겠어?"

　그렇게 성의가 없는 사진에선 건질 게 없다는 걸 예니는 알고 있었다. 천 장 찍어야 한 장 건질까 말까인데 넉 장 찍어서 무엇을 건지겠소.

"이 까만 폰카가 너무 작아서, 그걸 못 담네. 적당히 하자."

그렇게 LA 곳곳을 여행하면서도 둘의 티격태격은 멈추지 않았다. 이게 신혼여행인 건지, 출사 나온 건지, 사진 좀 그만 찍자고 분통을 터트리던 경훈이 갑자기 호텔 근처의 한 아파트 앞에서 예니에게 여기서 포즈 좀 취해 보라 권하며 급 사진 열정을 드러냈다.

이게 웬일이지? 싶어 예니가 양손 하트를 날리며 온갖 귀척을 하고 있는데…… 옆 아파트에서 늘씬한 몸매의 한국인 여자가 나왔다. 여자는 경훈을 단숨에 알아보았다.

'어? 설마?'

그녀와 눈이 마주치자, 경훈은 포즈를 취하던 예니를 급하게 옆구리에 끼고서 어설프게 아는 척을 했다.

"어? 선하야? 여기 웬일이냐?"

"그건 내가 물어봐야 하는 거 아니야?"

"오빠, 누구야?"

늘씬늘씬 쭉 뻗은 몸매에 털털한 목소리, 고급스럽게 우아한 얼굴, 살짝 그을린 피부. 전직 교포 모델이었을 것만 같은 그녀의 빼어난 미모에 예니가 바짝 경계를 세웠다.

"아, 뭐 전에 알던 사람. 너, 여기 살아?"

선하는 살짝 미간을 찌푸리며, '모르고 왔어?'라는 눈빛을 보냈다.

"야, 참, 이런 우연이 있나. 난 신혼여행을 여기로 왔는데. 우리 예니랑."

경훈은 어리고 예쁜 예니를 과시하려는 듯, 어깨를 으쓱이며 우쭐한 표정을 지어 보였다.

"아, 결혼했어? 축하해. 축하해요."

선하의 쿨한 축하에 예니가 얼떨떨하게 고개를 숙여 인사를 받았다. 그런데, 옆에 선 경훈의 낯빛이 LA의 붉은 태양처럼 벌겋게 달아오르고 있었다.

"나 결혼한 거 몰랐어? 내가 모바일 청첩장 보냈는데?"

"뭐하러 보냈어. 어차피 못 가는 거 알면서."

"소식은, 알아야 할 것 같아서."

"그래, 신혼여행 잘 즐기다 가."

선하는 예의 그 쿨한 미소로 다시 제 갈 길을 가려 했지만, 경훈은 뭔가 제대로 약이 오른 듯 그녀의 뒤를 쫄래쫄래 따라가기 시작했다.

"야, 선하야. 잠깐 얘기 좀 하자. 너 왜 이렇게 쿨해? 내가 결혼했다는데?"

"오빠, 어디가?!"

"예니야, 잠깐 호텔에서 기다려. 술 딱 한 잔만 하고 올게."

'내가 너랑? 왜?'라는 표정을 한 선하를 경훈은 끈질기게도 따라갔다.

"오빠, 오빠아아!"

예니가 가타부타 뭐라 말릴 새도 없이, 경훈은 예니를 길에 남겨 두고 휭 하니 사라졌다. 퍼뜩 감이 왔다. 둘이 무슨 사이였구나?

예니는 일단 와다다다 호텔방으로 올라가 경훈의 SNS 비밀번호를 알아내려 애썼다. 분명 저 여자랑 오빠랑 뭔가 있었어.

그리고, 보았다. 봐서는 안 될 사진들을. 경훈이 비공개로 간직한 소중한 사진들을. 그녀는 경훈의 전전 여친이었다. 그 호텔 방에서, 예니는 포효했다.

"언니, 둘이 뭐 하러 갔을까요?"

이 일을 어찌해야 할까, 이걸 어따 얘기해야 할까. 가장 먼저 떠오른 사람은…… 새아였다.

"아니, 왜 여기로 신행을 왔을까요?"

새아에게는 그야말로 아닌 밤중에 황당한 소식이었다.

왜긴 왜겠어요. 채선하 한 번 더 보려고 LA 갔나 보죠. 헐, 이 자식이 드디어 완전히 돌았네.

"언니, 오빠가 바락바락 LA로 가자고 우길 때 알았죠, 솔직히?"

어머머? 그게 무슨 말씀이셔요?

"그 여자가 LA 사는 것까지 내가 어떻게 알아요?"

"왜 얘기 안 해줬어요? 오빠한테 못 잊는 여자가 있다는 거?"

"잊은 줄 알았죠! 보통 전전 여친은 다 잊고 결혼하는 게 상식 아닌가?"

"그럼 왜 이런 놈이랑 결혼시켰어요?"

어머나, 이 여자 보시게?

"내가 억지로 시켰어요? 결혼하겠다고 찾아왔잖아요!"

"이 자식 개자식인 거 나한테 알려 줬어야죠!"

"알아갈 시간을 좀 갖고 결혼하지 그랬어요? 금방 알 수 있는데?"

"언니가 내 친언니였어도, 결혼하라 그랬을 거예요?"

"아니, 웨딩 플래너가 어떻게 결혼을 말려요?"

결국, 예니는 팡 하고 울음을 터트렸다.

여보세요, 우세요? 여보세요?

"언니, 나 어떻게 해요? 둘이 가서 뭐 하는 걸까요?"

아이고, 두야. 내가 그걸 어떻게 압니까.

"아우, 설마, 무슨 일 있겠어요? 오해가 있어서, 오해 풀러 갔나 보죠."

"삼 일 전에 결혼한 신부 두고, 전 여친 쫓아갔음 게임 끝 아니에요? 아니, 전 여친한테 청첩장은 왜 주는 거야?"

"다른 전 여친한텐 결혼 준비까지 시켰는데요 뭘."

"나 그냥 다, 짐 싸고 나올까요? 여권, 나한테 있어, 국제 미아 만들어 버려?"

새아의 답도 들을 새도 없이, 예니는 다시 한번 대차게 포효했다.

"으아아악! 어떡해. 내 인생 물릴 수도 없고."

"흐아, 그러게요. 인제 와서 결혼식을 물릴 수도 없고."

"아니야! 결혼보다 중요한 건, 내 인생 아니에요?"

이때 호텔 문밖에서 덜컹하는 소리가 들렸다.

"잠깐, 이 새끼 온 것 같아요. 야, 이 잡놈아!"

뚜뚜뚜— 그렇게 뭔가의 욕설과 함께 전화는 뚝 끊겨 버렸고, 새아는 전화기를 든 그 자세 그대로 벙찌고 말았다.

틀린 말이…… 아닌 것 같았다. 그, 그치, 결혼보다 중요한 건 인생이지.

새아는 문득, 오늘 가장 먼저 통화했던 하선영 신부와의 만남을 떠올렸다. 과거 드레스숍에서였다.

♩♩

드레스를 입고 처음 등장하는 신부의 모습에, 신랑은 말을 잇지 못하면서 감격에 젖었다.

"어떡하냐, 너무 예뻐서."

그 스윗한 모습에 새아 역시 굉장히 감동하고 있었다. 정말이지 신부의 모든 것을 챙겨 줄 것만 같은 따스한 신랑의 모습, 그 자체였다.

그 모습이 너무너무 부러웠는데, 커튼이 닫히자마자 생글생글 웃고 있던 선영 신부의 표정이 무섭게 돌변했다.

"있잖아요, 팀장님."

"네, 왜요?"

목소리를 낮춰 새아를 부르는 신부. 새아가 가까이 다가가자 신부의 얼굴이 더욱 심각해졌다.

"저 남자가 나한테 손을 안 대요."

"네에?"

"식이 두 달 남았는데, 아예 건드리지도 않는다고요. 이 남자가 나한테 잘 맞는지는 알고 결혼해야 될 거 아니에요. 저번엔 제가 작정을 하고 들이댔는데도, 꿈쩍을 안 해요."

새아는 살짝 난감해진 얼굴로 드레스숍 직원들의 눈치를 보았다. 그때 그녀의 생각은 단 하나였다.

이 커플, 이제 와서 파혼하면 안 되는데. 안 되지, 안 되고 말고. 내가 이 커플 결혼 준비에 얼마나 공을 들였는데.

"음, 신부님을 너무 아껴서 그런 거 아닐까요? 신부님이 너무 소중해서?"

"……정말요?"

"제가 보기엔 좀 자연스러운 기회를 만들어 보는 게 좋을 것 같아요. 일단 식은 올려야 하잖아요?"

그때, 말리지 못했다. 심각하게 상담해 주지도 못했다. 어떻게든 식을 올리게 하는 데만 급급했다.

그리고 오늘, 결혼 일주년도 되지 않아 하선영 신부의 카톡 프로필은 우중충하게 변해 버렸다. 새아의 죄책감은 배가 되었다.

솔직히 지금까진 그 사람의 인생보다는 결혼식이 먼저였던 것 같다. 나는 웨딩 플래너니까, 어떻게든 결혼을 진행했어야 하니까. 하지만, 결혼보다 인생이 중요하다면, 그렇다면…… 시간을 돌이켜 예니와 경훈이 나에게 상담을 왔던 그때로 돌아간다면 나는 이렇게 말해 줘야 하는 거였을까.

'지금 옆에 앉아 계신 이분은 내 전 남친이고, 아직도 전전 여친 못 잊었어요. S대 대학원 다닌다 그러겠지만 그건 다 전적대 세탁하려는 수작이고, 토요일도 못 쉬고 일한다고 하지만, 금요일 밤에 이태원 가서 밤새 처놀다가 뻗어서 못 일어나는 거예요. 물론 어느 침대에서 빌빌대고 있는 건진 알 수 없죠? 가진 척, 있는 척, 아는 척, 별 척이란 척은 다 하지만, 실상은 천하의 개찌질이에 입만 열면 뻥에 허언에 지 잘못한 것만 능구렁이처럼 빠져나가는 상종 불가 불가촉 개새끼예요. 님 인생이 소중하시면, 지금이라도 결혼 파투 내고 갈라서시죠?'……라고 말할 순 없잖아.

하아아아아. 새아는 머리를 감싸 쥐며 괴로워했다. 문득, 떠오르는 건 오늘 지하 주차장에서 똑같은 자세로 머리를 감싸 쥐고 괴로워하던 지혁의 모습이다.

'아우, 내 인생 왜 이래?'

지금 그 사람의 인생은 어떻게 되고 있을까? 결혼보다 중요한 게 인생이라면, 그의 인생은……?

허버벅! 미쳤어! 내가 그 사람 인생을 왜 걱정해?

하다 보니, 또 그 사람 생각이다. 으으으으! 그놈이 결혼을 하든 말든 그로 인해 인생이 꼬이든 말든 나랑 뭔 상관이람?!

새아는 무심결에 창가로 가서 괜스레 커튼을 착착 정리했다. 그리고 이때…… 한참을 집 앞에서 서성이다가, 뚜벅뚜벅 고개를 푹 숙이고 뒷모습으로 사라지는 지혁을 보고 말았다.

"……!"

∿

다음 날 낮. 어김없이 울리는 쿵쾅쿵쾅- 구둣발 소리. 지혁이 수트 자락을 휘날리며 한 건물 안으로 들어가고 있었다.

"여기 들어오시면 안 돼요!"

안 되는 게 어디 있어요. 난 일단 얘기를 좀 해야 된다고.

그가 방문을 확 열자 그 안엔 완전히 옷을 벗고 엎드린 세련이 있었다. 딱 수건 한 장으로 몸을 덮고, 데콜데 마사지를 받고 있던 그녀가.

지혁의 갑작스러운 등장에 직원들 모두가 당황했는데, 세련은 마치 그가 여기 올 줄 알았던 것처럼 여유롭게 말했다.

"신랑 될 사람이에요. 잠깐, 자리 좀."

그렇게 마사지사들이 나가고 둘만 남자…… 지혁은 세련의 옆으로 다가와, 천천히 무릎을 꿇었다.

"세련아."

"대박, 누가 보면 프러포즈하는 줄 알겠다?"

"나, 결혼 진짜 못 해."

"그걸 굳이 이 자세로 말해야 돼?"

"오죽하면 이러겠니. 내 인생 더 이상 흔들지 마. 나 좀 살려

줘. 좀."

세련은 그런 지혁을 뻔히 보다가 자리에서 일어나 수건으로 제 몸을 척척 감쌌다.

"혼인신고 안 해. 식만 해 줘."

"어떻게 식만 해?"

"지금 만나는 그 여자랑 결혼······할 거야?"

그 말에 자기도 모르게 벌떡 자리에서 일어나 버린 지혁이었다.

"세상에 모든 정답이 다 결혼이냐? 결혼해야 번데기 벗고 인간이 된다니?"

마사지 베드에 앉은 세련은 그런 지혁을 흔들림 없이 가만히도 올려다보았다.

"오빠가 진짜 결혼하기 싫다면 나랑 결혼해. 혼자가 편하고 좋은 거 아니야, 오빠는. 혼자 있게 해 줄게. 명절마다 잔소리 안 듣게 해 주고, 사람들이 '쟤 어디 문제 있어서 결혼 못 하나' 그런 소리 안 듣게 해 줄게. 우리나라가 그렇잖아. 나이 찼는데 결혼 안하면, 어디 사람 취급이나 해?"

와, 이게 또 놀라운 소리 하네.

"내가 결혼을 안 한댔지, 사랑을 안 한댔어? 내가 왜 결혼을 해서 사랑하는 여잘 상간녀로 만들어. 게다가 와이프가 연예인인데, 이게 일이 안 커지겠니? 이거 나만 털리고 병신 되는 스토리야. 모르겠냐?"

"사랑하는 여자가 있는데, 결혼은 절대 안 하겠다? 것도 못됐다, 오빠야."

"사랑하지도 않는 나랑 결혼하겠다는 네가 더 못됐어."

"에이, 포기할 건 포기하고 살자. 알 만한 사람들끼리."

"알긴 뭘 알아! 개뿔!"

세련은 자리에서 천천히 일어나 수건에 손을 댔다.

"벗을 건데, 있어도 되고."

지혁은 바로 돌아서 밖으로 나갔다.

하아, 이걸 진짜. 생긴 건 고운 애가 왜 이렇게 말이 안 통하니. 미치겠네, 진짜.

식식대며 거리를 걸어가는 내내, 지끈지끈 머리가 깨질 듯한 통증이 밀려왔다. 나는 이 결혼을 대체 어떻게 깨야 하는가.

문득, 고개를 돌리자 바로 로안이 보였다. 그의 상상은 요상한 곳까지 뻗치고 있었다.

"저길 무너뜨려? 불이라도 내?"

으아아악! 그럴 수도 없고.

"아니, 갑자기 나한테들 왜 이래?"

그렇게 괴로워하던 지혁이 다시 고개를 흔들어 다잡고, 어디론가 열심히 걸어 나갔다.

"안 돼, 이 결혼 반드시 파투 내야 돼. 있을 거야, 방법이."

그가 향하는 곳은 소울 웨딩 플랜 쪽이었다.

13

내 결혼식을
파투 내 줘요

"계약 캔슬이요? 잠시만요."

상담실 안, 급작스럽게 방문 약속을 잡은 신랑님의 용건이 이것
이었다. 놀랐지만, 어쩔 수가 없었다. 새아는 상담실 한쪽에 마련
된 사유서 양식 한 장을 꺼내 들었다.

"어떤 이유로 캔슬하는 거세요, 신랑님?"

두꺼비 내지는 황소개구리처럼 살집이 두둑이 잡힌, 딱 피부마
저 그깃들을 닮은 신랑이 새아의 앞에서 두 다리를 쩍벌하고 앉아
있었다. 딱 하나의 자세에서 그 사람의 모든 매너와 태도가 보일
때가 있다. 바로 지금 이 순간.

"그것까지 다 말해야 돼요?"

"죄송해요. 대략적인 것만 말씀해 주세요. 저도 윗선에 보고를 드려야 해서. 다른 플래너랑 하기로 한 건지, 저희 회사 서비스가 불만족스러우셨는지, 간략하게만 쓸게요. 죄송합니다."

"파혼……했어요."

네에? 우리 신부님, 임신하지 않았던가요?

저번에 만삭인 신부를 애지중지 아껴 주며 이 상담실에 들어오던 두꺼비 신랑의 모습이 스쳐 지나갔다.

"내가 그 비위 더는 못 맞춰 주지. 애 가졌다고 유세가, 유세가. 갑자기 들어선 애로 내 인생 망치느니, 여기서 파혼하는 게 낫잖아요?"

"……?!"

"뭐, 결혼보단 내 인생이 더 중요하니까."

그, 그게 이럴 때 쓰는 말이었나?

순간, 속에서 욱하고 화가 치밀었지만, 새아는 애써 큐빅 미소를 지어냈다.

이새아, 릴랙스. 넌 할 수 있어. 화를 꾸우우욱 참고서 최대한 행정적으로다가 대응하는 거야.

"알겠습니다. 서류 올리면 오늘 오후 내로 처리될 거예요. 완료되면 두 분한테 문자 갈 겁니다."

"희란이한테도 문자 가요?"

"네, 신부님이랑 같이 결정한 거 아니셨어요?"

"그럼 오늘 얘기해야겠네."

빠직— 불주먹 한 방에 펀치 기계의 눈금이 오르듯 그녀의 분노가 순식간에 임계치까지 차올랐다.

그, 그럼, 신부한테 아직 얘기도 안 한 거야? 자기 애를 임신한 신부한테?

"문자는 내일 가게 해 주시겠어요? 안 가면 더 좋고요."

안 돼, 여기서 표정을 드러내면 안 돼. 아무리 신랑이 형편없는 개쓰레기라도, 그렇게 쓰레기 보는 듯한 표정을 드러내서는 안 돼.

"캔슬은 보류할 테니까, 신부님이랑 상의 마치고 연락 주세요."

"아뇨, 할 겁니다. 캔슬."

두꺼비 신랑은 옆에 놓인 협력 업체들의 팸플릿을 산만하게도 뒤적이며 말했다.

"혹시 여기랑 연계된 산부인과는 없어요?"

"왜 그러시죠?"

"알—면—서—."

하면서 이를 드러내고 씨익 웃는 그 모습에, 새아는 이성의 끈이 툭 하고 끊어지는 소리를 들었다. 어떻게든 표정을 숨기고서, 캔슬 사유서에 끓어오르는 분노를 담아 휘갈겼다.

'신랑이 개자식.'

휘청휘청 위태롭게 계단을 내려오면서, 새아는 여러 번 중심을 잃을 뻔했다. 자칫 자제심을 잃었다가 여기서 사자처럼 포효해 버릴지 모른다.

으아아아아아! 이 개자식아!

노노노, 릴랙스, 릴랙스, 이새아. 남의 인생이야, 내 인생 아니잖아? 결혼하고 싶다고 하면 도와주는 거고 파혼하고 싶다고 하면 처리해 주면 돼. 내가 속 뒤집어질 필요도 없고 간섭할 필요도 없어. 워워, 신경 꺼. 개입하지 말자. 나는 내 인생만으로도 충분히, 아주 충분히……!

일직선의 계단이 나선형으로 느껴질 만큼 머리가 어질해져서, 새아는 아슬아슬하게 난간을 붙잡고 그 자리에 앉았다.

의사는 아픈 사람들을 보고, 변호사는 힘든 사람들을 보니까, 그래서 지금껏 의사, 변호사 부럽지 않은 직업을 가졌다고 생각했다. 웨딩 플래너는 행복한 사람들만 보니까. 그런데, 오늘 캔슬 건은 의사에게 사람 죽여 달라는 말과 비슷했다.

유준이는 인간에 대한 기대를 낮추라고 했지만, 정작 낮춰야 할 건 이 세상에 대한 기대일지도 모르겠다. 직업의식, 사명감, 신념, 그리고 열정까지. 그래야 실망도 안 할 테니까. 그래야, 인간사 이 수많은 일에 상처도 덜 받을 테니까.

그녀는 참담하게 눈을 감았다. 웨딩 플래너, 이 직업을 미친 듯

이 사랑했지만, 그 역시 짝사랑으로 판명 나는 순간이었다.

♫

　그 시각, 예찬은 터덜터덜 작업실로 돌아오고 있었다. 예찬무
룩, 시무룩, 실망 가득한 얼굴로.

　"엥? 사진 주고 왔어?"

　그날 찍은 사진을 준비했었다. 첫 만남, 예찬이 새아에게 반했
던 순간, 웨딩드레스를 입었던 그 여신 같은 모습을.

　그걸 인화해 놓고, 얼마나 오랫동안 가만히 그 사진을 들여다보
았던가. 이 사진을 어떤 타이밍에 어떻게 전해 줄까 고민하며 얼
마나 설레었던가. 그러나, 사진은 새아에게 전달되지 못했다.

　"아니. 본인이 안 나오고, 대표님이 나왔어."

　에엥? 소울 웨딩 플랜 대표님이? 승휴는 고개를 갸웃했다.

　"우리랑 제휴 계약서 쓰자셔."

　아마, 오늘 새아가 예찬을 보자고 한 것도 그 용건 때문이었나
보다. 조예찬 스튜디오와의 제휴 계약 건.

　"엥? 넌 웨딩 안 한다며."

　"그렇게 말했는데, 이번 연예인 결혼식 건만 해 달래. 전세련
결혼한대."

　여전히 예찬의 목소리에는 아쉬움이 가득했다.

　"아유, 오늘만 목 빠지게 기다렸는데……."

새아가 일부러 밀당을 하지 않아도, 예찬은 이미 자동으로 을이 되어 있었다.

"왜 안 나왔대?"

"갑자기 계약 캔슬 건이 있었다는데, 모르지 뭐."

약속을 그렇게 먼저 옮길 수 있는 사람이 결국 갑 아닐까. 그 약속에 가쁘게 매달리는 사람이 이렇게 을이 되는 거고.

"애프터에 안 나왔음 게임 끝이지, 인마."

어떻게 될지 모르는 사람과 사람 사이, 그 사람이 보내는 한 마디 한 마디의 시그널과 뉘앙스에도 예민해지는 때가 바로 지금이었다. 아닌가, 맞나. 긴가민가하면서 타이밍을 재고 또 잴 때. 조심스럽게 다가갈 기회를 잡으려 할 때.

하아, 저번에도 타이밍이 빗겨 나간 듯한 느낌이었는데, 이번엔 아예 만나지도 못했다. 예찬의 가슴 한구석이 소보루 표면처럼 바삭-하고 바스러졌다. 다시 그녀를 만나려면 어떤 핑계를 대야 할지, 조금 막막한 지금이었다. 뭐라도 건수를 만들려면 어쩔 수가 없었다. 전세련 웨딩 촬영, 찍겠다고 하는 수밖에.

끼이익- 가방을 들고 종종종 퇴근하려는 새아의 앞길 저편에서 네이비 컬러의 SUV가 거칠게 멈춰 섰다.

"어우, 깜짝이야!"

박력 있게 차 문을 닫으며 모습을 드러내는 사람은…… 다름 아닌 지혁이었다.

뭐야, 그 푸른 세단만 경계했더니 차가 또 있었어? 차가 몇 대야. 자동차세 엄청 나오겠네.

지혁의 모습은 평소와 달랐다. '완깐헤어'로 언제나 깨끗하게 올라가 있던 앞머리가 거칠게 내려와 있었고, 타이도 없이 셔츠 단추 몇 개가 풀어 헤쳐져 완벽했던 평소에 비해 뭔가 많이 흐트러져 있는 듯한 모습이었다.

그마저도 섹시하다면…… 아니야, 아니야. 이제 권지혁 나한테 섹시한 사람 아니야. 저렇게 또 성큼성큼 저런 걸음걸이로 나에게 다가와도, 놀라지 마. 아니야, 아니야. 나대지 마. 심장아.

"나, 부탁할 게 있어요."

다가온 지혁은 다짜고짜 본론부터 말했다.

"싫어요! 무슨 부탁이든, 내가 그쪽 부탁 들어주게 생겼어요?"

새아는 앙칼지게도 소리치며 흥- 콧소리를 냈다. 그러나, 지혁의 눈빛은 거부할 수 없을 만큼 진지하고 또 심각했다.

"이거 내가 원해서 하는 결혼 아니에요. 얘기했죠. 집안에서 강제로 밀어붙이는 거라고."

그에게서 정말로 인생이 벼랑 끝에 매달린 듯한 절박함과 위기감이 느껴졌지만 나는 반드시 절대로 모른 척할 것이다. 흥흥!

"그래서 뭐요. 결혼은 전세련이랑 하고, 연애는 나랑 하겠다고요? 어머 쌍놈! 당장 꺼져요!"

"아뇨, 세련이하고도 결혼 안 해요."

"네?"

"내가 어떻게든 해 보려고 했는데, 도저히 방법이 없어."

"……?"

"분명, 웨딩 플래너는 방법을 알 거야. 뭔가 방법이 있을 거야."

순간, 지혁의 눈빛에 작은 불씨가 반짝 스쳤다.

"새아 씨, 진지하게, 내 인생 좀 구원해 줘요."

그의 입에서 나온 말은 이것이었다.

"내 결혼식을…… 파투 내 줘요."

읍읍읍! 권지혁 씨? 이보세요, 지금 제정신이세요?

"그, 그게 지금 웨딩 플래너한테 할 소리예요? 도랏?"

"결혼 준비하면서 파혼하는 커플 있잖아요. 뭐 비법이나 비결 같은 거 없어요?"

파혼의 비법? 파혼의 비겨어얼? 이 사람이 진짜!

"나는 사랑의 천사 웨딩 플래너지, 애먼 커플 찢어 놓는 브레이커가 아닙니다!"

파혼이라는 그 단어에 새아의 두 눈에 쌍심지가 켜졌다. 왠지 상황이 더 악화된 것 같아, 지혁은 뜨거운 한숨을 내쉬며 마른세수를 했다.

"하아, 방법이 진짜 없나?"

"저기요! 오늘 내가 계약 캔슬해 준 신랑은 임신한 신부를 버렸어요."

"……!"

"캔슬 문자 간다고 하니까, 아직 신부한테는 얘기 안 했고, 애는 지울 거래요. 제 맘대로!"

"……!"

그, 그런 의도로 말한 건 아니었는데. 지혁은 다급하게 뭔가를 해명하려 했지만, 새아의 분노는 활화산처럼 폭발하고 말았다.

"파혼이든, 파경이든, 파투든, 파전이든! '파'자 들어가는 건 나한테 아주 심장이 닭가슴살처럼 쪽쪽쪽 찢어지는 일이에요! 근데, 뭐? 파투? 웨딩 플래너한테 결혼 파투를 내 달래? 너 진짜 파손돼 볼래? 파파팍 찢어 줄까?!"

"그만큼! 절박하다고요!"

폭발할 것 같은 억울함에 지혁은 발만 동동 굴러댔다.

"새아 씨한테 말도 안 되는 소리 할 만큼, 내가 죽을 것 같다고요!"

"죽을 거면, 혼자 죽어요! 나까지 지옥에 빠뜨리지 말고! 아악!"

새아는 무섭게 일갈하고는 뒤로 돌아서 깡깡깡깡 거세게 걸어 나갔다. 하이힐로 아스팔트를 깨 버릴 듯이.

그러다, 문득 뒤를 돌아서 이렇게 말했다.

"당신 나한테 미안하긴 해?"

"……!"

"안 미안하지? 그러니까 이런 부탁을 하지?"

무섭게 말했지만, 아까와는 다른 목소리였다. 그렇게 다시, 깡깡깡깡 걸어서 새아가 사라졌다.

지혁은 용가리가 불을 뿜듯, 으아아아악— 화를 뿜고는 자리에 털썩 주저앉았다가 다시 일어나 미친 사람처럼 주변 한 바퀴를 뱅글 돌았다.

"오죽! 오죽! 답답하면 내가……."

그의 말끝이 파르르, 떨리고 있었다.

방법 없으면 어떻게 해. 나, 이 결혼, 해야 되는 거야?

두루미와 피카츄
돈가스

마치 외줄 타기라도 하는 듯 위태위태하게 걸음을 옮기고 있는데, 디롱디롱– 누군가에게서 전화가 온다. 엄마다.

와, 나 오늘 비련느 시련느한데 잔소린느까지.

정말 아주 조금도 전화 받을 기분이 아니었지만, 새아는 일단 숨을 고르고 전화를 받았다.

"여보세요?"

마사시숍 '황후', 정연이 마사지로 지친 양 손목 미디를 털면서 한쪽 어깨로 전화를 하고 있었다.

"딸! 요새 만나는 사람 있니?"

딱 들어도, 어마님께서 무슨 용건으로 전화를 하셨는지 아주 단숨에 간파할 수 있는 한마디였다.

"선 보라고?"

"있어도 봐. 두루두루 만나면 좋지."

"두루두루 두루미도 남친 있을 때 선은 안 보겠다."

"없잖아."

"뼈 때리지 말고요."

여기, 울화 한 그릇 추가요.

"하, 넌 진작에 나이로 승부 봤어야 하는데. 내가 뭐랬어. 신데렐라도 어려서 잘 풀린 거라고."

"신데렐라는 어려서만 당한 구박을 난 왜 아직까지 받고 있나 몰라."

"그럼, 알아서 왕자님 좀 물어 오던가?"

얼렐레? 어마니, 왕자님이라뇨. 누가 왕자님입니까. 그분들이 어떻게 왕자님입니까.

"그짓말. 꼭 선 말고는 답 없는 사람만 나오잖아."

왜 지금까지 장가 못 갔는지, 너무나도 이유가 명확하신 그런 분들만 나오잖아. 만약에 그분이 내 지인이잖아? 그래도 내 친구한테는 소개 못 시켜 주겠다 싶은 분들만 나오던데. 진짜 싫어하는 친구, 아니면 절교하고 싶은 친구 아니면. 그렇게 주변에서 소개팅 감을 찾기 힘들 만한 그런 급수가 오히려 선에 나오던데?

그러나 우리 오마니께서는 그런 선 시장의 퀄리티에 대해서는 하나도 모르시는 게 분명하다. 그래, 본인이 나가 보신 거 아니잖아? 본인이 데리고 살 거 아니잖아?

"내가 이 마담뚜 연락처 따내려고 얼마나 손 터지게 사모님들 등판 주물렀는지 아니? 벌써 이백만 원이나 줬는데?"

듣던 중, 단전부터 헉 소리가 튀어나오는 액수였다. 오마님, 다시 말씀해 보십시오. 이백만 원을, 누굴 줘요?

"돈이 남아돌아요? 그럴 돈 있으면 나나 줘어!"

그 돈이면 피부과 가서 피부를 갈아엎거나, 아니면 어디 한 군데를 뜯어고치거나, 뭐 그러는 게 더 직방이지 않을까요? 어떤 마담뚜가 과년한 딸을 둔 오마님들의 조급함을 돈으로 바꿔 먹었나요. 그 이백만 원에 보장된 횟수가 몇 번인가요. 또 저번같이 남자분께서 박근ㅇ 닮은꼴이면 어쩌라고요. 그 저저번에는 이명ㅇ 판박이분께서 나와서, 이게 선인지 대통령과의 일대일 담화인지. 하아, 내 얼굴이 무슨 퍼스트레이디 영부인 상도 아닌데, 왜 자꾸 남자분들이 전직 대통령 닮은꼴만 나오는 겝니까.

"아 참! 너 거기서 말조심해야 된다? 엄마가 이 숍 운영한다 그랬어."

오마니, 이게 구라 대잔치지 무슨 선입니까. 우리 측에서 이렇게 구라로 판을 깔면, 그쪽에서 무슨 구라를 칠지 어떻게 압니까? 키 백칠십오 짐 일부터 반올림해서 백팔십으로 나올지, 서울에대에서 예 자가 빠져서 나올지, 삼성이라고 했는데 삼성 슈퍼집 아들이 나올지, 어떻게 압니까요.

"뭘 그렇게 속여 가면서 만나?"

"마사지사 딸이라 그럼 무시할까 봐 그러지. 사진 보냈어. 봐봐."

띠롱— 카톡에 온 사진을 보자…… 저 푸른 초원 위에서 저팔계가 골프를 치고 있었다.

오노, 이건 누가 봐도 사십 대잖아. 저팔계가 왕자님이었어? 돼지 나라 제사장 아니고?

"삼성 다니고, 집이 잘살아. 아버지가 병원장이래."

그 병원이 동물 병원은 아니겠지요?

"몇 살인데?"

오마님, 제발 이것만은 솔직히 말해 주십시오. 제발.

"여잔 나이로 발목 잡혀도, 남잔 안 그래. 든든한 오빠. 얼마나 좋아?"

싸늘하다. 비수가 날아와 꽂힌다. 오마니께서 이렇게까지 굳이 굳이 나이 얘길 피하시는 걸 보니, 이분, 액면가 그대로시군요. 감이 옵니다.

"새해 되면 다 같이 떡국 먹지, 나만 먹어? 몇 살인데요?"

"……뜨으으으이동갑에서 한 살 아래?"

"열한 사아아알?!"

내가 전화로 듣는 이 소리가 진정 실화입니까? 열한 살 연상이랑 선을 보라고요? 당최 말이 되는 말씀을 하셔야지.

"엄마, 솔직히 말해. 이거 재취 자리 보는 거지?"

"에이, 엄마가 딸한테 설마 그러겠어?"

"딱 그 나인데? 아니, 엄마는 왜 이렇게 남자 집안에 집착을 해?"

"왜 그러긴! 그지 같은 남자 만나서 나처럼 살까 봐 그러는 거 아니야. 아 몰라, 약속은 마담뚜랑 엄마랑 알아서 잡을 테니까 그때 안 나가기만 해 봐. 맨날 전화해서 조질 테니까."

"엄마? 엄므아아아아!"

오마니께서 이런 관상의 남자를 사위로 가족으로 들이길 원하신다는 그 사실이 도저히 믿기지 않아서 새아는 그 사진을 당겨 보고 줄여 보고 제 눈을 비벼 보았다.

카카오 스토리 캡처인 듯, 멋지게 드라이버를 휘두르는 저팔계 밑에는 그분 어머니의 댓글이 달려 있었다.

'아이고, 우리 아들 의젓하네.'

……젖이요? 거기서 젖이 왜 나옵니까? 이런 캐릭터를 시어머 님으로 무게감 있게 고려해 보는 게 바로 선이라는 것이겠지요?

그으으켬! 정말 그으으으켬! 으헝헝헝, 어머님, 내가 그 자리 갔 다간 내 것보다 볼륨감 넘치는 그 가슴에서 증말로 젖이 나오나 안 나오나 그거 보러 가는 것일 겝니다.

집으로 가려던 발걸음이 경로를 이탈하고 있었다. 정신을 차려 보니, 홀린 듯이 들어온 이곳은 실내 포차.

"주모, 여기 막걸리요!"

딱 이 기세로 새아는 소주 한 병을 시켰다.

한 잔 두 잔 셀프로 넘어가는 술 때문에 취기가 알딸딸하게 올라올수록 절망감이 더더욱 깊어진다.

나는 왜 이 나이 먹도록 우리 엄마 카바를 못 치냐. 나 그 선 못 나갑니다, 왜 그 주장 하나를 명확하게 피력하지 못하는가. 결혼 문제에 있어 더욱 예민해지는 부모님. 그리고, 그 말을 거역할 수 없는 나 자식.

혹시, 그 남자도 그랬을까? 선 봐라 선 봐라 하다못해 몇 단계 건너뛰고 이 날짜에 결혼하라 그랬을까?

허버벅! 나년 좀 보소?! 툭 하면 그 남자 상황에 공감하려 그래! 자꾸 이해하지 마! 절대 이해하면 안 돼!

오죽하면, 나한테 이 결혼 파투 낼 비법이 있겠냐고 찾아왔겠느냐마는…… 그런 게 어딨어. 미친놈아. 그런 비결은 절대로 생각해 주지 않을 테야!

부르부르부르르르— 입으로 허무한 빈 바람을 내뿜고는 새아는 다시금 소주를 들이켰다.

'엇? 새아 씨다!'

그 모습을 저편에서 퇴근하던 예찬이 발견했다. 그의 가슴에 순식간에 희망의 바람이 살랑살랑 불어왔다. 망설일 때가 아니다. 단 일 초도.

짤랑— 그가 문을 열고 창가에 있던 새아의 자리 쪽으로 다가

왔다.

"이 팀장님!"

하필 새아는…… 지끈하게 쌓인 스트레스를 매운 것으로 풀어보고자 술안주로 불닭을 먹고서 눈물 콧물 체액 대잔치를 벌이고 있었다.

"어? 안녕하세요."

이 타이밍 무엇. 새아에겐 최악의 타이밍이 예찬에게는 천상의 타이밍이었다. 예찬은 베실베실 귀여운 미소를 지으며, 자연스럽게 새아의 앞자리에 앉았다.

"얼굴이 왜 이래요? 그새 실연이라도 했어요?"

시이이일연이요? 글쎄, 시일연이라니요?

"내가 남친 있다 그랬어요?"

"남친인가, 아닌가 했죠?"

"아닌데? 나 남친 없는데. 이게 매워서요."

예찬은 제 자리에 엎어져 있던 소주 한 잔을 딱 뒤집어 내밀었다.

"나 한 잔 줘요."

그가 붙임성 좋게 웃자, 새아는 살짝 미안한 표정으로 소주병을 기울였다.

"오늘 미팅 못 나가서 미안해요. 대표님이랑 얘기 잘했어요?"

"전세련 씨 웨딩 사진 찍어 달라던데요?"

아, 맞다! 전세련 건이 있었지.

"하겠다고 했어요?"

"이 팀장님 담당이라던데요?"

"담당 바뀌었는데?"

"그래요? 그럼, 안 하지 뭐."

"헉, 회사 입장에서 곤란하죠!"

"어떡할까요?"

그, 그걸 왜 나한테 물어요. 이 순둥이 눈웃음아. 난감하게시리 진짜.

"해요, 일단."

어차피 안 하게 되겠지만.

흐으음. 새아의 입술이 걱정스럽게 모였다. 당사자가 파투를 내려고 갖은 용을 쓰는 이 결혼식에 조예찬 같은 거물급이 들어온다면…… 추후에 교통정리는 누가 어떻게 하란 말인가. 결혼 준비보다도 까다로운 게 위약금 대잔치 파혼 정리인데. 그건 다 누구 일이 되겠어. 휴우.

몰려드는 각종 고민 걱정으로 새아의 얼굴이 복잡해지자, 예찬은 살짝 눈치를 보다가 주머니에 넣어 놓았던 사진을 꺼냈다.

"사실, 오늘 새아 씨한테 이 사진 주려고 했거든요."

"……!"

받자마자 바로 멍해질 수밖에 없는 사진이었다. 엄청난 포토샵이 들어간 것도 아닌데, 신묘한 앵글과 궁극의 기술로 찍은 것도 아닌데, 사진 속 여자의 모습은 정말 여신처럼 너무나도 아름다웠다.

"이, 이게 나예요? 대박!"

인생 사진 그 자체. 놀라 벌어진 새아의 입에선 그저 대박, 대박…… 뻔한 감탄사들만 흘러나오고 있었다.

"이 순간, 사진으로 갖고 싶었거든요."

드레스 입은 그때의 모습을 사진으로 간직하고 싶었던 적이 있었는데, 그게 언제였더라. 아차차, 생각이 났다. 술집에서 지혁이 했던 말.

'드레스 입은 게 너무 이쁘신 거지.'

급작스럽게 찾아온 지혁의 생각에 새아는 모기를 떨쳐내듯 고개를 양쪽으로 후르르 털었다.

"갖기 싫어요?"

"아뇨호! 고마워요!"

"대충 꾸민 게 이 정돈데, 새아 씨 결혼할 때 엄청 이쁘겠다."

이에 또다시 스치는 지혁의 목소리.

'내가 만났던 여자, 누구든 다 통틀어서 제일 예쁘세요.'

그녀는 경기를 일으킬 뻔했다.

"아아악! 너무 싫어!"

뜻밖의 반응에 예찬은 깜짝 놀라 그녀를 바라보았다.

"네?"

"아, 아뇨. 나, 그 밀 완진 싫이해요. 절대 이쁘단 소리 하지 마요!"

그 이쁘단 말에 내가 속아서 아유 아휴, 으마무시하게 끔찍한 꼴을 당했답니다. 얘기하자면 길어요.

새아는 여전히 몸 어딘가를 부르르 떨면서 어떤 생각을 떨쳐 내려는듯 보였고, 예찬은 그 반응이 조금 머쓱해 안주로 나왔던 불닭을 아주 조금 먹었다.

그런데, 이럴 수가. 이누무 파이어치킨은 크레이지하게 매웠다. 왜 아까 새아가 눈물 콧물 바람이었는지 바로 알 수 있었다. 먹자마자 눈코입에서 스프링클러가 터진다. 이게 바로 눈물 콧물 타액이 벌이는 광란의 파티.

얼굴도 토종이고 발음도 토종인데, 하필 입맛이 포리너인 예찬이었다. 한국 생활보다 뉴질랜드 생활이 길었던 그의 식성은 거의 서양인 쪽에 가까웠다.

첫눈에 반한 그녀의 마음을 훔치려 여기까지 들어왔으니, 혓바닥에서 일어난 이 민망한 화재 사고를 어떻게든 감추려 하였지만…… 사랑과 기침은 숨길 수가 없다던가.

콜록콜록- 절로 불같은 기침이 뿜어져 나와 크릉크릉- 소리 없는 통곡을 하게 된다.

"왜 그래요? 왜 울어요? 매운 거 못 먹는구나?"

"아, 아뇨, 잘 먹는데. 완전 한국인인데?"

"기사 봤는데, 뉴질랜드에서 자라셨다고. 거기서 사진 시작하셨다고."

소화전을 뽑아서라도 입을 세척하고 싶은 이 순간에도 새아의 그 말은 참으로 반가웠다.

"나, 검색해 봤어요?"

"알죠, 왜 몰라요. 엄청나신 작가님인데."

또 나에 대해서 아는 거 뭐 있어요, 이것저것 묻고 싶지만 이미 예찬은 일 리터짜리 물통을 컵 없이 원샷 중이었다.

"아이고, 많이 맵구나."

완전 스타일 구겼다는 생각에, 예찬은 진땀을 뺐다. 그러나 그렇게 손부채질을 하며 당황하는 예찬의 모습이 새아에게는 조금 귀여워 보였다.

"내가 오늘 작가님 때문에 웃는다. 작가님, 애기네."

"아닌데."

"기다려 봐요. 피카츄 돈가스 시켜 줄게. 저기요! 여기 피카츄 돈가스 하나요!"

그녀는 호쾌한 목소리로 직원을 불러 진짜로 그 메뉴를 시켰다.

맵고 짠 눈물이 사정없이 흘러내리는 와중에도, 예찬은 깨달았다.

내 사진은 아직 멀었다. 그녀의 실물을 따라가려면.

15

파혼의 법칙

"그래서 전세련 건은 누가 하는 거야?"

아침 회의, 소울에서는 명희의 날카로운 목소리가 울려 퍼졌다.

"차트는 진 실장이 올렸던데?"

"아뇨, 안 돼!"

새아는 어제의 숙취가 다 깨지 않아 정신이 혼미한 와중에도 비실비실 자리에서 일어나 손을 들었다.

"그거, 제가 하겠습니다."

옆에서 유준이 그녀의 팔을 끌어당겨 다시 자리에 앉히려 했다.

"왜 그래? 네가 그 건을 어떻게 진행해?"

전세련과 권지혁이 다녀갔을 때, 새아의 얼굴이 어땠는지 생생하다. 새아가 어떻게 전세련 건을 맡겠는가.

그러나, 그녀의 생각은 달랐다.

"다 사정이 있어."

파투 날 결혼식을 어떻게 너한테 맡기니. 커리어에 흠집이 가도 내가 가야지. 나중에 정리해야 할 위약금의 사이즈는 사원급인 네가 감당할 수 있는 게 아니란다.

"무슨 사정. 너 이러는 게 자학밖에 더 돼?"

아우 아우, 이 죽일 놈의 호구병.

"내 아픔이야. 내가 감내해야지."

애가 또 왜 이래, 아직 술이 안 깼나.

유준이 도무지 이해가 안 간다는 표정을 짓고 있을 때 명희는 날카롭게 다음 액션을 촉구했다.

"날짜 급해. 당장 드레스는 어떻게 할 거야?"

어떡하긴요. 예약이 되든 안 되든, 당장 오늘 오후라도 입어 봐야지요.

화아악- 피팅룸의 커튼이 열리고, 드레스를 입은 세련이 등장했다. 이미 수많은 시상식에서 아리따운 드레스 자태를 뽐냈던 그녀지만, 웨딩드레스는 달랐다.

여배우는 진짜 여배우구나.

그 풍성한 실루엣만으로도 그녀는 격이 다른 아름다움을 뽐내고 있었다. 드레스숍 직원들도 아주 간만에 진심에서 우러나온 칭찬들을 하고 있었다.

이럴 때 가장 무서운 건 습관이다. 내 속마음과 다르게 툭 튀어나가 버리는 자동 반사 같은 거.

"신부님, 너무 예쁘세요."

그 말을 내뱉자마자 뱃속에서부터 깊은 회의감이 밀려왔다. 권지혁과 결혼할 여자다. 지금 나는 그 여자의 드레스를 골라 주고 있고. 그것도 내가 자원해서.

걸어 다니는 샹들리에처럼 화려한 웨딩드레스를 완벽하게 소화하면서도…… 세련은 거울을 보면서 조금 얼떨떨한 표정을 짓고 있었다. 그녀도 웨딩드레스를 입자 실감이 나기 시작한 것이다. 내가 결혼을 한다는 것.

살짝 멍해진 세련의 얼굴에, 어제 지혁이 했던 그 말이 귓가에 자동으로 들려왔다.

'내 결혼식을 파투 내 줘요.'

하아, 어떻게 그래? 이 드레스숍 창립 이후 최고의 핏을 자랑하고 있는 전세련에게.

그렇게 새아가 속으로만 괴로워하고 있을 때, 세련은 매니저 민환을 보며 물었다.

"어때? 예뻐?"

"······별론데?"

피팅룸 안은 그야말로 갑분싸. 듣는 사람이 다 무안해지는 퉁명스럽고 성의 없는 반응이었다.

"나랑 결혼하는 것도 아닌데, 내 마음에 드는 거 골라야 돼?"

매니저님, 엄청 시크하시네. 원래 이런 성격이신가.

괜스레 옆에 있는 직원들이 안절부절못하게 되는 가운데 민망해진 세련이 오히려 주변 분위기를 정리하려 했다.

"하하, 마음에 안 드나 보다. 그럼 다음 거 입어 볼까요?"

"나머진 알아서 골라."

세상 싸늘하고 냉정한 목소리로 민환은 바람처럼 룸을 나가 버렸다. 순간, 세련의 표정이 관리가 안 될 만큼 굳어졌다.

누구라도 무안할 순간이었다. 간만의 연예인 결혼식 진행에 들떴던 드레스숍 원장님이 이 어색한 공백을 메우고자 황급히 다음 드레스를 설명하려 했지만,

"신부님, 다음 드레스는······."

"아니에요. 오늘은 여기까지만 입어 볼게요."

분위기는 어느덧 돌이킬 수 없는 지점까지 오고 말았다.

"이게 첫 번째 드레슨데."

세련은 바람같이 청바지에 가죽 재킷 차림으로 갈아입고 나와 제 가방을 찾아 들었다.

"어, 신부님. 다음 스케줄은요."

"다음에요, 다음에요."

새아가 뭐라 붙잡을 새도 없이, 세련은 밖으로 횡하니 나가 버렸다. 드레스를 들고 뻘쭘히 서 있는 원장과 새아는 오가는 대화 없이도 블루투스처럼 같은 생각을 하고 있었다. 두 사람의 눈알이 양옆으로 데굴데굴 굴러가다가 한 지점에 멈추었다.

'이 분위기 혹시?'

♫

저 멀리 걸어가고 있던 민환을 세련이 뛰어가 따라잡았다.

"뭐야. 운전 안 해?"

민환은 대뜸 키를 던지며 말했다.

"운전, 네가 해."

평소 온순했던 민환의 눈빛은 온기 없이 싸늘했다. 세련은 잠시 당황했다.

"갑자기 왜 이렇게 성질이야? 사람들 다 있는 데서?"

"그니까 왜 이런 꼴까지 보이면서 사람 속 뒤집어지게 만들어?"

"뭐?"

"방법이 이것밖에 없었어? 황 본한테 대들 방법이 이것밖에 없었냐고!"

민환의 눈빛에는 생전 본 적 없는 분노감이 가득 차올라 있었다. 이에 세련의 눈에도 함께 불이 올랐다.

"방법 있었으면 진작 실드 좀 쳐주지 그랬어! 황 본에게 키 넘기지 말고! 어디든 데리고 도망가지 그랬어!"

"난 할 만큼 했어!"

"네가 뭘? 대체 뭘!"

민환은 그때를 떠올렸다. 자기가 커피 캐리어를 들고 왔을 때, 이미 황 본이 밴을 끌고 출발하고 있었다. 그때 세련의 아버지인 전 회장에게 미용실로 급히 와 달라고 전화한 게 민환이었다. 그도 그 나름의 방식대로 황 본에게 대항했던 것이었다.

문득, 세련과의 첫 만남이 떠올랐다. CF 한 편으로 단숨에 스타덤에 오른 세련이었다. 군대에서 여신으로 추앙받던 그녀를 실물로 영접했을 때, 그는 이대로 죽어도 여한이 없다고 생각했다. 밤송이처럼 깎은 머리를 슥슥 비비다가, 그녀와 악수를 했다. 그 손, 영원히 씻지 않으려 했다.

실제로 겪어본 세련의 이미지는 도도함과는 아주 거리가 멀었다. 며칠째 이어지는 밤샘 촬영에도, 잠깐 자면 부을까, 그녀는 끝끝내 밤을 새워 대본을 외우고 외웠다.

그렇게 촬영을 끝내고 누가 업어 가도 모를 만큼 밴에서 깊이 잠들었을 때, 민환은 그녀를 차마 깨울 수가 없었다. 정말로 침실까지 업어 가는 수밖에.

제 맘대로 작품 선택을 해 버린 황 본의 사무실에 들어가 한참을 바락바락 대들고는 문 닫고 나오자마자 펑펑 울던 그녀의 모습을 기억한다. 어린 그녀가, 억지로 센 척할 때의 표정이 무엇인지 알고 있다.

매번 황 본의 메시지를 전해야 할 때마다, 그는 정말로 미치도록 괴로웠다. 내가 뭣도 안 돼서. 뭐만 됐으면…….

하지만, 그 꼴보다 보기 힘든 게 바로 오늘이었다. 드레스 입은 세련을 보는 순간, 그는 결정을 내렸다.

"나, 더 이상 일 못 해. 이 바닥, 내가 더럽고 치사해서 때려치운다."

"너 가면 또 담에 어떤 애가 올 줄 알고."

"또 황 본이 프락치 같은 놈 붙이겠지. 나도 첨에 그렇게 왔잖아? 근데, 나는 할 만큼 다한 것 같다."

이것이 민환의 마지막 말이었다.

"다시는 연락하지 마."

그 말을 남기고서 돌아선 민환. 세련은 주변에 누가 있는지 의식할 정신도 없이, 제대로 얻어맞은 듯한 표정을 하고 있었다. 한참 후에야 정신이 돌아온 듯, 그녀는 간신히 손을 뻗어 택시를 잡고 사라졌다.

그리고…… 저 멀리 건물 기둥 뒤에 숨어 있던 새아가 이 모습을 모두 목격했다. 뭐라 말하는지 자세히 들리지는 않아도 그림은 뻔했다. 웨딩 짬밥 좀 먹은 스피디한 눈치에 의하면 이것은? 이것은?

'이 분위기 혹시?'

영화 〈킹스맨〉에 나올 법한 고풍스러운 스타일의 예복집. 문이 짤랑- 하고 열리더니, 지혁이 모습을 드러냈다. 직원들이 "신랑님, 어서 오세요" 하고 그를 반기는 가운데 소파에 앉아 기다리고 있던 새아가 다소 복잡한 얼굴로 자리에서 일어났다.

　　그가 설마 여기 올까, 싶었다. 올까, 안 올까, 긴가민가하며 여기 앉아 있었지만, 약속 시간을 일 분도 어기지 않은 채 그는 왔고, 새아의 마음은 묘하게 실망으로 바뀌었다. 지혁이 다가오자 그녀는 예복집 직원들이 듣지 못하게 작은 소리로 속삭였다.

　　"이 결혼식 파투 낼 거라면서요. 근데 결혼 준비에는 되게 협조적이시네요?"

　　"이 결혼식 안 맡을 거라면서요. 근데 여기 계세요?"

　　하아, 이런 말 하고 싶지 않지만…….

　　"방법이 없진 않을 것 같아요."

　　"무슨 방법?"

　　"……이 결혼 파투 낼 방법!"

　　피팅룸 안. 지혁의 치수를 재던 직원이 밖으로 나가자, 새아는 커튼 안으로 살금살금 들어와 속삭였다.

"지금 세련 씨는 흔들리고 있어요."

"나한텐 완전 강철벽이던데?"

"……매니저 민환 씨요."

그 말에, 지혁은 뭔가 짚이는 게 있는 모양이었다. 밴에 올라타려던 자신을 가로막던 그 남자, 매니저를 얘기하는 것 아닌가. 세련이 지혁을 자연스럽게 '신랑'이라고 불렀을 때 그의 눈빛이 아주 잠시지만 살짝 뾰족해졌었다. 운전을 하며 룸미러로 자신을 살펴보던 그 표정도 떠올랐다. 그가 끝끝내 소울 웨딩 플랜에 같이 들어오지 않았던 것까지.

새아는 더더욱 긴밀한 목소리로 속삭였다.

"세련 씨도 정말로 이 결혼을 원하는 것 같지는 않아요. 세상에 사랑에 안 흔들릴 여자가 어딨겠어요."

그리고 그런 새아의 모습을, 지혁이 조금 의외라는 듯 쳐다보았다.

"근데, 갑자기 왜 도와주는 거예요?"

"둘 다 원치 않는 결혼식이잖아요. 좋아서 결혼하고도, 세상 다시 없는 비극이 되는 판에 처음부터 비극이면 끝은 막장이지. 안 그래요?"

"……사랑의 천사, 웨딩 플래너라면서요."

"아, 몰라. 이제 좀 바뀌어야 할 것 같기도 하고."

요새, 웨딩에 대한 새아의 생각은 아주 조금씩 바뀌어 가는 중이었다.

"헤어져야 할 커플이면, 결혼 전에 헤어지는 게 낫지 않나? 그 때 캔슬하러 온 신랑도 안 말렸어요. 욕이 여기까지 치밀어 오르는데 꾸욱 참고 '그래, 헤어질 거면 지금 헤어져라.' 내버려 둔 거죠. 그 신부 생각하면 억장이 무너지는데. 하아, 여튼 억지 결혼까지 가 봐야 더 비극일 것 같아서."

새아의 그 말에, 지혁은 자기도 모르게 이 말을 내뱉었다.

"진짜…… 착하다."

"내가요오? 나 지금 화 다 풀린 거 아니에요. 난 아직도 지혁 씨 때리고 싶고, 욕하고 싶고, 패고 싶어요."

"용서해 달란 소리, 안 할게요."

"할 맘도 없거든요?"

"꼭 싱글로 돌아올게요. 약속해요."

으마마? 이 남자가? 새아는 기함했다.

"참나, 싱글로 돌아오면, 누가 받아 준대요?"

"안 받아 주더라도, 속죄해야죠."

"속죄는 무슨, 본인 죄책감 털어 내려고 어설프게 맴도는 거겠죠."

"숨이…… 안 쉬어져요."

"……?!"

문득 지혁은 뜻밖의 얼굴을 하고 뜻밖의 목소리로 말했다.

"저희 아버지가 그래요. 모든 게 자기 뜻대로 되어야 하고, 될 때까지 압박하고, 자수성가 스타일이 그렇대요. 주변 사람만 죽어

나는 거지."

이미 마담뚜에게 이백만 원이나 줬다며 약속 잡아 둘 테니 무조건 나가라 강요하던 엄마의 목소리가 떠올랐지만…….

"그렇다고 아들 결혼까지 이러시면 쓰나."

그를 이해하고 싶지는 않았다.

"쳇, 난 도저히 이해를 못 하겠네."

"미워하는 게 편하면 그렇게 해요. 이 결혼은 내가 알아서 할게요."

허억? 그 말이 더 무서워!

"알아서, 뭐요?"

"알아서 파투 내겠다고. 그전까진 결혼 준비 좀 계속해 줘요."

"에엥? 지금 나만 뺑이 치란 소리예요?"

"돈 물리는 일 없어요."

"아니, 돈이 문제가 아니라……."

지혁은 피팅룸의 커튼을 툭 하고 걷어 나가더니, 밖에 서 있던 다양한 예복 마네킹 중 하나를 선택했다.

"사이즈 적었죠? 이거 그대로 할게요."

여보세요, 그게 얼마짜린데 파투 날 결혼식을 위해 맞추겠다는 겁니까. 이 남자가 진짜, 뭘 어쩌려는 거야. 더 불안하게.

지혁은 자신을 불안하게 쳐다보는 새아를 보고는 참으로 오ー묘한 미소를 아주 살짝 지었다.

어어? 이게 또 어디서 웃어싸? 웃지마, 이 둥이둥이야.

오늘 밤도 참으로 심난하게 할, 그런 미소였다.

막, 절대로 신경 안 쓰고 절대로 생각 안 하려고 애쓸수록 좀비처럼 불쑥불쑥 떠오르는 그런 거 있잖아. 그러다 잠들면 꿈에도 막 직접 등장하시고 그런 거. 아주 다양한 역할로다가. 깨어났을 때 또 정확하게 기억도 안 나는데 괜히 존재감만 커지는 그런 거 있잖아.

하, 이거 이거 다른 남자를 좀 만나 봐야 이 존재감이 작아지려나? 골프 치는 저팔계라도 만나서 밥을 좀 먹어 봐?

그런 생각을 하며 다음 날 아침, 잠에서 깨었을 때 무심코 열어 본 포털의 실시간 검색어에 권지혁의 이름이 있었다.

'전세련 결혼'

'전세련 예비 신랑'

'전세련 권지혁'

기사가 떴다.

'[단독] 전세련 일 년 열애 끝 결혼! 남편은 네 살 연상의 건설사 임원'

16

토 달지마,
요 악의 무리야

이후로 후두둑 후두둑 후속 기사들이 쏟아졌다.

'[특종] 전세련, 성진家 며느리 되나. 금수저 여배우의 다이아몬드 재벌가 입성!'

'전세련 예비 남편 권지혁 상무, 눈부신 성과의 재벌가 인재, 땡잡았네!'

'전세련 로안 오너와 결혼, 자존심 건 역대급 결혼식 예고!'

'전세련 사주, 남편과 다툴 수 있다? 딸 낳을 것'

새아의 입이 저절로 떡- 벌어졌다.

아니, 전세련 사주, 저 기사는 뭐야? 딸은 무슨.

딸깍— 기사를 클릭하자마자 새아는 눈을 의심했다. 거기에 떡 하니 제 사진이 떠 있었던 것. 소울에 웨딩 플래너로 입사할 때 찍었던, 각 잡고 콘셉트 잡고 있는 사진이었다.

'이번 역대급 결혼식은 소울 웨딩 플랜의 이새아 플래너가 준비한다!'

미쳐 돌아가시겠다. 환장하겠네. 홍보팀은 왜 이렇게 일을 열심히 해? 그러다 이 결혼 진짜 파투라도 나면, 나의 커리어는? 나의 앞길은? 출근하는 내내, 새아의 전화통에도 불이 났다.

— 안녕하세요, 엔터 뉴스 서미현 기잡니다. 혹시 인터뷰 가능하실까요?

— 죄송해요, 인터뷰는 아직 시기상조인 것 같아서요.

— 플래너님 홍보성 멘트도 빵빵하게 넣어 드릴게요.

— 정말 죄송합니다. 따로 말씀드릴 게 없을 것 같습니다.

— 와, 이 팀장. 나는 우리 이 팀장이 대박 칠 줄 알았어. 전세련을 물어 오네? 신행 어디로 간대. 우리 말고 딴 데서 협찬받을 건 아니지.

— 죄송해요, 지금 협찬은 전혀 안 받고 있어서요.

— 아니, 공짜로 준다는 걸 왜 안 받아?

그렇게 시달리고 시달리다가 회사에 도착하니 아까 그 몇 마디 한 게 그새 기사화가 되어 있었다.

'전세련 담당 플래너 침묵, 할 말 없는 결혼식'

그야말로 어이 상실이었다.

무슨 이런 말까지 기사화해? 와, 얼탱. 와, 얼척.

♫

바로 그 시각, 좌아악- 누군가 세련의 뺨을 확 갈겼다.

드라마 촬영이 아니었다. 그녀의 앞에서 잔뜩 식식거리고 있는 사람은 다름 아닌 황 본부장이었다.

"누구 허락받고 언론부터 터트려? 이렇게 제멋대로 굴 거야?"

이러다 한 대 더 칠 기세로, 황 본은 분에 못 이긴 채 쿵쾅쿵쾅 사무실을 왔다 갔다 하고 있었다.

그가 설마 이렇게까지 나올 거라고는 예상하지 못했지만, 세련은 이에 질 수 없어 부은 뺨을 움켜쥐고 바락- 소리쳤다.

"내 결혼을 내 멋대로 하지, 누구 멋대로 해요?"

"너 자꾸 이따위로 굴 거야? 결혼하면 네 손해지, 누구 손해야? 여배우들 결혼하면 이미지 끝인 거 몰라? 미니 서브까지만 하고 결혼을 하던가. 일일 악역 하다가 결혼하면, 앞으로 불륜녀밖에 더해?"

"그럼 진작에 미니 시켜 주던가요!"

저번에 미니 서브 까고서 이거 들어간 거잖아요. 회사 입장에서 일일이 돈 된다고, 닥치고 돈 벌어 오라고 백오십부작씩 돌린 거 아니에요? 그러다 이쁜 시절 다 지나가고 늙으면, 그땐 뭐 시키게요. 아침 백부작?!

"그런 과정 없이 어떻게 톱이 돼?"

"내가 보기엔 본부장님 밑에서 그럴 일은 없을 것 같네요."

"이게 진짜!"

다시 욱하면서 손부터 드는 황 본. 그 깡패 같은 행동에 주눅들지 않으려, 세련은 계속해서 이를 악물고 버텨야 했다.

"앞으로 회사도 바쁘겠네요. 나 결혼 준비 관련해서 대응하려면."

"아주 못돼 처먹어 가지고, 고집에, 싸가지에, 안하무인에……."

"이렇게 안 하면, 내가 이 바닥에서 버틸 수 있겠어요?"

"이러니까 로드가 도망을 안 가고 배겨?"

순간 세련은 철렁했다. 민환이, 얘기하는 거다. 지금.

"민환이한테 연락 왔어요?"

"회사에서도 퇴직 처리 끝났어. 대체 애한테 어떻게 군 거야?"

"……본부장님 전화는 받아요?"

"왜, 한창 못되게 굴어 놓고, 이제 와서 아쉬워?"

황 본이 그렇게 한창 심술궂게 쏘아붙이고 있을 때, 사무실 전화가 울렸다.

"야, 너 차 빼래."

세련이 전화를 받지 않자 누군가 회사로 들어와서 연락을 취한 모양이었다. 그녀는 급하게 기방을 그러쥐고 밖으로 나왔다. 골목 앞에 선 남자는 대단히 화가 나 있었다.

"아니, 누가 골목에서 차를 이렇게 대요? 정신 나간 거 아니야?"

그러다 세련을 알아보았는지 그의 말투가 한결 누그러졌다.

"어? 전세련이네? 아잇, 이러면 다른 차들 못 지나가잖아요."

연이어 듣는 남자들의 고함에 골이 다 딩딩거렸지만, 일단 세련은 고개를 숙였다.

"죄송해요. 근데 제가 차를 못 빼서……"

"차 댈 줄만 알고, 뺄 줄 몰라요? 매니저 없어요?"

"죄송합니다."

고함치던 남자는 하는 수 없다는 듯 운전석 쪽으로 다가가며 말했다.

"키 줘 봐요."

지금, 지혁의 앞에 마카오 리조트 모형이 놓여 있었다.

지금껏 내 모든 발목을 잡고 있는, 이 얄미운 것, 마음 같아서야 두 주먹을 꽈악 쥐고 그냥 확 다 부숴 버리고 싶었지만…….

'이번 건 때문에 마카오 지사 세우고 거기에 사람을 몇 명이나 뽑아 놨는데, 그 사람들 싹 다 실업자 만들 거야? 우리 손해야 우리가 엎었으니까 책임진다 쳐. 벌써부터 자재 생산해 놓은 협력업체들은. 바다에 퐁당 버리라 그래?'

이게 상후의 말이었다.

으아아악, 이걸 부숴 버릴 수도 없고, 이미 계약서까지 쓴 거,

프로젝트 엎어 버릴 수도 없고, 그 부지 포기할 수도 없고.

그야말로 진퇴양난이었다.

진짜 방법 없어? 식장 들어가는 것 말고는?

세련이 기사를 터트리고 나서, 지혁의 전화기도 하루 종일 불이 났다. 청첩장 달라는 지인들의 메시지가 산처럼 쌓였다. 끝장나도록 괴로운 날이었다. 그렇게 음소거로 괴로워하다가 시계를 보니 어느덧 약속 시각이 되어 있었다.

♫

예복집에 이어 이번엔 예물숍이다.

이새아 씨. 이새아 팀장. 이새아 플래너.

삼 일간 사귄 내 여자친구였고, 지금은 내 결혼 준비를 해 주겠다고 찾아온, 웨딩 플래너. 그녀가 저기 서서 나를 기다리고 있다.

딱 처음 보자마자 그녀에게 반했었는데, 그만큼 예쁜 그녀였는데 그 미모가 며칠 지났다고 달라졌을까. 며칠 지났다고, 그게 안 예뻐 보일까.

예물숍 빌딩 앞에 있던 새아도 지혁이 왔다는 걸 감지하고 그쪽으로 고개를 돌렸다.

오늘, 기사 봤겠지?

차라리 다 해탈한 얼굴이길, 차라리 미워하는 얼굴이길 바랐으나, 그를 보는 새아의 눈빛은 그렇지 않았다. 아주 미세하게 흔들렸다가, 다시 평정을 되찾으려고 애쓰는 얼굴이다. 그 흔들림을 들키지 않으려 필사적으로 아무렇지 않은 척하고 있다.

단 하나도 숨기지 못할 거면서, 센 척은.

새아는 말없이 예물숍 안으로 그를 안내했다. 위아래 정장을 쫙 빼입은 중년의 남자, 럭스주얼리 서 사장이 새아를 반갑게 맞아 주었다. 속이 어떻든, 지금 새아는 친절하게 인사를 하고 너스레를 떨어야 했다.

"아우, 사장님 잘 지내시죠."

"우리 이 팀은 자꾸 살이 빠져. 이렇게 예뻐지면 곤란해."

오늘은 세련의 스케줄이 안 되어 새아와 지혁 둘이서 반지를 골라야 한다. 두 사람이 진열장 앞에 나란히 앉았다. 누가 뒤에서 보면 영락없이 예물 맞추러 온 신랑, 신부의 모습이었다.

"여기서 제일 못생긴 걸로 주세요."

지혁의 말이었다.

"에이, 그럴 수야 있나요. 올해 최고의 역대급 결혼식 될 거라는데."

새아는 몇 개의 반지들을 손으로 짚으면서 말했다.

"그러지 말고 요거 요거 보여 주세요, 이게 제일 잘나가죠?"

"그래그래, 이 팀이 잘 골랐네. 아주 플래너 잘 만나셨어요. 요새는 남자라고 그렇게 두꺼운 거 하지 않아요."

번드르르한 설명과 함께, 지혁에게 몇 개의 반지를 끼웠다 빼주는 서 사장.

219

"자, 보시면 이게 우리 숍 시그니처인데 여기 이 무늬가 남자 거에서 여자 거로 연결되죠? 여기 보시면…… 이 팀, 이것 좀 잠깐 껴 봐."

"으으! 싫어요!"

그의 권유에 새아는 바로 질색팔색을 하며 진저리를 쳤다.

"그러지 말고 껴 봐. 이렇게 대봐야 잘 어울리는지 알지. 아, 빨리빨리."

서 사장의 성화에 어쩔 수 없이 손을 내밀자, 그녀의 왼쪽 네 번째 손가락에 반짝반짝한 로즈 골드 컬러의 결혼반지가 끼워졌다.

"자, 여기 대봐요. 보세요. 이렇게 이어지죠?"

서 사장의 손길에 두 손을 옆에 마주 놓게 된 지혁과 새아.

"……!"

짧은 순간, 새아에겐 너무나 많은 감정이 스쳐 지나갔다. 더 이상 프로페셔널한 웨딩 플래너 코스프레를 하며 표정 관리하기가 어려울 정도로.

반지는 눈이 부시도록 영롱해 왜 남자들이 프러포즈 때 반지를 내미는지 알 것 같았다. 영롱한 반지를 여자는 거부할 수가 없으니까.

남자가 반지를 내밀면 순간의 반짝임에 반해, 혹은 순간의 물욕에 넘어가, 여자들은 왜 그렇게 손쉽게 오케이를 해 버리는지 모르겠다. 이상하네. 반지란 게 그렇게 특별한지 몰랐는데. 나도 과거에 커플링 깨나 껴 본 여자인데. 이건 진짜 다르구나. 결혼반지의 무게감은.

근데 그 반지를 나는 왜 당신과 껴 보고 있지? 왜 내가, 여기서.

마음이 참 이상하고, 서러웠다. 이상하게도 옆에 있는 지혁의 얼굴을 쳐다볼 수가 없었다. 그저 반지 디자인에만 집중한 척, 이어지는 시그니처 무늬를 손끝으로 따라가 보고만 있었다.

"이걸로 할게요. 좋네요."

지혁이 심플하게 말하자 서 사장이 손사래를 쳤다.

"에이, 뭘 그렇게 간단하게 골라요. 평생을 약속하는 결혼반진데."

"우리 신랑님이 좀 직관적이어서. 그냥 그걸로 할게요."

새아가 서둘러 반지를 빼 내밀었다.

"근데, 신부님 반지 사이즈는 어떡하지?"

"이 샘플 링 빌려주시면, 제가 오늘 사이즈 알아 올게요. 여자거는 그때 제작 들어가시면 될 것 같아요."

예물숍을 나오자마자, 지혁이 새아에게 뭔가를 얘기하려 했다.

"……새아 씨."

새아는 아무 말도 하지 말란 표정으로 일갈하고는,

"토 달지 마, 요 악의 무리야!"

그대로 돌아서 가 버렸다.

네놈 말을 내가 더 들어 무엇하리.

♪♪

잠시 후 방송국 대기실, 세련의 촬영 일정이 빡빡해 새아가 여기까지 와야 했다. 그녀는 폰으로 찍어 온 반지 디자인을 한 장 한 장 보여 주며 말했다.

"디자인은 이걸로 골랐고요. 링 사이즈는 지금 좀 재 볼게요."

새아가 샘플 링을 꺼내자 수정 메이크업을 받고 있던 세련이 순간 손가락을 움츠렸다.

"반지 안 하면 안 되나."

"……최고로 화려하게 하고 싶다면서요. 그렇게 말씀 주셔서 플랜 짰는데, 지금 진행하고 계신 게 하나도 없어요. 이거 스몰 웨딩이에요? 그럼 그렇게 다시 짤게요."

"남들한테 보이는 부분만, 화려했으면 해서."

"……이 결혼에 확신 없으시죠?"

새아는 세련을 가만히 바라보며 말했다.

화려한 조명 아래, 카메라 셔터 세례 앞에 사는 이 아가씨가 원하는 건, 결혼이 아니다. 그건, 지혁과 마찬가지다.

하는 수 없이 세련이 메이크업 실장님께 잠시 자리를 비켜 달라고 눈짓했다.

"웨딩 플래너로서, 주제넘은 말인 거 알아요. 근데 두 분 서로

222

얼굴 마주 보려고도 안 하는데 가운데 끼어 있는 저도 난감하고 힘들어요."

"난, 이 결혼, 꼭 할 거예요."

"신랑님은 못 할 거라고 하세요."

"……!"

절대로, 이런 거에 관여하는 스타일이 아니었지만, 지금 이 순간, 새아는 근본적인 질문부터 다시 던지고 있었다.

"예비 신랑님, 진짜 사랑하세요?"

"……꼭 사랑으로 결혼해야 되나요?"

"행복하기 싫으세요?"

"톱으로 뜨면, 그때 행복할 것 같아요."

"그때 곁에 아무도 없으면요."

"없긴 왜 없어요? 더 많아질걸요?"

"그때도, 사랑하는 사람이 없으면요."

순간, 세련은 가슴이 시큰해지는 걸 느꼈지만…….

"웨딩 촬영은 언론 보도용으로 딱 한 컷만 찍을 거예요."

이를 들킬세라 부러 더더욱 차가운 목소리로 말했다. 그러고는 밖에 나가 있던 메이크업 실장님을 다시 불렀다.

"그 어떤 톱배우랑 비교해도 빠지지 않게, 콘셉트랑 스타일링 잘 부탁드려요."

"……!"

저, 이제 촬영 준비해야 돼서요.

이제 그만 나가 달라는 눈빛에 새아는 가방을 챙겨 자리에서 일어났다.

방송국을 빠져나오는 내내, 새아는 가슴 깊은 곳에서 엄청난 폭풍과 파도가 몰아치는 걸 느꼈다.

오늘 이 반지가 얼마나 절망스럽게 아름다웠는지, 이 반지를 끼면 얼마나 사람 기분이 싱숭생숭 이상해지는지, 당신은 모르겠죠. 아직 안 껴 봤으니까요. 내 것이 아닌 반지를 끼는 기분이 어떤지. 그게 어떤 절망인지도, 모르겠죠.

솔직히, '이러다 파혼하는 거 아니야?' 싶을 정도로 의견이 안 맞고 자주 싸우는 위태로운 신랑, 신부들도 많이 진행해 보았다. 둘 사이에 껴서 난감한 상황이 되는 것도 한두 번이 아니었다. 가끔은 밤새 예비 신랑 욕을 들어 주었으며 그런 신부를 어떻게든 어르고 달래고 다독여 식장 앞에까지 세웠다. 플래너의 모든 말 한 마디 한 마디를 까칠하고 예민하게 받아들이는 신부도 있었고, 이 세상 취향이 아니다 싶을 정도로 까다로운 신부들도 있었다.

그러나 이렇게 고통스러웠던 결혼 준비는 처음이었다. 수많은 시간, 그렇게 뻔질나게 봤던 반지들이 이렇게 심쿵하게 다가온 적도, 이렇게 슬픈 디자인도 처음이었다.

아직도 그녀의 휴대폰엔 지혁이 고른 결혼반지 디자인이 떠 있었다.

대체, 이 결혼은 어떻게 되는 걸까.

17

내 손으로
장가보낸 남자

세련은 신상에 집착했다. 그 누구도 입어 보지 않은 드레스, 그 누구도 착용하지 않은 액세서리. 아주 독특한 디자인의 웨딩슈즈.

거대한 샹들리에처럼 번쩍번쩍 화려한 드레스가 어울렸으나, 그녀는 심플하면서도 깨끗한 H라인의 슬림 드레스를 골랐다. 촬영용으로 딱 한 벌. 찍을 사진도 단 한 컷.

세련이 고른 드레스와 액세서리들을 바리바리 싸 들고 새아는 결국 여기에 왔다. 조예찬 스튜디오에, 세련과 지혁의 웨딩 사진을 찍으러.

스튜디오 안, 대기실. 새아는 해외에서 공수한 커다란 웨딩 액세서리들을 세련의 머리에 달아 주었다. 아주 독특한 실루엣이 나오고서야, 세련은 만족하고 자리에서 일어났다.

그렇게 새아가 세련의 드레스 자락을 붙잡고 나오는데…… 스튜디오 저편에, 권지혁이 서 있었다.

같이 골랐던 턱시도를 입고서, 지나치게 멋있게. 아니, 숨 막히도록 멋있게. 그야말로 완벽한 수트빨을 뽐내면서. 순간적으로 눈앞이 뿌옇게 흐려져, 새아는 차라리 시선을 피했다.

"야, 이거 뭐 여신 강림이네. 사진이 실물을 따라가려나. 조 작가, 오늘 사진 찍기 어렵겠어. 허허."

승휴가 세련에게 온갖 칭찬을 쏟아 내며 바람을 잡았지만, 세련은 예의상의 미소도 잘 지어지지 않는 듯 입꼬리를 어색하게 살짝 구길 뿐이었다.

"팀장님, 이 시안 말이에요."

예찬이 시안에 대해서 상의하려 파일을 들고 새아에게로 다가왔다.

그러나,

"얼굴이 왜 그래요. 또 전 남친 창가 보내요?"

어쩐지 새아의 얼굴이 예전 윤경훈 결혼식에서 보았을 때와 크게 다르지 않았다. 아름다운데도 어딘가 절망적이고 또 처연한 그 분위기가.

"아니에요. 말씀하세요."

그렇게 새아와 예찬이 뭔가를 열심히 상의하는 모습을 지혁은 저만치에 서서 아득하게 바라보고 있었다.

둘이 꽤…… 잘 어울려 보였다. 조예찬과 이새아가.

나는 다른 여자와 웨딩 사진을 찍는다고 턱시도를 입고 있는데 우습게도 질투가 다 난다. 진짜, 우습지.

아까, 세련과 새아가 동시에 대기실에서 나왔을 때에도 지혁의 시선은 새아에게만 꽂혀 있었다. 그때가 생각나서. 새아가 웨딩드레스를 입었던, 내가 반했던 그 순간이.

웨딩드레스를 입은 새아의 곁에, 저 훤칠한 남자 조예찬이 서 있는 게 자연스럽게 상상되었다.

만약 새아 씨가 웨딩드레스를 입고 다른 남자 옆에 선다면…… 그렇다면…… 나는 절대로, 괜찮을 것 같지가 않다. 그런 상상 비스무리한 것만 해도 피가 뜨거워진다.

그런데, 턱시도 입은 나를 봐야만 하는 지금 새아의 마음은…… 심지어 모든 디렉팅을 담당하고 있는 새아의 속은…… 어떨까. 이 결혼이 파투 나고, 아주 긴 시간이 지난다 하더라도, 나를 용서할 수 있을까? 그녀 앞에 이러고 서 있었던 나를…… 용서할 수 있을까?

아무것도 없는 흰 배경 앞에 세련과 지혁이 나란히 섰다.

"여기까지 나온 거 보면, 운명에 따르기로 했나 보지?"

옆에선 세련이 턱시도 입은 지혁을 슬쩍 보며 조소했다.

"너는 만나는 사람마다 언니 이뻐요, 실물이 더 이쁘세요, 여신 소리 들으니까 세상 사람들이 다 너 좋아하는 것 같지. SNS에 K

붙고, 팔로워 매일 왕창왕창 늘어나고, 팬이라고 댓글 달아 주니까 네가 사랑받는 거 같지?"

"아니, 잠깐의 흥미인 거 알아. 기사 한 방이면 골로 갈 이미지, 사랑은 무슨. 앞에서 예쁘다고 해 놓고, 뒤에서 다 고쳤다고 하는 거 내가 왜 몰라. 철 따라 변하는 게 팬심은 무슨."

"알면 다행이네. 결혼이란 거, 네가 한 사람한테 변치 않는 사랑을 받을 수 있는 유일한 기회일지도 몰라. 넌 지금 그걸 놓치고 있는 거고."

이에 세련의 속눈썹이 미세하게 파르르 떨렸다.

"……!"

"너 안 그런 애인 거 알아. 너 이렇게까지 막무가내 아니잖아. 근데 왜 이렇게 네 감정 냉각시키고, 차가운 척, 못된 애인 척 굴어. 그러고서 사람들 앞에서 또 착한 척, 순한 척하니까 그 속이 안 뒤틀어지고 배겨? 그러니까 이렇게 삐뚤어지고 엇나가지. 네가 상처받았다고, 너만 상처받은 척, 다른 사람들까지 다 이렇게 속 뒤집어 놔야겠어?"

"어머, 오빠 되게 올바른 사람인 척한다?"

"내가 아무리 엇나갔어도 설마 너처럼 총체적 난국이겠어? 이거 내 인생 말아먹는 게 아니라, 네 인생 말아먹는 거야. 알고나 있으라고."

확실히, 멋지게 드레스 턱시도를 빼입은 예비 신랑, 신부가 나눌 대화들은 아니었다. 콘셉트 회의가 끝났는지 저편에서 예찬이 활기차게 소리쳤다.

"자, 촬영 시작하겠습니다!"

그러나, 무섭도록 굳어진 세련의 표정은 도저히 펴질 줄을 몰랐다. 지혁 역시, 아주 조금도 웃을 수 없었다.

"안 웃고 좀 시크하게 가도 될까요?"

"시작은 그렇게 하시죠."

나란히 선 둘에게선 이혼 직전의 부부처럼 으스스 차가운 냉기가 뿜어져 나오고 있었다.

찰칵찰칵- 정신없이 플래시가 번쩍거리는데 어쩐지 카메라로 시선이 가지 않는다. 지혁의 눈엔 새아만 보였다. 내 앞에서 이게 대체 무슨 미친 짓이냐고. 이렇게까지 해야겠냐고 차라리 거하게 싸대기라도 때린다면 마음이 편할 텐데, 어떻게든 정신을 차리고 제 일에 몰두하려는 그녀의 모습에 찢어지도록 속이 쓰렸다.

그렇게 촬영이 진행되던 어느 순간, 그의 눈에 새아가 보이지 않았다. 계속 뭔가를 체크하고 있던 그녀가 어디론가 사라진 것이다. 괜스레 가슴이 철렁했다. 이어지는 촬영을 중단하고, 그녀를 찾으러 돌아다니고 싶은 심경이었다.

♪

아직도, 그의 모든 게 너무 임팩트가 크다는 거, 이 결혼 파투 낼 거라는 말에, 자꾸만 혹시나, 그래도 혹시나, 라는 기대감이 생기는 거, 그의 곁에 선 신부에게 못난 질투심이 솟는다는 거, 나는 아직도…… 그 강렬했던 삼 일이 잊히지 않는다는 거.

누를 수 있다. 숨길 수 있다. 이 감정들, 모두 삭일 수 있다.

삐죽삐죽 튀어나오려는 본연의 감정을 누르고 또 누른다. 나는 여기 프로로서 왔으니까, 최선을 다해 오늘 촬영을 마무리해야 한다. 지금 터지려는 눈물은 어떻게든 주워 담아야 한다.

새아는 지금 비상계단이었다. 그녀의 마음도 비상이었고. 속으론 통곡했고, 겉으론 아주 조금 울었다. 솔직히 말하자면 속이 속이 아니었다. 아무리 아닌 척하려 해도 그가 턱시도를 입고 다른 여자 옆에 서 있는 그림을 보는 건, 정말로 비참하고 끔찍했다.

그렇게 새아가 눈물을 눌러 담고 손부채질로 얼굴을 식히고 감정을 자제하고 또 자제하려는 그 모습을…… 저편 위에서 지혁이 보고 있었다.

그걸 본 순간, 지혁의 가슴에 끔찍한 통증이 일었다. 마취 없이 개복 수술을 한 것처럼, 견딜 수 없는 통증이었다.

그녀는 아주 조금도 괜찮지 않았고, 나 또한 미칠 정도로 고통스러웠다.

지혁은 대기실로 돌아가, 턱 끝까지 차올라 있던 거친 숨을 토해 내었다. 다시 한번 복장사의 위기가 찾아왔다. 지금이라도 리조트고 뭐고, 다 찢어 버릴까. 몇백 명이 해고되든 말든, 몇억대의 손해가 나든 말든, 다 엎어 버리고 나 몰라라 굴까. 성진 건설의 독재자인 나의 아버지처럼.

도대체 나는 무슨 자격으로 저 여자에게 이런 상처를 주고 있나.

결국 그도 눈가가 젖고 말았다. 그녀한테 끝도 없이 미안해서. 죽을 만큼 미안해서.

그런데, 바로 이때, 뒤에서 바스락 인기척이 들려 왔다. 새아가 베스트를 교체해 주러 대기실로 들어온 것이다.

무너져 있는 지혁의 모습이 거울에 비쳐 보인다. 하얗게 굳어진 새아의 모습도 거울에 비친다. 그렇게 거울을 통해 눈이 마주친 두 사람이다.

그들은 그저 굳어진 채로, 서로를 아득하게 바라보고만 있었다.

"오케이, 촬영 끝났습니다. 다들 수고하셨어요."

이게 웨딩 사진인지 영정 사진인지 시종일관 조금의 미소도 짓지 않고 시크한 표정만 짓고 있던 세련과 지혁은 함께 있던 잠시의 시간도 괴로웠다는 듯 촬영 종료 소리가 나오자마자 참았던 숨을 토해 내며 곁에서 떨어졌다.

웨딩 촬영이라 하기엔 역대급으로 분위기가 똥망이었던 이 와중에도, 마치 일부러 의도한 것처럼 화보같이 시크하고 멋진 모습을 뽑아낸 예찬이었다. 모니터링을 하던 새아는 그저 감탄할 수밖에 없었다.

역시, 조예찬이네. 진짜 님은 천상계급이시다. 찢어 놓으셨네,

진짜.

"팀장님, 정리하고 술 한잔할래요?"

예찬이 자연스럽게 던지는 그 말에, 새아는 희미하게 웃으며 답했다.

"그럴까요?"

"어디 갈래요? 저번에 그 피카츄 돈가스?"

"그래요. 거기 가요. 또 매운 거 시키지 말고요."

새아는 힘없이 고개를 끄덕이며 예찬의 뒤를 따라갔다. 그렇게 둘이 사무실로 들어가며 이런저런 대화를 나누는 걸 지혁은 멀리서 지켜보았다.

잠깐이지만, 조예찬이 자기한테 관심 있다는 듯한 뉘앙스를 풍기던 새아가 생각이 났다. 그리고, 지금 이 순간. 지혁은 직감으로 알 수 있었다. 조예찬은 분명히 새아에게 호감이 있다.

그 둘을 어쩌지도 못한 채 지혁은 뒤돌아섰다.

이제 나는, 턱시도를 벗어야 한다.

– 여보세요? 지금 청첩장 배치가 잘못 나와서요.

네, 플래너님. 어디 말씀하시는 기세요?

– 이름 위치가 머리 위에 있어야 하는데, 가슴에 떠 있어서 글자가 안 보여요.

- 아, 네. 재작업해서 메일로 보내 드릴게요.

이게 그렇게 힘든 일은 아니잖아. 이런 수정, 어디 한두 번 해 봐?

- 여보세요. 네. 사장님. 예물 픽업이요? 아, 신랑, 신부님이 안 했어요?

- 둘이 시간이 없대.

- 그래요? 그럼…… 제가 찾아서 전달드릴게요. 네네.

이것도 그리 힘든 일은 아니잖아. 우리 회사에서 예물숍도 가깝고, 성진 건설까지는 택시로 몇 분이면 도착하는데…… 그치?

화아악- 지혁의 집무실 문이 열리고, 직원의 안내를 받은 새아가 등장한다.

이렇게 그녀가 급작스럽게 회사에 찾아온 건 처음이라, 지혁은 당황해 자리에서 일어났다.

새아는 그럴 필요 없다는 듯, 그에게로 성큼성큼 다가가 반지 상자를 내밀었다.

마치, 여자가 먼저 프로포즈라도 하는 듯 당돌해 보이는 모습이었지만 표정은 전혀 그렇지 않았다. 몇 퍼센트의 환멸과 몇 퍼센트의 체념과 또 몇 퍼센트의 미련이 섞인 눈빛으로,

"찾아가실 시간, 없다고 해서요."

새아는 반지 케이스를 열었다.

"어때요, 잘 나왔죠?"

케이스 안에는 두 개의 반지가 꽂혀 있었다.

"왜요. 신부님 것도 내가 전달해 줘요?"

"……!"

"가서 끼워 주고 와요?"

지혁은 그저 아무 말 없이 새아를 바라보았다.

그리고…….

⌣⌣

그날이 되었다. 권지혁과 전세련이 결혼하는 날.

청담동 메이크업숍 안 VIP룸, 더블 버튼 양복을 차려입은 전 회장이 옅은 메이크업을 하고, 머리에 몇 개의 핀을 꽂은 채 자리에 앉아 있었다.

"잔금까지 모두 수령하셨다는 확인서입니다."

지혁이 서류에 최종 사인을 받았다. 이로써, 마카오 부지는 완전히 성진 건설의 손에 들어왔다.

"권 서방, 혹시 이 사인만 받고 도망가는 거 아니지?"

"설마요."

지혁은 알 수 없는 차가운 표정으로 밖을 응시했다. 이제는 그도 옷을 갈아입을 시간이었다.

옆에 있는 다른 룸에선 세련이 신부 화장을 받고 있었다. 그 어떤 칭찬이 무색할 정도로 오늘 그녀는 아름다웠지만, 황 본은 조금도 입바른 말을 할 생각이 없었다. 진열장에 놓인 상품의 가격을 낮추는 느낌이랄까.

"사이다랑 화장품 둘 다 광고 연장 안 한대."

"이렇게 기사가 많이 나는데요?"

"주가 떨어지는 소리 안 들려? 누가 유부녀한테 핫바디-한 광
고를 줘?"

"축의금 주세요."

"무슨, 삥 뜯어?"

황 본은 영 마뜩잖은 얼굴로 품에서 봉투를 꺼냈다.

후-

세련은 바로 봉투에 바람을 불어넣어 액수를 확인하고는 더더
욱 삐딱한 표정을 지었다.

"이것밖에 안 담았어요?"

"이게 확, 씨. 후, 좋은 날이라 참는다 내가."

그는 다른 봉투를 하나 더 내밀었다.

"이건 민환이 거야. 전해 달래."

"……!"

미용실 밖의 상황을 체크하던 유준이 바삐 새아에게 다가와 말
했다.

"야, 너 왜 무전에 답 안 해? 지금 지도 보면 여기 사진 기자 있

고, 여기도 하나 있어. 나와서 한 시 방향."

유준은 급박한데, 새아는 묘하게 느릿하다.

"그래? 그럼 다른 동선으로 나갈까?"

"아니, 잘 찍히면 좋은 그림 될 것도 같아. 뒷문으로 숨어서 나가는 거 찍히면 그게 더 이상해. 다정하게만 나오라 그래."

묘하게 신경을 건드리는 말이었다.

"그래, 다정하게만."

탈의실. 새아는 턱시도를 차려입은 지혁의 목에 보타이를 달아주었다. 여전히 둘 사이에 아무 말이 없었다. 새아는 아주 사무적인 몸짓으로 그의 매무새를 거울에 비춰 확인하고는, "예쁘네요." 한마디를 하고 뒤로 돌아서 나갔다.

타이를 달아 준다고, 또 가만히 있는 그가 또 괜스레 미워진다. 이 결혼 파투 내겠다는 놈이 저렇게 꽃단장이셔? 너는 언젠가 신의 철퇴를 맞을 것이다.

결국은…… 리조트 건도 못 엎고 부모님 말씀도 거역을 못 한 거다.

이 결혼 파투 낼 거란 그 말에, 나는 내심 또 무슨 바보 같은 희망을 걸고 있었던 걸까. 무슨 머저리도 아니고 진짜.

이제 한 시간 뒤에 그는 장가를 간다. 내 손으로 그를 장가보낼 것이다.

18

나도
약속 지켰어요

"오늘 식 잘못되면 알지?! 로안 아들내미 결혼식인데 실수하면,
앞길 끝나는 줄로만 알아."

무전기를 꼽은 귓구멍에 영희의 채근이 날카롭게 꽂혔다. 오늘
로안의 전 직원은 그야말로 비상 태세였다. 수많은 연예인들 결혼
식을 진행해 봤지만 이렇게 많은 경호원이 서 있었던 적도, 이렇
게 많은 기자가 들어오려고 기를 썼던 적도 없었다. 모두가 바짝
긴장하는 가운데, 영희는 한 번 더 다람에게 당부했다.

"특히, 다람이! 신부가 결혼 안 하겠다 그러면, 머리끄덩이 잡
고서라도 끌고 와. 알았지?!"

"넵!"

다람은 당차게 답했다.

그때는 들어온 지 삼 일도 안 된 신입이었지만, 어느덧 두 달 차라고요.

포토월에선 세련의 지인인 연예인 하객들이 밀려와 찰칵찰칵 사진을 찍었지만, 다람은 여기에 관심을 둘 새가 없었다. 오늘 다람의 임무는 세련을 밀착 마크하는 것이었다.

곧, 포토월 앞에 드레스를 입은 세련이 등장하고 쉴 새 없이 내리치는 번개처럼 어마어마한 플래시가 터졌다.

수많은 질문이 쏟아졌지만, 세련은 일절 답을 하지 않은 채 절제된 미소만 짓고 있었다. 더 웃지도 않고, 덜 웃지도 않고, 이게 기사에서 가장 예쁘게 나오는 미소라는 듯.

다람은 얼이 빠질 뻔했다.

캬아, 연예인들 대단하구나. 이 엄청난 카메라 플래시를 견디고 서 있는 걸 보면. 나라면 오 초만 서 있어도 기가 빨려 쓰러질 것이다.

세련이 포토월에서 내려오자, 다람이 후다닥 그녀의 뒤를 따라가 이모님과 함께 드레스 뒷자락을 잡아 주었다.

로비에선 전 회장 내외가 쉴 새 없이 하객들과 악수를 하며 축하를 받고 있었다. 권석범 회장의 옆에는 그보다 한참 어려 보이는 여자가 한복을 입고 옆에 서 있었다. 지금 석범의 아내였지만, 지혁에겐 엄마라고 불려 본 적 없는 여자다. 본인도 그걸 바란 적

238

이 없었고.

홀을 돌아다니면서 곳곳의 디테일을 챙기던 새아의 시선이 문득 지혁에게로 머물렀다. 밝지 않은 표정으로, 그러나 성실하게 하객들에게 인사를 하고 있는 그에게로.

기시감이 느껴졌다. 저번에도 로안에서 똑같은 감정을 느낀 적이 있었다. 전 남친이었던 윤경훈의 결혼식에서, 드레스를 입은 신부 대역으로 섰을 때.

문득 멍해지고 마는 새아였다. 나는 왜 똑같은 상처를 반복해서 받고 있는 걸까. 그게, 나의 문제일까?

그리고 그 시각, 지혁의 시선도 저 멀리 선 새아에게로 향해 있었다.

턱시도를 입고, 두 손에 새하얀 장갑을 끼고, 신랑이 되어 서 있는 지금. 겹쳐지는 건, 두 달 전인가, 이 자리에 섰던 윤경훈의 모습이었다. 그리고 그를 바라보던 새아의 눈빛이 지금의 나를 보는 눈빛과 다르지가 않다.

나는 왜, 그녀에게 똑같은 인간밖에 되지 못한 걸까.

어느덧 시간이 되었다. 사회를 맡은 강 비서가 자리에 모두 착석해 달라는 둥, 곧 식이 시작될 거라는 둥, 형식적인 얘기를 했다. 그리고, 홀에 결국 이 소리가 울려 퍼졌다.

"신랑 입장!"

그 말에 지혁이 앞으로 뚜벅뚜벅 걸어 나간다. 저 화려한 버진 로드로. 이제는 남의 신랑이 되어, 새아에게서 천천히 멀어지고 있다.

온 세상이 세탁기 속처럼 뒤틀려, 이리저리 흔들리기 시작한다. 지금 권지혁이 일직선으로 걷고 있는 건지, 거울 만화경 속을 걷고 있는 건지, 알 수가 없다.

뚜벅뚜벅뚜벅—

지금 이 순간에도, 내가 괜찮다고 말할 수 있을까? 속이지 않고 말하자면, 정말이지 억장이 무너지고 있었다. 그런데도 눈을 뗄 수가 없었다. 멀어지는 그의 모습을, 자학하듯 끝까지 바라보게 된다. 단 한 순간도, 놓치지 않고. 끝까지.

그리고 잠시 후, 새아의 곁에 웨딩드레스를 입은 오늘의 신부, 세련이 도착했다. 오늘, 그녀의 모든 것을 내가 스타일링했다. 웨딩드레스, 슈즈, 티아라, 액세서리, 메이크업 콘셉트, 부케 디자인, 그리고 웨딩 네일까지.

여배우는 여배우라, 내가 스타일링한 신부 중에 그녀는 정말 제일 예뻤다. 모두에게 찬사를 받을 만한 아름다운 작품, 전세련. 마네킹처럼 완벽한 그녀가 전 회장의 손을 잡고 섰다.

"신부 입장!"

그 목소리와 함께 현악 오중주가 연주하는 웅장한 곡이 깔린다. 세련은 살짝 고개를 숙이고 있어, 어떤 표정인지 알 수가 없었다. 곧 그녀마저 지 버진로드를 걸어가 새아에게서 멀어진다.

전세련이 미웠던가. 그녀에게 질투가 났던가. 묘한 감정이긴 했지만, 그건 아니었다. 그냥, 이 상황이 총체적으로 역하게 느껴졌을 뿐. 죽을 만큼 힘들다 하여, 넋 놓을 때가 아니었다. 바로 다음 식순을 준비해야 했다.

그런데, 엄청난 일이 벌어졌다. 전 회장이 잡고 있던 세련의 손을 지혁에게로 넘겨주려는 그 순간 갑자기 카키색 야상을 입은 한 남자가 버진로드로 난입해, 그녀의 손을 채간 것이다.

뭐라 말릴 새도 없이 남자는 세련의 손목을 이끌었다.

"가자, 세련아!"

그는…… 민환이었다.

시종일관 무슨 표정인지 알 수 없는 얼굴로 고개를 숙이고 있던 세련이 둑이 터지듯, 진짜 표정을 드러냈다. 애증과 애틋함으로 팡 터져 버릴 것 같은 얼굴이었다.

"이거 놔!"

그녀는 민환에게 잡힌 손을 홱 뿌리치고는…….

"미친놈아! 어디 있었어?!"

그의 어깨를 때리기 시작했다. 왜 지금 나타났냐는 듯, 너무너무 원망스럽다는 듯.

"나랑 이 나라 뜨자."

"미쳤어, 지금?"

"이왕 미친 거, 같이 미쳐 보자."

그의 등장만으로 세련은 이미 울고 있었다. 지금껏 눌러 왔던 모든 감정이 단번에 폭발하고 있었다. 망설일 새도 없이 민환은 세련의 손목을 이끌었고. 놀랍게도 세련이…… 그를 따라갔다.

"뭐야? 뭐야? 지금?!"

"저 남자 누구야? 대박!"

모두가 턱이 빠질 정도로 대경한 가운데, 가장 얼이 빠져 있는 사람은 전 회장 내외와 권 회장 내외다. 지금 내 눈 앞에 펼쳐진 게 실화인가, VR인가.

식장은 난리가 났다. 허공으로 치켜든 수많은 휴대폰 액정에 버진로드를 역주행하는 민환과 세련의 모습이 담겼다. 철저하게 기자들의 출입이 통제된 홀이었지만, 지금은 하객들 모두가 기자였다.

파도처럼 넘실대는 액정 속에서 점점 속도를 높여 달려가는 이 커플, 그리고 본능적인 움직임으로 이를 따라가는 휴대폰 군중들. 급기야 입구 쪽에서 몰려든 하객들의 발이 엉켜 넘어지고 곧 우당탕탕 난리가 난다. 어어엇— 동시에 쓰러지는 군중들의 움직임에 누군가 테이블보를 밟아, 테이블 위에 있던 와인 잔과 그릇, 화병 등 모든 게 바닥으로 와장창 쏟아졌다. 쓰러진 촛대에서 시작된 불이 테이블에 옮겨붙는 건 순식간이었다.

"불이야!"

치솟는 검은 연기로 식장에 더더욱 난리가 난 건, 당연지사. 군중들은 더더욱 우왕좌왕하며 입구 쪽으로 몰려들었고, 다들 고함

242

을 지르며 미친 듯이 법석을 떠는 가운데, 예민한 스프링클러도 터지고 말았다.

불은 금방 잡혔지만, 엄청난 물이 홀 안으로 쏟아져, 하객들 모두가 물벼락을 맞고 있었다. 식장이 한순간에 수해 재난 지역이 되었다. 이 난리 통 속에 전 회장과 권 회장 내외도 경호원들의 비호를 받으며 비상구 쪽으로 움직이고 있었다.

너무 순식간에 벌어진 일이라 영희도 어떻게 손을 쓸 새가 없었다. 꽉 끼인 군중 속에서 어떻게든 입구 쪽으로 이동해, 퇴로를 안내하는 수밖에.

모두가 물에 빠진 생쥐 꼴이 된 지금. 정말로 순식간에, 마치 거짓말처럼, 수많은 사람으로 북적이던 그랜드 홀이 깨끗하게 비워졌다.

그리고 그 스프링클러 폭우를 맞으며 홀에 남은 사람은 다름 아닌 새아와 지혁. 단 둘뿐이었다. 기나긴 버진로드, 입구 쪽 끝엔 새아가, 단상 쪽 끝엔 지혁이 서 있었다. 그렇게 서로를 가만히 마주 보고서, 쏟아지는 물을 맞고 있었다.

일을 그만둔 민환은 며칠간 제 자취방에서 폐인으로 살았다. 라면 끓여 먹은 냄비조차 설거지하기가 귀찮아, 설거지통에 대충 밀어 넣고, 컵라면도 쌓아 놓고, 맥주 캔들도 대충 밀어 놓고…… 그러고서 드라마를 보고 있었다. 아줌마들 취향의 일일 드라마, 거기서 세련이 마음껏 악행을 벌이는 모습을 그는 보고 또 보았다.

그리고, 그 장면이 이어졌다. 각성한 여주인공이 세련의 뺨따귀를 때리는 그 장면. 아직도 그 장면은 맨정신에 보기 힘들었다. 그는 소주를 콸콸콸 들이켜 열 오른 속을 아주 조금 식혔다.

바로 그때,

'띵동'

벨이 울렸다. 택배 아저씨인가. 그렇다기엔 채근하듯 벨이 몇 번 더 울렸다. 대충 추리닝을 걸친 민환이 터덜터덜 다가가 문을 열자, 뜻밖의 인물이 그 앞에 서 있었다.

그의 옥탑방에 찾아온 사람은 다름 아닌⋯⋯ 권지혁이었다.

"⋯⋯여긴 어떻게 알았어요?"

지혁은 말없이 반지 두 개가 든 상자를 내밀었다. 누가 보면 남자가 남자에게 프러포즈한다고 오해할 수 있는 상황. 민환의 표정이 이상해졌다.

"이 반지 주인공, 따로 있는 것 같아서."

그의 목소리는 담백했지만, 묘한 힘이 있었다.

민환이 얼떨결에 반지 케이스를 받아 들자, 지혁이 품 안에서 봉투를 꺼내 내밀었다.

"비행기 티켓이랑 머물 곳이에요. 세련이네 땅이 해외에도 많아서, 어디든 땅 좀 팔면 놀고먹고 살 수 있어요."

민환은 와락— 구겨진 얼굴로 지혁을 바라보았다.

"이걸 왜 저한테 주십니까."

그의 대답은 심플했다.

"난 세련이를 안 사랑하고, 그쪽은 세련이를 사랑해서."

♪

티켓을 받아 들고도, 민환은 결혼식 당일 아침까지 용기를 내지 못했다.

'너 퇴사했다고 부조도 안 할 거냐?'라는 황 본의 메시지에 심지어 얼마간의 금액을 그에게 입금하기도 했다. 어느덧 대충 틀어 놓았던 TV에서 연예 뉴스가 흘러나오고 있었다.

'오늘 역대급 결혼식이 펼쳐질 예정이죠? 바로 배우 전세련 씨의 결혼식입니다. 오늘 두 시, 역삼동 로안에서는…….'

그리고, 딱 한 장만 공개되었던 지혁과 세련의 웨딩 사진이 떴다. 세상 시크하게, 아무 표정도 짓지 않은 세련의 모습이 눈에 들어왔다. 저 표정이 무엇을 의미하는지, 민환은 너무너무 잘 알고 있었다. 정말 하기 싫은 일, 극혐하는 일을 반드시 해야 할 때, 나오는 얼굴이었다.

그 사진을 보자 모든 것이 명확해졌다. 이 결혼으로 세련은 행복해질 수 없다. 절대로. 그가 오토바이에 시동을 걸었다.

스프링클러 비를 잔뜩 맞으며 그가 걸어온다. 오늘의 신랑, 권지혁. 그가 단상 쪽에서 버진로드의 한가운데로 성큼성큼 걸어온다.

다시 기시감이 든다. 지난날 폭우 속, 나를 잡기 위해 걸어오던 모습과 겹쳐진다.

그리고, 두 사람이 식장의 한가운데서 마주 섰다.

"난 약속 지켰는데. 싱글로 돌아오겠다고."

그 말이 너무 기가 막혀, 웃음이 다 터지는 새아였다.

"지금 장난해요?"

정말, 와, 진짜……

"……미안해요, 그동안."

하도 기가 막혀 아직도 제대로 말문이 터지지 않는다.

"아놔, 미치겠다."

"웃음이 나와요?"

"몰라, 나 미쳐 가나 봐. 당신 뭐야, 진짜?"

이성적으로는 아무것도 정리가 되지 않는 지금. 눈앞에서 벌어진 이 재앙이 꿈인지 현실인지 도무지 구분이 가지 않는 지금. 지혁이 다시 입을 열었다.

"우리 같이 비 맞으면, 뭐 하기로 하지 않았나?"

"……!"

둘이 함께 비를 쫄딱 맞았던 그날, 지혁이 현관 앞에서 했던 그 말을 얘기하는 것이었다.

지금 이 순간, 새아는 제 감정과 행동을 마음대로 통제할 수 없었다. 될 대로 되라 식인 것인지, 허탈한 마음에서인지, 그녀는 터벅터벅 그에게로 다가갔다.

"그러네요. 저긴 도망갔는데, 우리라고 놀 수 있나."

서서히 잦아드는 스프링클러 비 사이에서, 새아가 지혁을 끌어당겨…… 그의 입술에 키스했다.

훗날에도 왜 그랬는지 제대로 설명할 수 없는 순간이었다.

지혁은 온몸을 때리는 이 폭우의 빗줄기가 매우 느리게 떨어지는 걸 느꼈다. 온몸이 다 젖은 이 상황에도 뜨겁게 닿았다가 떨어지는 그녀의 입술만은 아주 예민하게만 느껴졌다. 모든 솜털이 바짝 설 만큼, 떨어지는 물방울마저 동글동글한 구슬처럼 보일 만큼.

입술을 뗀 새아의 왼쪽 눈에서 눈물 한 방울이 주르륵 흘러내렸다.

"……나도 약속 지켰어요."

그리고 그녀는 지혁을 등지고 돌아서서 휘청휘청 걸어갔다. 다시는 지혁을 안 볼 것처럼. 저 버진로드 끝에는 조예찬이 서 있었다.

19

워터파크 웨딩

또각또각- 그렇게 그녀의 뒷모습이 멀어진다. 다시는 돌아오지 않을 것처럼.

내가 신랑 입장을 했을 때, 그녀의 기분이 이랬을까. 이렇게 내게서 영원히, 멀어질 것만 같은 기분이었을까.

버진로드의 입구에 서 있던 조예찬이 자켓을 벗어 잔뜩 젖은 그녀의 어깨에 얹어 준다. 새아는 아랑곳없이 앞으로만 걸어간다.

그녀의 모습이 완전히 사라지고 나자, 지혁은 버진로드의 단상에 털썩 걸터앉아 멍하니 제 입술을 매만졌다.

아주 잠시의 키스였지만 아마 평생 잊을 수 없을 것이다. 순간

248

이었지만 지나치게 뜨거웠고, 또 미치도록 슬펐기 때문에.

돌아선 그녀의 뒷모습에서 지혁은 많은 것을 예감했다.

이건, 이별의 키스다. 아마 나는, 이제 다시는 그녀를 볼 수 없을 것이다.

♫

식장은 난리가 났고, 포털도 난리가 났다.

'[속보] 식장에 입장까지 했던 전세련이 로드매니저 유 모 씨와 사랑의 도피 감행'

'전세련 파혼'

'전세련 매니저'

'전세련 사랑의 도피'

쏟아지는 기사에 실시간 검색어가 줄줄이 도배되었고, 판다처럼 번진 화장, 무너진 헤어, 쫄딱 젖은 하객룩, 너덜거리는 명품 가방. 제대로 스타일을 구긴 연예인 하객들의 모습이 엄청난 이슈가 되었다.

어느덧 식장 앞은 그야말로 수해 대피소가 되어 있었다. 아저씨들은 자켓을 벗어 물기를 쭈욱 짜내고 있고, 아주머니들은 엄청난 물난리에서 살아 돌아왔다는 듯 온갖 법석을 떨고 있었다. 젊은이들은 젖은 휴대폰이 작동되나 안 되나, 심각하게 눌러 보고 있고, 어린이들은 물벼락 맞은 게 뭐가 그리 신나는지 소리를 지르며 앞마당을 돌아다니고 있었다. 불은 진작에 잡혔지만, 어느덧 소방관들이 출동해 호스를 들고 안으로 진입하고 있었다. 여기는 그야말로 아사리판.

다른 한편에서 강상후 비서는 새우처럼 고개를 숙이고 굽신거리며 하객들에게 축의금을 돌려주고 있었다. 너무 화가 나서 그냥 가는 사람, 그 와중에 받고 가는 사람, 세탁비까지 달라는 사람, 대체 무슨 속사정이냐고 물어보는 사람 등 여기도 정신이 없는 건 매한가지였다.

난리 통에 홀 앞까지 쳐들어온 기자들은 잔뜩 젖은 하객들을 붙잡고 인터뷰를 하고 있었다. 그러다 쫄딱 젖은 새아가 밖으로 나오자 다들 우르르 몰려들어 폭풍 질문을 쏟아 내기 시작했다.

"웨딩 플래너로서, 이 상황을 예측하셨습니까?"

"두 사람 측근으로 이렇게 될 줄 알고 계셨습니까?"

"그간 결혼 준비에서 잡음은 없었습니까?"

새아로서는 난처하기 그지없는 질문이었다. 그 질문 세례 속에 갇혀 당황하고 있는 새아의 어깨를 누군가 감쌌다. 예찬이었다. 그가 대신 "죄송합니다, 죄송합니다." 고개를 숙이고는 그녀를 데리고 밖으로 빠져나왔다.

제 곁에 계속 예찬이 있었는지도 몰랐을 만큼, 제 어깨 위에 예찬의 자켓이 걸쳐져 있는지도 몰랐을 만큼, 새아는 정신이 없었다. 지금 자신이 왜 예찬의 보호를 받으며 움직이고 있는지도 모를 만큼.

인터뷰할 상대를 잃은 기자들이 곧 양가 부모님들에게 몰려가 지금 기분이 어떠시냐고 묻는다.

'아? 내 기분이요? 지금 내 기분이 어떨까요?'

권석범 회장은 그렇게 되물을 뻔했다. 세상에 태어나서, 이런 기분은 단 한 번도 느낀 적이 없습니다. 그래도 내가 낳은 자식인데, 이렇게까지 죽여 버리고 싶었던 적이 또 있을까요?

경호원들이 권 회장에게 달려드는 기자들을 힘겹게 몰아내자 보이는 건, 쫄딱 젖은 권 회장의 지인들이었다. 당연히도, 그 지인 분들은 모두 웬만한 그룹사의 회장님들이었다. 아마 그분들도 이렇게 정장째로 물 폭탄을 맞아 본 적은 태어나서 처음일 것이다. 몇몇은 잔뜩 화가 난 사모님들을 달래지 못해 쩔쩔매고 있었고, 어떤 분은 권 회장에게 분노의 기색을 숨기지 못했으며, 또 어떤 분들은 이런 날 며느리 될 애가 도망가서 어떡하냐며, 오히려 권 회장을 위로했다.

방법이 없었다. 그 역시 내시처럼 등을 굽히고 죄송하다, 죄송하다, 반복하며 고개를 숙이는 수밖에. 물론, 평생을 박정희처럼 살아온 권 회장에겐 처음 있는 일이었다.

그러고서, 눈이 마주친 사람은 오전까지 사돈이라 불렸던 전 회장 내외였다. 권 회장의 얼굴이 그야말로 시뻘겋게 달아올랐다. 둘 다 뭐라 할 말이 없어, 민망한 헛기침만 쏟아 냈다. 세상, 이렇게 난감하고 어색한 사이가 또 어디 있겠는가.

이때, 한 경호원이 그에게 다가가 말했다.

"지금 물 떨어지는 건, 다 그쳤다고 합니다."

이에 권 회장의 두 눈에 알코올램프의 시퍼런 불이 올랐다.

이 개자식 어딨어, 지금.

"내 둘째 아들놈이 지금 안에 있나?"

찰박찰박- 쏟아진 물이 발목까지 차오른 로안의 로비에 권 회장의 구두가 사악사악 물살을 가르고 앞으로 나아갔다.

빠밤빠밤- 마치 〈죠스〉의 배경음악이 어울릴 듯한 분위기.

지혁은 홀의 한가운데, 버진로드 단상에 걸터앉아 멍하니 제 입술을 매만지고 있었다. 권 회장은 그런 그의 뒤통수를 냅다 휘갈겼다.

"아부지?!"

시뻘건 용암 같은 화가 그득그득하게 차올랐으나, 그 분노를 여기서 뿜기엔 보는 눈이 너무 많았다. 수습하러 들어온 직원들에, 진상 조사를 하고 있는 소방관들에. 권 회장은 주먹질을 하는 대신 지혁의 귀를 잡아챘다.

"하, 이 얼빠진 자식을! 따라와, 이 영악한 새끼야!"

"아아아아! 아파욧!"

그렇게 지혁이 성진 건설 회장실로 끌려갔다.

지혁이 소파에 앉으려 하자, 권 회장은 눈이 튀어나올 듯 기겁

하며 소리쳤다.

"앉지 마! 이놈아! 소파 다 젖잖아!"

그, 그럼 어떡합니까. 여별 옷 있으세요?

지혁이 턱시도의 자켓을 천천히 벗어 팔에 거는데 저편에서 뭔가 부들부들 떨리는 소리가 들렸다. 냉수를 들이켜는 권 회장의 손이 탬버린처럼 떨려, 쟁그랑쟁그랑하는 소리를 내고 있었다.

"와, 내가 살다 살다, 이렇게 쪽팔리기는······!"

이건 그에게 정말, 이승 하직급의 쪽팔림이었다. 그룹사 임원들, 협력사 임원들, 계열사 사장들, 동창들, 정치인들, 유력 인사들, 그렇게 아는 사람들 싹 다 불러 놓고 폭탄 폭탄 물 폭탄을 그렇게, 와.

"나, 나도 쪽팔렸어요. 아부지. 오, 오늘 내 친구들도 얼마나 많이 왔는데. 신부가 도망가고, 나, 나도 세련이한테 화내야 돼요. 아버지가 나한테 화낼 게 아니라."

지혁이 어설프게 전세련 책임론을 들먹였다. 권 회장의 눈이 뒤집힌 건 물론이었다.

"그놈이 세련이 손목 잡고 나갈 때, 네 놈 얼굴 내가 봤거든?"

민환이 세련의 손목을 잡아채 데리고 나갈 때, 아주 잠시였지만, 권 회장은 보았다. 휴우ㅡ 지혁이 은근 안도하는 표정을.

"내가 모를 줄 알아? 이거 다 네 놈 기획이지?! 그 매니저 놈까지 네가 섭외한 거지?"

"뭐, 뭔 섭외예요. 두 사람의 뜨거운 사랑까지 제가 어떻게 막습니까?"

"그 요망한 입 못 닥쳐?"

결국, 분을 이기지 못한 권 회장의 등짝 스매싱이 이어졌다. 지혁은 웬일로 요리조리 도망 다니지 않고, 그 자리에서 인디안밥 자세로 등을 대 주고 있었다. 오늘은 좀 맞아 드려야 할 것 같아서. 사실, 뭐, 맞을 짓 했지 싶어서. 물론 그도 이렇게 물 폭탄이 터질 거라고는 예상 못 했지만, 어쩌다 보니 식장을 쑥대밭 만들어 놓은 건 팩트니까.

"다 필요 없고, 넌 이제 아웃이야! 완전히 아웃!"

잔뜩 주먹질을 하고도 분이 안 풀린 권 회장이 공식적인 아웃을 선언한다. 이때까지만 해도 지혁은 이게 비유적인 표현인 줄로만 알았다.

"무슨 아웃이요, 아들에서 아웃이요?"

"너, 이번 프로젝트에서 손 떼!"

네에? 네에에에? 마, 마카오 프로젝트요?

"에이, 무슨. 내가 거기서 어떻게 손을 떼요. 말씀을 하셔도……,"

"너 지금 내가 장난하는 거로 보여? 넌 잘렸어! 성진 건설 상무에서!"

그제야 지혁은 아버지의 진심을 느낄 수가 있었다.

이, 이기 진담이시구나?

"아, 아부지? 그런 게 어딨어요? 그거 저 아니면 누가 진행한다고?"

그 건 진행하려고 내가 무슨 짓까지 했는데, 거, 거기서 어떻게 내가 빠져요?

"결혼식 날 신부가 도망간 것도 억울한데……."

"회장 눈 밖에 난 직원이 아웃되는 게 처음 있는 일이야? 꺼져! 이 회사에서 보기도 싫어! 아우, 이 빙구리 상빙신 자식!"

"아, 아버지?"

이때, 띠리리— 회장실의 전화기가 울렸다. 권 회장은 그 전화를 받고 그래, 그래, 알았어, 뭐라 뭐라 수긍을 하고 끊더니 더욱 더 대경할 만한 소리를 하셨다.

"넌, 로안으로 가!"

"네에?"

"너 로안에 지분 있잖아. 가서 웨딩홀 운영이나 해."

"아부지, 무슨, 말도 안 되는 말씀을, 그렇게. 매출 조 단위 건설사를 두고, 제가 무슨, 구멍가게로……."

"가서 웨딩 하면서 이번 결혼식 파투 낸 거 반성하고 와. 너 때문에 로안 이미지 물똥 되고, 안에도 홍수 진창이야! 넌 그 물난리 수습이나 해. 마카오 리조트는 무슨. 애비를 이렇게 개망신 주고도 이놈의 시키가 무사할 줄 알았어?"

"싫어요! 안 돼요! 내가 뭣 때문에 이 쇼까지 벌였는데. 그 땅만 아니었어도 내가……."

"쇼? 그래, 네 입으로 지금 쇼라고 했다? 너 오늘 구타쇼나 한 번 벌여 보자."

다시 권 회장의 막무가내식 주먹질이 시작되었다. 지혁은 권 회장의 바짓가랑이를 붙잡고 매달렸지만, 얼굴에 사정없이 메다 꽂히는 주먹질에 어쩔 수 없이 복도로 엉금엉금 기어 도망갔다.

"나는 내 정자가 커서 네놈 자식이 됐다는 걸 믿을 수가 없어!"

잔뜩 약이 오른 권 회장이 복도에 대고 소리쳤다.

"이 새끼, 짐 싹 빼서 로안으로 갖다 놔! 당장!"

비서님이 알겠다며 다소곳하게 고개를 숙이는 가운데, 그를 쫓아낸 회장실의 문이 쾅 하고 닫혔다.

"아부지, 아부지!?"

지혁은 회장실 문을 처량 맞게 두드리다가 일어나서 버럭 소리를 쳤다.

"그 리조트가 나 없이 잘 지어질 것 같아요? 아부지 지금 수백억 매출을 포기하신 겁니다!"

이에 다시 문이 열리고 굵은 조약돌이 박힌 지압 슬리퍼, 감사패, 결재판 등 몇 개의 물건들이 지혁을 향해 험악하게 날아왔다.

"웨딩홀 운영하면서 비혼주인지 뭔지, 그 삐뚤어진 생각이나 고치고 와!"

그 소리에, 지혁은 좌천되었다. 임직원 이만 명, 조 단위 매출의 건설사 상무에서 정규직 열댓 명 안팎의 로안 웨딩홀 대표로.

인천 공항으로 가는 도로. 오토바이 위에 실린 새하얀 웨딩드레스 자락이 거세게도 펄럭인다.

옆을 함께 달리던 승용차의 차창이 내려가더니, 휴대폰이 뿅 하고 튀어나와 이를 찍는다. 곧 전 국민이 이 사진을 보게 될 것이다.

용도 없이 펼쳐진 너른 갈대밭, 어느 하천의 다리 위에 그 오토바이가 멈추었다. 대충 챙겨 온 짐에서 민환은 세련이 갈아입을 만한 옷을 꺼냈다. 그렇게 갈대 사이에서 세련이 옷을 갈아입고 나오자,

"드레스 산 거지? 버린다."

민환은 그녀의 손에 들려 있던 웨딩드레스를 다리 밑에 던졌다. 새하얀 웨딩드레스가 하천의 더러운 부유물에 섞여 바닥으로 잠기기 시작하자, 그제야 세련은 정신이 번쩍 들었다.

"내가 뭘 한 거지? 나 이러는 거 계약 위반이야. 나, 돌아갈래."

그러나, 민환의 눈빛엔 흔들림이 없었다.

"왜, 다 알면서도 모른 척했어?"

"……뭐?"

"다, 알고 있었잖아! 다 알면서, 드레스 입은 거까지 보여 줘야 했어?"

"난, 난…… 배우고, 넌……!"

"그래서, 그게 뭐?!"

"……!"

"나 없는 동안 살만하디?"

이에, 세련의 눈가가 바로 붉어졌다.

"아니."

"나도 살만하지가 않더라. 죽을 것 같더라. 데리고 도망이라도 가라며. 그래서 온 거야. 문제 있어?"

울먹임 속에 세련이 천천히 고개를 저었다.

"손에 잡히지도 않는 뜬구름 같은 사랑 잡겠다고 허우적대지 말고, 한 사람 사랑만 잡아. 한 사람 사랑만 받고."

"……내가 행복할 수 있을까?"

"것도 약속 못 하면서, 손목 잡고 데리고 나왔을까."

세련이 고개를 떨구자, 그 고개를 들어 올려 민환이 바로 입을 맞추었다. 그 키스에서 깨달은 건 단 하나였다. 내가 너 없이 못 사는구나. 내가 너를…… 진짜 많이 사랑하는구나.

한참 후에야, 민환이 입술을 떼고서 말했다.

"가자, 누나."

그제야, 세련이 웃었다.

♪♪

인천 공항 출발 층에 어마어마한 숫자의 기자들이 대기하고 있었다. 아마, 올해 최고의 특종 중 하나가 될 것이다.

'전세련 사랑의 도피'

그리고 둘이 나타났다. 민환의 옷을 입은 세련과, 그런 세련을 익숙하게도 보호하고 있는 민환이.

수많은 기자를 헤치면서 공항 안으로 파고드는 두 사람. 세련의 어깨를 감싸는 민환의 뒷모습이 참 다정하게도 찍혔다.

역시, 전 국민이 다 보게 될 사진이었다.

20

하이바이로안

정말로 제 집무실에서 짐이 빠졌다. 문에 달려 있던 명패가 바닥에 떨어져 접착제 자국만 남아 있다. 성진 건설 상무 권지혁은 잘렸다.

비어 버린 그 방에서 그가 허탈하게 뒤로 돌아섰다. 이제 그의 발걸음이 향하는 곳은 좌천된 새로운 직장, 로안이었다.

그랜드홀에선 전 직원 모두가 대걸레를 들고 물청소를 하고 있었다. 지혁은 아무 말 없이 대걸레를 하나 뽑아 들고 함께 청소를 하기 시작했다. 그는 아직도, 젖은 턱시도를 입고 있었다.

"헉? 상무님, 들어가세요. 오늘 큰일도 겪으셨는데."

다람이 그런 지혁을 만류하자, 영희가 눈치를 주었다.

"이제 상무님 아니고 대표님."

"엇? 승진하신 거예요?"

"……직급은 더 높아졌네요."

지혁은 그렇게 말하고는 더더욱 허탈한 얼굴로 북북북- 걸레질을 했다.

"아이, 대표님, 들어가서 쉬세요. 남은 건 저희가 정리할게요."

직원들의 만류에도 그는 굴하지 않고 꿋꿋하게 대걸레를 밀었다. 내가 싼 물똥은 내가 치워야지요, 그런 마인드로.

그렇게 걸레를 밀다가 밀다가 당도한 곳은, 버진로드의 한가운데, 새아가 자신에게 키스를 했던 그곳이었다.

이상하게도, 물걸레질에 몰두할수록 그 장면이 더욱 선명하게 그려졌다. 정말로 마지막일 것 같던, 그 이별의 키스가.

고개를 들자, 그녀가 나를 등지고 돌아서서 저 버진로드로 걸어가는 모습이 환상으로 그려진다. 그 뒷모습이 자꾸만 아득하게 남는다. 염치없게도, 궁금했다. 그녀는 지금 어디서 무얼 하고 있을지.

돌아선 그녀가 향했던 곳이 다름 아닌 조예찬 곁이었기에.

벌써 테이블에 몇 개의 소주병이 쌓였다.

"나, 다시 들어가 봐야 한다니까. 가서 정리해야 한다고요."

"기자들한테 무슨 먹잇감을 주려고요. 여기 가만히 있는 게 도와주는 거예요."

끝끝내 로안으로 복귀하려는 새아를 예찬이 말렸다.

"기자들 지금쯤 다 집에 가지 않았을까요?"

"……아까, 그건 뭐였어요?"

물어볼 것 같지 않던 질문을, 예찬은 결국 물었다. 참으로 묘한 얼굴로.

"버진로드에서."

이에 새아의 동공이 파르르 흔들렸다.

그거 묻는 거다. 권지혁에게 키스를 하고 돌아섰던 그때.

"……미친 짓?"

새아는 망설이다가 그렇게 답했다.

"오늘 결혼 파투 난 신랑한테? 웨딩 플래너가?"

"이상한가?"

"겁나게."

예찬은 알고 있었다. 아니, 모르는 게 이상하지.

"그때, 잠깐 만났다던 분이 권지혁 씨인가 보다."

"아닌데?"

"속일 사람을 속여라."

예찬은 카메라를 꺼내 오늘 로안에서 자기가 찍었던 사진을 보여 주었다.

번잡한 로비, 하객들을 맞던 지혁의 시선이 모두······ 결혼식의 디테일을 챙기고 있던 새아에게로 가 있었다.

"······!"

그녀의 가슴에 둥- 하는 파동이 일었다.

예찬은 그녀의 동공이 흔들리는 걸, 그저 가만히 지켜보았다.

"······바보 같아. 귀엽고."

"내가요?"

"남자 보는 눈이 더럽게 없잖아요. 윤경훈에, 권지혁······. 뭐, 줄줄이 다 왜 이래? 진짜 괜찮은 사람은 못 알아보고?"

"괜찮은 사람 어디요?"

"음, 가까이에?"

어느덧 밤도 깊어지고, 술도 깊어졌을 때, 새아는 한탄하듯 목소리를 높였다.

"그러니까 남들 보내는 것 말고, 이제는 내 결혼, 나의 결혼식이 하고 싶다고."

예찬 역시 술이 깊어진 건 마찬가지였다.

"나도 찍기 싫어. 웨딩 사진. 나도 장가 못 가고 있는데, 누구 사진을 자꾸 찍으래? 나 웨딩 계속 찍어요?"

"찍지 마. 예술가가 자본에 함락당하면 안 되지!"

"뭘 좀 아네. 이새아 팀장님이."

새아는 한 손에 턱을 괴고, 의식의 흐름대로 말했다.

"예술가, 멋있는 것 같아."

"장난 아니지. 한 번 사는 인생, 살고 싶은 대로 살아요. 헤세가 그랬어요. 세상의 시계가 아니라, 내 마음의 시계대로 살라고. 그림 그리고 싶은 날엔 그림 그리고, 책 읽고 싶은 날엔 책 읽고. 사진 찍고 싶은 날엔 찍고, 찍기 싫은 날엔 안 찍고."

"우와. 그렇게 살아도 되나?"

"못 할 게 뭐야?"

"돈 안 벌어요?"

"비밀인데, 평생 놀 만큼 다 벌어 놨어."

스웩 있는 말이었다. 와, 이분 클래스가 다르네.

"부럽다. 내가 아는 돈 많은 사람은 더 가지지 못해 안달이던데."

"인생을 그렇게 쓰면 되나. 열심히 벌어 놓고. 남은 인생은 사랑하면서, 사랑에 집중하면서."

그 말에 새아는 왠지 모르게 눈물이 핑 돌았다.

"사랑…… 하고 싶다."

"자꾸 밖에 소리만 듣지 말고, 자기 안에서 들리는 마음의 소리를 제일 열심히 들어요. 오늘, 난 뭐하고 싶은가. 난, 뭐가 되고 싶은가."

"오늘 난, 울고 싶고, 취하고 싶고 그래요."

"참지 마요."

괜히 가슴이 찡해지는 힌미디었다.

"어른인데 참아야지. 여기서 울면, 너무 진상이잖아."

"왜, 나 여기서 저번에 엄청 울었잖아. 매운 거 먹고."

그럴까요. 그 불닭구이 먹고 울고 싶은 만큼 울어 버릴까요? 취해서 엉엉 울고 진상짓 좀 해 볼까요? 그렇게 해서 좀 풀리면, 그럼 좋겠는데.

♩♩

예찬은 젠틀하게도 취한 새아를 집 앞까지 조심히 데려다주었다. 착하게 웃고, 듬직하게 돌아섰다. 그 뒷모습을 보며 새아는 생각했다.

참 착하고 순수한 남자다. 이런 날, 본인을 어필해 보겠다고 엉뚱한 수작을 부리지도 않았고, 그렇게 부어라 마셔라 하면서도 그녀의 손목 한 번 함부로 잡지 않았다. 그가 나에게 갖는 호감은 애초에 눈치챘다.

그러나 새아의 머릿속을 가득 채우고 있는 사람은 아직 권지혁이었다. 미움이든 원망이든 뭐든 간에.

집에 돌아오자마자 조금 전까지 함께 있어 주던 예찬의 이미지는 휘발되고 턱시도를 입고 예식장에 서 있던 지혁의 모습만 선명하게 살아 돌아왔다. 끔찍하게도.

안 돼. 진짜, 더 이상은.

새아는 질끈 눈을 감으며 다짐했다.

그에 대한 마음이 어떠하건 간에, 내 안에 이렇게 커다란 진폭이 생기는 건, 원치 않는다. 안 그럼, 내가 살 수가 없다. 이 모든 게 잠잠해지기 위해선, 원래의 내 생활을 찾기 위해선, 이제 그를 보지 않는 게 좋겠다.

가능하면, 다시는, 절대로.

"일단 인테리어 수리 비용이 억대."

영희의 말에 지혁은 움찔했다.

"평일엔 공사하고 금요일엔 그거 어떻게든 정리하고 주말엔 예식."

로안의 본부장실, 그녀는 앉아 있고 지혁이 서 있었다. 마치 문책당하듯이. 이거 뭔가 좀 바뀐 거 아닌가?

"주말에 예식 제대로 치르려면, 조명부터 음향 장비까지, 싹 다 빌려 와야 되고."

지혁의 옆엔 다람이 서 있었다.

"신입이 둘인데, 도무지 교육할 시간이 없네?"

"내가 신입이에요?"

이거, 좀 억울한데?

"신임 대표잖아요. 대표님이 웨딩에 대해서 알아요?"

"나도 결혼식 목전까지 갔다 온 유경험자예요. 그까짓 거 대충 쓱쓱 하면 되는 거지."

"그렇게 쓱쓱 하면 되는 거, 이새아 플래너가 다 해 줬잖아요."

"에이, 건설이 어렵지, 웨딩이 어렵나?"

"뭐가 더 어려운지, 이번 주말 예식 잡힌 신부랑 통화부터 해 볼래요? 꽃 단상이 다 망가져서 약속드린 꽃 장식은 삼분의 일도 못 할 것 같고, 음향 장비는 당초 말씀드렸던 것보다 훨씬- 싸구려가 될 거라 홀이 웅웅거릴 수 있고, 무엇보다 밥 먹는데 습습한 냄새가 날 수도 있다. 이거부터 응대해 볼래요?"

"그거야, 식전에 우리가 해결해야죠."

"그러니까, 난, 그거 해결하느라 바쁠 것 같다고요."

영희의 단호박 멘트에 지혁은 할 말을 잃었다.

뭐, 틀린 말은 아니었지만, 그래도 대표 체면에 이거.

"뭐어? 신입 위탁 교육?"

몇 년 만에 동생에게 전화가 걸려 왔다. 로안 본부장, 영희에 게서.

"알잖아. 우리 대표님이 벌여 놓은 일. 나 그거 수습하기도 바빠. 도저히 교육할 시간이 안 돼. 그쪽 플래너들, 일 잘하기로 유명하잖아?"

명희는 까칠하게 응수했다.

"우리 애들도 바빠. 그리고, 내가 네 부탁을 왜 들어줘야 하니?"

아무리 같은 배에서 몇 분 차로 세상에 나왔다 한들, 우리가 그

267

렇게 친밀한 사이도 아니고 말이야. 이런 부탁할 사이는 더더욱 아니고.

"내 남자 셋을 뺏어다가 결혼까지 해서 살다 버렸으면, 적어도 이 쌍둥이 동생한테 미안한 마음이나 죄책감 같은 거 있지 않아?"

이게 또 지난 얘기 하네? 다 끝난 얘기를 말이야.

"셋 다! 나한테 먼저 반했다니까?"

"똑같이 생겼는데, 먼저 반하고 말고가 어딨어? 그거 때문에 난 아직도 노처녀로 팍팍하게 늙고 있는 거 아니야."

"난 그래서 네가 웨딩 쪽 일 하는 게 신기하다는 거야. 결혼도 한 번 못 해 본 네가."

"그러니까, 결혼 많이 해 본 언니가! 교육 좀 시켜 달라고. 것도 못 해 줘?"

간만에 통화를 했어도 자매간의 티키타카는 여전했다.

"뭐, 오고 가는 게 있어야지 그냥 까놓고 조르면 되니?"

"소울에서 오는 신부들, 홀 비용 빼 줄게."

"추가로 식대 이십 퍼센트 할인!"

"것까진 못 해주고 부가세 빼 줄게."

"부가세는 받아. 식대 이십 퍼센트 할인!"

"후, 그러자, 그럼. 직원들 바로 보낸다. 누구냐면……."

그렇게 로안과 소울의 협상은 타결되었다. 철저히 자본주의적 논리로.

"지난 주말, 사랑의 도피를 감행한 전세련과 로드매니저 유 모 씨의 모습이 리투아니아 한 관광객의 사진기에 담겼습니다."

소울의 회의실, 모니터링차 틀어 놓은 TV에서 흘러나온 뉴스였다.

"리투아니아? 멀리까지도 갔다."

새아는 천천히 다리를 꼬며 그 뉴스를 보았다. 옆에 앉은 유준의 뾰족한 시선이 그녀에게 닿았다.

"너, 이렇게 될 줄 알고 네가 한다 그랬지?"

파투 날 결혼식, 너 혼자 책임지겠다고 둘 맡은 거 아니야, 이 호구야?

유준의 그 말에 새아는 일단 오리발을 내밀었다.

"알긴 뭘 알아. 나도 어제 정신 하나도 없었어."

그 결혼식이 그렇게 파투 날 줄 내가 알았겠니. 그렇게 물총 물 폭탄 물벼락을 확— 쏘면서.

"권지혁은 뭐래?"

"뭘 뭐래. 그 자식, 나한테 한 번만 더 말 걸기만 해. 눈앞에서 또다시 알짱거리면 화형시켜 버릴 거야. 불사 지른다고 내가."

"네가?" 유준은 조소했다.

"나는 네가 헤어지고 나서 그렇게 단호한 걸 본 적이 없다? 잠깐 얼굴 보자, 그럼 또 팔랑팔랑 나가서 못 들을 소리 듣고 오고,

술 퍼먹고 청담동 바닥에서 상모돌리기 쇼하는 건 봤어도."

"에엥? 헤어지긴 누가 헤어져. 누가 사귀었대. 삼 일짜리 썸이 어떻게 사귄 거야?"

유준이 '네가 그때 네 입으로 했던 그 말들이 기억 안 나느냐?'라는 얼굴로 응수하자, 이에 찔린 새아가 더더욱 분한 표정을 지어 보였다.

"그보다, 그 자식 때문에 땅에 떨어진 내 평판은 어떻게 할 거야? 끗발 나는 결혼식의 대가, 이새아 플래너! 이렇게 소문이 나도 모자랄 판에, 연관 검색어가 #워터파크웨딩 #물바다결혼식, 이게 뭐니?"

이때, 틀어 놓은 TV에서 뉴스가 이어졌다.

"어쩌면 이제 한국에서도 노벨상 수상자가 나올지도 모른다는 기대감이 커지고 있습니다. 전 세계가 신소재 '래피든'을 발견한 이 한국의 과학자 전손희, 박서환 부부를 주목하고 있습니다. 가난한 과학자 부부였던 두 사람은, 카이스트를 졸업한 뒤 미 컬럼비아대에서 양자 역학 연구를 시작해 '래피든' 물질에 대한 논문을 미 사이언스지와 네이처지에 실었습니다."

곧이어 랩실에서 인터뷰를 하는 두 과학자 부부의 모습이 나왔다.

"양자 역학 분야에 있어서 신기원을 개척했다는 평을 듣고 있는데요. 이제 개인적으로 이루고 싶은 목표가 있습니까?"

그 질문에 흰 가운을 입은 서환이 수줍게 웃으면서 말했다.

"손희에게 꼭 면사포를 씌워 주고 싶습니다."

옆에 있던 손희의 얼굴도 배시시 붉어졌다.

"저희가 아직 한국에서 결혼식을 못 올려서요."

"달콤한 신혼을 반납한 채, 연구에만 매달려 이루어 낸 눈부신 성과. 대통령은 이들 부부에게 명예로운 과학자상을 수여하기로 결정하고, 오는 십칠 일, 한국에서 시상식을 할 예정입니다."

그 뉴스에, 덩치 큰 사냥감을 발견한 듯, 새아의 두 눈이 묘하게 반짝거리기 시작했다.

"이거다, 느낌 왔어, 지금!"

"뭐가?!"

"땅에 떨어진 나의 명성을 이걸로 만회하는 거야!"

"엥? 저 과학자들이 우리 회사에서 결혼 준비한대?"

"아니, 내가 직접 컨택해 봐야지."

부릉부릉— 새아의 영업 본능이 발동하는 시점이었다.

"바쁜 과학자 부부가 결혼 준비할 시간이 어딨어. '한국 결혼식은 내가 준비해 드리겠다!' 하고 제안하려고. 그러다 두 분이 진짜 노벨상이라도 받으면, 이게 무슨 영광이야?"

그녀가 열정의 불씨를 막 틔우려 할 때, 유준이 이를 가로막았다.

"그걸, 굳이, 네가, 하필? 안 돼!"

"엥? 왜 안 돼?"

"너 지금 아직 가슴이 구멍 숭숭 화산송이야. 그 상처, 일로 도피하려는 것밖에 더 돼?"

"그럼, 지금 아프고 힘드니까 일도 하지 말고 가만히 찌그러져 있을까?"

"일이 손에 잡혀?"

"그러니 얼마나 다행이야? 권지혁이 나한테 그 정도밖에 안 된다는 게?"

'네가? 네가? 참으로 그러겠다.'라는 표정으로 유준이 새아를 안쓰럽게 보고 있을 때 새아는 휴대폰을 꺼내 본격 과학자 부부에 대해 검색을 하기 시작했다.

"한번 봐 봐, 저 과학자 부부 결혼식, 따내는지 못 따내는지."

착. 착. 착― 갑자기 뒤에서 띄엄띄엄한 리듬의 박수 소리가 울렸다.

"아주 좋은 생각이야! 근데 어쩌지? 이 팀이 좀 바쁜데?"

뒤에서 나타난 사람은 다름 아닌 설명희 대표.

새아가 의아하게 고개를 돌렸다.

"제가요?"

내가 그렇게 바빴나요?

"신입 교육 일정이 있거든. 둘 다."

새아는 고개를 갸웃하며 유준을 바라보았다.

엥? 지금 우리 회사 신입 받을 시즌이 아닌데?

"외부에서 위탁 교육 요청이 들어왔어. 교육비 두둑하게 들어왔는데. 월급에 백오십은 더 얹혀서 나올걸?"

새아의 두 눈에 쌍심지가 켜진 건 물론이었다.

"그 교육, 제가 하겠습니다! 겸사겸사 과학자 결혼식도 따낼게요!"

"정말? 둘 다 할 수 있겠어?"

명희의 얼굴에 묘한 미소가 번지고.

"들어와요~"

그녀의 부름에 소울 회의실에 두 사람이 모습을 드러냈다.

또각또각-

"……!"

새아는 눈을 의심했다. 두 사람 중 한 명의 모습이 특히나 익숙했다. 끝이 없는 기나긴 기럭지, 번쩍하는 후광 사이로 드러난 만찢남 실루엣은?

까아꿍-

……권지혁이었다. 권지혁이 여기 소울에 왔다.

"저, 저분이 왜 신입이에요오오옷?!"

새아는 숨이 넘어갈 뻔했다.

21

슬기로운
교육생 생활

새아는 설명희 대표를 데리고 다다다 뒤쪽으로 갔다.

"저, 저분이 왜 신입이에요오오옷?!"

명희의 답은 심플했다.

"잘렸대."

크흑? 자, 자, 잘렸다구요?

"건설사에서요?"

"응."

쿠흑, 여기까진 충분히 있을 수 있는 얘기였다.

그, 그래, 잘릴 수 있지. 본인이 한 짓을 생각하면.

"그리고 로안 대표로 왔대."

뭐시기요? 갑자기요?

로안이 성진 건설 자회사인 건 알고 있지만, 어떻게 갑자기 건설업에서 웨딩업으로? 아니, 것보다 남의 웨딩홀 대표가 왜 우리 회사 교육생으로 왔대?

"갑자기 좌천되서 이 바닥에 떨어졌는데 어떻게 해. 웨딩에 대해선 쥐뿔도 모르는데. 로안 내부는 뭐, 물난리 나서 신입 가르칠 여유가 없고."

"저, 저분은, 제가 엊그제까지 진행하던 신랑님 아닙니까?"

"기사 못 봤어? 희대의 파혼남, 눈물의 단짠남이라잖아. 위로 좀 해 줘."

"내, 내 마음은요?"

"결혼이 파투 났는데, 신랑이 슬프겠어, 플래너가 슬프겠어?"

아우, 대표니이이이임!

"대표님은! 진짜, 아무것도 모르세요오!"

"왜, 진행하면서 신랑한테 맘이라도 생겼어?"

"아뇨오옷!?"

"그럼, 결혼 파투 난 게 그렇게 죄스러워?"

심지어, 설 대표는 새아의 어깨를 토닥여 주기까지 했다.

"이 팀은 잘못한 거 없어. 신부가 튄 게 우리 잘못은 아니잖아?"

으흐흐흥— 새아는 잠시 웃으면서 울었다. 부글부글 끓는 눈빛으로 그를 보자, 지혁은 저기 저편에서 능청스럽게도 서 있었다.

저, 저, 모가지에 교육생이라고 달고 있는 건 뭐야. 저, 저, 저거? 심지어 여유롭잖아?

새아는 유준에게 다가가 말했다.

"유준아, 네가 저놈 마크해라. 나는 저 여자애 담당할게."

지혁과 함께 온 다람을 가리키는 것이었다. 이를 들은 지혁이 여유롭게 답했다.

"소울에서 온 신부들, 로안 홀 비용 빼 드리기로 했는데, 더불어 식대 이십 퍼센트 할인까지."

"저놈이 뭐라 씨부리노?"

"이 팀이 절 담당해 주신다면."

놀랍게도 거기까지가 로안의 조건이라 하였다.

저, 저, 저, 밀당 요괴 자식……!

"사람, 괴롭히는 방법도 정말 가지가지시다."

어느덧 점심시간, 이곳은 소울 근처의 브런치 레스토랑이었다.

"나도 이게 지금 가상 현실인가 싶습니다. 내가 잘려? 내가?"

바득바득 이를 가는 새아의 앞에, 자신이 더 어이없다는 듯 이마를 탁 치며 고개를 절레절레 젓는 지혁이었다.

"회장님 얼굴에 그렇게 먹칠, 똥칠, 빡칠 짓을 하셨는데, 잘릴 만도 하지. 호적 등본은 무사해요? 파일 때 된 것 같은데?"

"아직 잘 심어져 있습니드아."

"그러다 금수저로 삽질 당하는 수가 있어요. 뿌리 깊은 아들도 뽑힐 수가 있다니까?"

"그러고도 웨딩홀 대표 된 거 보면 몰라요? 이 금수저 클.래.스?"

"클래스는 모르겠고 클난 건 알겠네요. 지 결혼 장렬하게 파투 낸, 천하의 불효막심한 시키한테 어떻게 웨딩홀을 맡겨?"

그 말은 지혁도 수긍할 수밖에 없었다.

"그쵸? 무슨 비혼주의자가 웨딩홀 대표야."

이상하죠, 그렇죠?

"그분이 하필 나한테 교육을 받으러 왔다는 게 난 더 이상해. 왜 나예요? 이제 좀 놔 줘. 앞으로 서로 보지 말자고."

새아가 더더욱 무섭게 눈을 치켜뜨자, 지혁은 살짝 실눈을 뜨고서 금기의 그 말을 꺼냈다.

"그때 그 키스는 무슨 의미였어요?"

커헉. 단숨에 새아의 얼굴이 벌겋게 달아올랐다.

그, 그런 말을 이런 자리에서, 누가 들으면 어쩌려고.

"궁금해서 잠이 와야지."

와, 이 자식 능청 보소.

잠시 붉으락푸르락 얼굴을 붉히던 새아는 부러 더더욱 뻔뻔한 표정을 지어내며 강력하게 속삭였다.

"딱, 느껴지는 거 없었어요? 약속은 지킬 테니, 먹고 떨어져라?"

"아! 굿바이 키스다?"

"뭐, 말하자면?"

"그 말인즉슨, 이제 더 이상 먹고 떨어질 미련도 없다, 나한테?"

지혁은 천천히 팔짱을 끼고 다리를 꼬며 여유롭게 말했다.

"거야, 당연한 거 아닌가. 딴 여자랑 결혼하러 온 신랑한테 무슨 미련을 더 가져?"

"그럼, 다시 안 볼 이유가 있나? 미련도 없는데?"

와, 이 헛바닥계의 선수 보소, 그런 말로 나를 조련하려고? 이번엔 안 당한다, 이놈아!

"똥한테 미련이 있어서 피하나?"

"똥이라. 츕, 우리 사이가 좀 지저분해지긴 했지. 그 관계, 이제 클리어하게 정리해 봅시다."

"어떻게?"

"사제지간으로!"

어머머? 어머머머머? 이게 무슨 개소리 사운드 왈왈이세요?!

브런치 레스토랑, 다른 테이블에 앉은 유준과 다람. 유준은 새아 쪽 테이블을 슬쩍 보며 분위기를 살폈다.

화형은 무슨. 권지혁 만나면 불사 지르겠다는 분이 또 저렇게 화르륵 말려서 붉으락푸르락 당황하고 있나? 저러다 금방 화해하겠네. 진짜.

앞에선 다람이 야금야금 열심히 리조또를 먹고 있었다. 잠시 이를 보던 유준이 조금 냉정한 목소리로 말했다.

"단도직입적으로 말하면, 난 신입 가르칠 시간이 없어. 게다가 우리 회사 신입도 아닌데, 뭣하러 남의 회사 호랑이 새끼를 가르쳐? 눈치라도 있으면 교육받는 동안 가만히 조용히 내 옆에서 투명 인간처럼 있다 가. 그게 싫으면 저기 권지혁 씨한테 가서 교육 담당 바꿔 달라고 해. 저기 이 팀장은 엄청 착하거든. 난 못됐고."

달칵─ 수저를 내려놓은 다람에게서는 어쩐지 돌아오는 대답이 없었다.

"왜 대답이 없어?"

"실장님?"

"왜?!"

"둘 다 신입 교육받으러 왔어도, 저는 정규직 전환되려면 삼 개월 남았고, 저기 저분은 대표님이에요. 로안 오너시고. 제가 저기다 대고 뭘 바꿔 달라 그래요. 실장님은 눈치 없어요?"

……의외로, 틀린 말이 아니었다.

그, 그러네.

사하제헤헤헤? 사제지가아한? 당신이랑 나랑 스승과 제자? 어이구, 이분이 말이면 단 줄 아시나?

"크헝헝, 사제 같은 소리 하네. 구마 의식이라도 할까 보다."

새아는 진짜로 기가 막힌 듯 대놓고 코웃음을 쳤다.

"나야말로. 무슨 결혼 귀신이 붙었나. 떼어 내려고 하면 할수록 달라붙어. 이새아 팀장님도, 대한민국에서 결혼 안 하겠다는 생각은 비정상으로 들려요?"

"아뇨, 거야 개개인의 선택이죠. 그걸 주변에서 억지로 강행하려고 했다가 권지혁 씨는 이 꼴이 난 거고. 근데, 아버님 생각이 뭔진 알 것 같네요."

"뭔데요?"

"지혁 씨가 결혼 소리만 나오면 이토록 난리를 치는 덴 이유가 있을 거 아니에요? 속에 배배 꼬인 게 있으면 이번 기회에 좀 풀라는 거 아니에요? 그거에 대해서 돌아볼 시간을 가지는 건, 나쁘진 않을 것 같은데."

일순간에 시종일관 능청스럽던 지혁의 얼굴이 아주 잠시 복잡해졌다.

"그래, 뭔가 있긴 있나 보네. 들어나 봅시다. 궁금은 하네."

"그걸 말하면……."

지혁은 느릿하게 커피 잔에 입을 갖다 대며 말했다.

"새아 씨 상처도 말해 주나?"

"……!"

"내, 내가 내 속 얘기를 당신한테 왜 해요? 무, 무슨 약점 잡힐 줄 알고."

부글부글- 부아가 치민다.

저, 저, 저, 혓바닥 선수 자식이랑 있으면 일이 묘하게 저놈 뜻대로 되는 것만 같단 말이야. 말은 또 좀 잘해? 몇 마디만 하면 저 사람이 갑이 된다고. 나는 또 왠지 모르게 억울해지고.

으아아, 새아는 좌절했다. 다시는, 다시는, 안 보겠다고, 안 보려고 예식장에서 그렇……게까지 하고 돌아섰는데,

뭐어어? 사제지간? 남아 있는 미련 없으면, 자길 가르쳐 달라? 교육생으로 받아 달라? 아유, 버라이어티하다. 내 인생. 저, 저, 저, 능청을 어떻게 하면 좋아?

밥 먹고 회사 제 자리로 돌아오자, 새아의 책상 옆에 조그마한 책상 하나가 생겨 있었다. 교육생 지혁의 자리였다.

오 마이 갓.

다시는 꿈에서도 안 보려고 했던 네놈을 매일매일 출근해서 바로 옆자리에서 봐야 하는 게 실화입니까.

지혁은 자리에 대한 불만도 없이, 천천히 의자를 빼 앉았다.

하아, 저 얄미운 자식.

새아는 책장에서 웨딩 관련 책들을 척척척 꺼내 그 책상 위에 턱 하니 쌓아 주었다.

"당분간 독학!"

지혁은 입을 한번 삐죽이더니 정말로 그 책을 펼쳤다.

아, 아니. 진짜로 교육생 하겠다는 거야, 뭐야. 장난이 아니고? 나, 놀리는 게 아니고?

"와, 나를 정말 어지간히 괴롭히고 싶은가 보다."

"아직까지 나한테 쌓인 게 많은 건 알겠는데, 이제 노여움 푸시지요, 스승님."

"풀 생각 없는데요?"

"풀면, 예전 마음 돌아올까 봐?"

이, 이, 이 자식이?!

기가 막혀 더 말을 이어 갈 수가 없는 새아였다.

너? 나를 일부러 긁으려고 여기 있는 거지? 이씨, 내가 당하나 봐라. 내, 내가 또 당신한테 말릴 것 같아?

새아는 고개를 한 번 부르르 떨고는 자리에 앉아 일을 시작했다.

침착하자, 침착해.

일단 첫 번째로 할 일은 과학자 부부에 대해서 최대한 많이 알아보는 것이었다. 컬럼비아대 홈페이지 교수진 소개에 이메일이 기재되어 있어 둘의 콘택트 포인트를 알아내는 건 생각보다 어려운 일이 아니었다.

후음, 이런 분들일수록 협찬, 이런 건 오히려 받기 싫어할 것 같은데. 어떻게 하면 세계적인 과학자 명성에 맞는, 특별한 결혼식을 만들어 드릴 수 있을까?

그렇게 이런저런 고민을 하면서 제안 메일을 쓰고 있는데, 옆에서 불쑥 지혁이 끼어들었다.

　"식을 로안에서 진행해 준다고 해요."

　"이미 썼거든요? 받은 카드를 왜 안 써먹어."

　지혁은 메일 내용을 슬쩍 보더니, 아예 옆으로 가까이 다가왔다.

　"미국에서 오래 살았음, 영어가 더 익숙할 것 같은데. 밑에 영어로도 보내면 어때요?"

　흠, 그런가? 새아가 망설이는 사이에 지혁은 아예 키보드를 빼앗아 들고 메일 내용을 영어로 번역하기 시작했다.

　잠깐, 한국과학기술센터? 여기 뒷마당에 수국 피면 되게 예쁜데?

　"식장을 여기로 밀어 볼까? 과기센?"

　"에이, 연구소가 로안보다 화려하겠어요?"

　"둘이 여기서 만나서 연애했대요."

　"……?"

　"두 분이 괜찮다고 하시면, 추억이 가득한 이곳에서 웨딩 마치를 추진해 보겠다. 그렇게 써 봐요."

　지혁은 시키는 대로 그 내용을 메일에 적기 시작했다. 새아는 바로 짐을 챙겨 어딘가로 나갈 준비를 했다.

　"어디 가요?"

　"과기센! 가서 예식 진행 가능한지 물어보게요."

　그 말에 지혁 역시 함께 제 가방을 챙겼다.

"엥, 따라오게요?"

"그럼, 신입 교육생을 여기 혼자 두려고?"

"로안이랑 관련 없잖아요?"

"방금, 로안 제치고 여기로 민 거 아니에요? 경쟁사인데 가 봐
야지."

아이고, 두야.

새아가 지끈해진 머리를 짚고 있는 사이, 지혁은 어느새 새아의
가방까지 들고서 밖으로 나서고 있었다.

아우, 저 자식을 어떻게 떼어 낸담? 남은 교육 기간 한 달을 어
떻게 버티냐고오.

22

기억하렴,
나의 서글픈 모습

"와, 이쁘긴 이쁜데. 진짜 아무것도 없다. 결혼식 하려면 다 싸들고 와야겠네."

예전 기억대로 과기센 뒷마당은 소담하게 굉장히 예뻤다. 주변에 조경이 아기자기하게 잘되어 있어서 야외 웨딩을 하기엔 완전딱인데, 결혼식을 위한 준비가 아무것도 안 되어 있다는 게 함정이다.

"아무것도 없는 잔디밭에 뭘 하려고요."

"이게 다 수국이거든요. 만개하면 디따 이쁜데."

새아는 태블릿PC를 꺼내 빈 페이지를 펼쳐 놓고 드로잉을 시작했다. 그녀가 구상한 나름의 예식 장소 설계였다.

"일단 여기다가 꽃 장식을 아치로 올리고, 이렇게 삼각형 모양
으로 의자 놓고, 여기에 흔들 벤치 놓고, 신부 대기실로, 피로연은
약간 소풍 온 느낌으로."

놀랍게도 새아가 그리는 스케치에 따라서 아무것도 없던 텅 빈
잔디밭이 두 사람만을 위한 특별한 야외 예식 장소로 변모하고 있
었다.

"여기 뒤편에 돗자리 깔아도 좋은데."

"돗자리요?"

"피크닉이 콘셉트잖아요. 핑거 푸드랑 도시락이랑 간단하게 먹
을 수 있게. 수국이 새파란 블루 컬러니까, 테이블 피스도 한여름
바다처럼 새파란 블루로."

지혁은 그런 새아를 새삼스럽게 다시 보았다.

"왜요?"

"신기해서. 그림 배웠어요?"

"독학했어요."

"어떻게 그게 한 번에 디자인이 돼요?"

"전문가가 왜 있겠어요. 요 구성은 지혁 씨도 참고해 봐요. 로
안에 폰즈 가든 있잖아요. 거기 공간 구성을 이렇게 하는 거지. 여
기 촛불 띄우고, 불 달고서, 한여름 밤의 바비큐 파티처럼."

푸르른 잔디밭 위, 바위에 털썩 걸터앉아 스케치를 하는 새아의
모습에서 지혁은 눈을 뗄 수가 없었다. 햇빛을 반짝 튕겨 내는 그

녀의 윤기 나는 머리칼까지.

그때 로안에서의 키스가, 이제 다시 보지 말자는 이별의 키스인
걸 사실 누구보다도 잘 알고 있는 지혁이었다.

그랬기에, 사실 누구보다도 그녀의 얼굴을 다시 보는 게 겁났
다. 내가 준 상처를 다 헤아릴 수가 없어서, 그녀에게 너무너무 미
안해서.

설영희 본부장이 지혁과 다람을 소울에 교육생으로 보내겠다
했을 때, 지혁은 고민했다.

이럴 때일수록, 차라리 뻔뻔하게 나가는 게 어떨까. 아마 계속
새아를 조심스러워하고 어려워한다면 나는 아마 평생 그녀에게
죽일 놈으로만 남아 있을 것이다. 내가 그 원한을 풀어 줘야 하지
않을까. 그녀에게 정말로 미안하다면, 화가 난 그녀를 방치하는
것도 못할 짓 아닌가.

언젠간 말해야 했다. 이 모든 일이 너무 미안했다고, 무릎 꿇고
라도 사죄해야 했다. 어쩌다 보니 로안 대표에 이어 소울의 교육
생으로까지 위치가 하락한 것은 좀 억울하지만, 이렇게 해서 새아
의 화가 풀린다면, 지혁은 조금 더 적극적으로 그녀의 곁에 얼쩡
거려 보기로 했다. 차라리 교육생으로 지내는 한 달 동안 나를 마
음껏 미워하게 하겠다. 그 속에 쌓인 괴로움이 썩어 버리지 않게,
남은 미움도 다 털어 낼 수 있도록.

그러나, 이러나저러나 그녀는 여전히 예뻤다. 그렇게 멘탈붕괴
급 사건을 겪고도, 다시 누군가의 결혼식을 위해 활기차게 나서는

모습에…… 또다시 반했다.

그래야 직성이 풀리는 여자다. 자기가 속상하고 힘든 만큼, 다른 이에게 행복한 일을 만들어 줘야 한다. 거기서 삶의 보람을 찾는다. 그렇게 일에 매달리는 모습이 또 예쁘게만 보여서, 새아가 스케치를 하는 내내, 지혁은 그 소담한 뒷마당에서 애써 딴청을 부렸다. 자꾸만 솟아오르는 욕심을 누르려고, 그 말간 얼굴에서 일부러 시선을 돌려야 했다.

♪

"그때, 인터뷰 잘한 것 같다."

미국 컬럼비아대 랩실, 깊은 밤. 누가 봐도 딱 모범생처럼 생긴 남자, 서환이 메일을 확인하며 부드럽게 웃었다.

"왜?"

"한국에서 우리 결혼식 협찬해 주겠다고 메일이 엄청 왔어."

어느새 그 미소마저 닮은 여자, 손희가 대번에 고개를 내저었다.

"협찬 싫어. 우리가 뭐라고 협찬을 받아. 옛날에야 가난했지, 이제 우리 돈 좀 있잖아."

"이 언니가, 한국에서 결혼하는 게 얼마나 비싼지 모르는구먼?"

"엄청 들어? 그럼 스킵할까?"

"싫어. 도둑 신부도 아니고, 이제 정식으로 데리고 살 거야."

서환이 장난스럽게 손희의 팔을 잡아당겼다.

둘이 자연스럽게 밀착해, 서로의 얼굴을 보며 웃고 있는 가운데 메일이 하나 더 왔다.

"어? 우리 여기 첨 만났던 데다. 고등학교 때 연구생 했었잖아."

첨부된 사진에 서환과 손희의 눈이 동시에 커졌다.

"여기, 과기센이잖아."

아직도 생생하다. 과고 시절, 방학이면 여기 연구생으로 들어가 이것저것 실험 참여하고 리포트 쓰던 때가. 이 뒷마당에서 도시락을 까먹다가, 둘이 눈이 맞았다. 새파랗게 피어난 수국, 그 옆에서.

"우리 여기 뒷담 넘어서 도망간 거 기억나?"

두 사람의 눈이 아스라한 추억에 잠겼다. 연구실에서 며칠 밤을 새다가 결국 도망가자 모의를 했었다. 나가서 떡볶이만 사 먹고 돌아온 게 다였지만 당시로선 소심한 마음에 나름 엄청난 일탈을 감행했던 둘이었다.

고등학교 때면, 벌써 십오 년 전쯤 일인가. 코끝이 찡하게 아려 왔다.

"우리, 참 징하다. 어떻게 십오 년이나 만나서, 아직까지 이러고 있냐."

이 소중한 추억을 까마득히 잊고 있었던 것 같아 괜히 눈가가 촉촉해지는 손희였다.

"근데, 여기서 결혼식이 가능해?"

자신을 한국의 웨딩 플래너라 소개한 새아가 과기센 뒷마당에서의 소담한 야외 웨딩 디자인을 상세하게 스케치해서 보냈다. 참으로 낭만적이고 아기자기한 그림이었다.

여기서 결혼하면, 참 예쁘겠다. 우리한테 의미도 있고.

간만의 추억에 잠긴 두 사람의 눈빛이 기분 좋게 흔들리고 있었다.

♫

"여기서 식 진행한 적은 있는데, 그땐 임원 자녀 결혼식이어서요. 외부인은 가능할지 모르겠어요."

과학기술센터 사무실. 행정을 담당하고 있는 직원의 고개가 좌우로 돌아갔다.

"그래요? 고등학교 때 여기 연구생으로 있었다는데."

"그래도, 좀."

직원이 여전히 난색을 표하자, 지혁이 끼어들었다.

"돈 더 내고 대여해도 안 돼요?"

"아마, 안 될 거예요."

이때, 새아의 태블릿PC에 메일이 띠링- 도착했다.

"대애애박! 한대요. 나랑 하겠대요!"

그녀의 두 눈이 바로 기쁨에 기득 차올랐다. 그 상세한 스케치들이 과학자 부부의 마음을 움직인 것이었다.

"정말요오?"

이에 지혁의 눈 역시 휘둥그레졌다.

"와, 이분들 피드백 엄청 빠르시네. 역시 세계적이야. 위인전에 실려야 돼. 있잖아요, 만약에 결혼하겠다는 사람들이 노벨상 후보들이면요?"

이에 직원의 표정이 바로 돌변했다.

"그, 그, 그, 요새 언론에 엄청 많이 나오는 그 과학자 부부요? 대한민국 최초의 과학자 노벨상 후보?"

"이러다 이분들이 진짜 노벨상 받으면 어떡하나, 생각만 해도 영광이네."

"세, 센터장님께 여쭤보고 올게요."

과기센을 나오는 비탈길,

"아쓰아아아아!"

새아는 단전부터 터져 나오는 즐거움의 비명을 질렀다.

'가능은 하다는데…… 뒷마당에 기념비 세워도 되냐고 물으시는데요?'

센터장님의 특별 허락이 떨어진 것이었다.

대박, 진짜 대박!

"와, 날씨만 좋으면 결혼식 엄청 예쁘겠다. 이쁜 결혼식 만들어 주는 거, 넘 쪼앗! 까아아앙!"

새아가 숨김없이 기쁨을 표출하자, 또 그 모습마저 귀여워 보이는 지혁이었다.

"야, 이 맛에 웨딩 플래너 하는구나?"

덩실덩실, 어깨춤까지 추며 흥을 내던 새아가, 옆에 있던 지혁을 보고는 살짝 표정을 단속한다. 부모의 원수처럼 대했던 게 오전이었는데, 그새 너무 풀어진 것 같아서. 지혁 역시 그 분위기를 눈치채고, 부러 헛기침을 하며 싱글벙글하던 웃음기를 조금 숨겼다.

"타요."

지혁이 젠틀하게 차 문을 열어 주자, 새아의 눈빛이 찌릿해졌다. 왠지 기시감이 들었기 때문.

"스승님, 제가 모시겠습니다."

그가 더욱 깍듯한 척 고개를 숙이자 새아는 하는 수 없다는 듯, 차에 탔다.

아, 생각이 났다. 잠깐이지만 왜 거부감이 들었는지. 예전에 그랬었지, 저 남자가. 평―생― 차 문을 열어 주겠다고.

왠지 분위기가 좀 어색해져, 한시라도 빨리 소울에 돌아가고 싶었지만…… 늦은 오후의 서울은 끈적한 교통체증의 지옥탕국, 그 자체였다.

"어지간히 밀리네."

지혁은 차창을 내리고 한쪽 팔을 나른하게 기댔다. 이제 둘이 할 말도 많이 없는데, 뻘쭘하게 말이야. 이 와중에 새아는 태블릿

PC를 바쁘게 꾹꾹 눌러대며 일을 하고 있었다.

가만히 내려앉은 정적이 조금 어색해, 지혁은 음악을 틀었다. 에일리의 노래였다.

둥기둥기-

일에 집중하던 새아가 빠른 댄스곡에 슬쩍슬쩍 리듬을 타기 시작했다. 그리고 터지는 클라이막스에,

"내 몸에 손대쥐 봐~ 소름 끼치니꽈~ ♪"

그녀가 노래를 따라 부르기 시작했다.

어우, 깜짝이야.

"네가 뭘 안다고! 사랑하긴 뭘 한다고~ ♪"

이, 이 노래가 이렇게 과격한 노래였어?

"됐어, 필요 없어! 꺼져, 파러웨이~ ♪"

새아는 이 노래 가사에 굉장히 몰입한 듯, 지혁을 바라보며 눈을 시퍼렇게 뜨고 있었다.

쿨럭- 왜 하필 이 타이밍에 이런 노래가. 가사에 따라 그녀가 너무 공격적으로 변하는 것 같아, 지혁이 다이얼을 돌렸다.

"힘없이 뒤돌아 가지만, 널 잊을 순 없을 거야 ♪"

곧 그가 다음 곡을 따라 불렀다.

"서로가 원한 건 아니었지만, 조금 더 가까이 다가와 ♪"

〈너만을 느끼며〉 원조 버전이었다. 이게 바로 지혁의 마음이었다.

"오, 서러워 우는 건 아니야. 그저 미련만이 남아 있을 뿐 ♪"

지혁이 신나게 리듬을 타며 옆에 있던 새아를 슬쩍 보자, 이번엔 그녀가 흥— 콧방귀를 뀌며 다이얼을 돌려 버렸다.

"지금도, 이해할 수 없는 그 얘기로 넌 핑계를 대고 있어♪"

새아의 선곡이다.

"내게 그런 핑계 대지 마, 입장 바꿔 생각을 해 봐. 네가 지금 나라면 넌 웃을 수 있니♪"

이제 그에게 예쁘게 보일 것도 없다는 듯, 새아는 김건모 모창까지 하며 노래를 따라 불렀다. 마치 지혁에게 노래로 따지듯이. 괜히 이런저런 쓸데없는 핑계 대지 말라는 것처럼 들려, 좀 찔리는 지혁이었다. 그가 다시 다이얼을 돌리자,

'꺄아—'

초반 간주부터 비명이 터져 나와, 식겁을 했다.

"기억하렴! 나의 서글픈 모습! 새벽녘까지 잠 못 이루는 날들! 이렇게 후회하는 내 모습이, 나도 어리석어 보여♪"

새아는 더더욱 독기 어린 눈을 하고서, 노래를 따라 불렀다.

아이, 갑자기 〈배반의 장미〉가 뭐야.

"어디선가 쉽게 넌 말하겠지. 세상의 모든 여잔 너무 쉽다고. 상처를 받은 나의 맘 모른 채, 넌 웃고 있니♪"

여기가 화룡점정이었다.

"후회하게 될 거야!♪"

어후어후, 나는 왜 이 노래가 이렇게 저주처럼 들리냐.

그녀가 배신당한 여자의 한스러운 노래 가사에 몰입하며 흥을

낼수록, 지혁은 간담이 다 서늘해졌다.

끄으응. 다시 다이얼을 돌리자, 이번엔 귀여운 아이돌 노래가 나왔다.

"여자가 쉽게 맘을 주면 안 돼♪ 그래야 네가 날 더 좋아하게 될 걸♪"

차라리 방정맞게 샤샤샤- 하는 게 나은 것 같아, 지혁이 약간의 율동까지 곁들이며 노래를 따라 부르자…… 어쩐지 새아의 표정이 어두워졌다.

문득, 지혁과 잘해 보기 위해 딴에 '밀당의 법칙'을 검색해 보았던 날들이 떠올랐던 것이다.

노래 가사는 하나도 실천에 옮기지 못했다. 만나긴 좀 그렇고 미안해, 하며 튕기지도 못 했고, 친구들 만나느라 샤샤샤, 바쁜 척도 못 했고, 좀 있다 연락할게 later, 와는 반대로 매번 답장을 꼬박꼬박 해 버렸으며, 그에게 쉽게 마음을 줘 버렸고, 태연하게 연기하지도, 아무렇지 않게 대하지도 못했기에…… 결국 이 모양 이 꼴이 되어 버렸다. 나는 밀당 낙오자, 실패자였고, 그때의 설렘은 모두 물 건너가 버렸다. 울컥 서러운 마음이 솟아나 새아가 괜히 어깃장을 부렸다.

"아, 이 노래 말고 딴 거."

"좋은데요, 왜. 치얼업 베이베♪"

"빨리 딴 거. 이거 말고, 다시 〈배반의 장미〉. 빨리이."

그렇게 잔뜩 밀리는 도로 위에서,

노래 선곡을 갖고 다이얼을 이리저리 돌리며 티격태격하는 둘
이었다.

결국 흐르는 노래는…….

"그 밤 일은 자꾸 생각하지 말아요. 생각하면 자꾸 그 생각이
커져요♪"

이적과 정인이 부른 〈비포 선라이즈〉였다.

"우리가 다시 만날 수도 없잖아요♪"

지혁은 다시 한쪽 팔을 차창에 기댄 채 가만히 노래를 들었고,
새아 역시 싱숭생숭해지는 표정을 애써 숨기며 거리의 풍경을 가
만히 바라보았다.

"오랜 뒤에도 이렇게 간절할 거라곤, 그땐 둘 중 누구도 정녕
알지 못했죠♪"

그 음악 위로, 도시에 석양이 내려앉았다. 사위어 가는 붉은 해
와 밀려드는 코발트 빛의 어둠이 황혼이라는 밀당을 하다가, 밤이
라는 시간을 만들어 내는 것 같았다.

시시각각으로 변하는 하늘의 색처럼, 둘의 감정도 다채로운 색
으로 변해 가고 있었다.

어느덧, 차에 둘만 있는 게 더 이상 어색하지가 않았다.

차가 너무 밀려 회사로 돌아가기엔 늦은 시간이 되었다. 지혁은

자연스럽게 새아의 집 앞에 멈추었다. 그러고는 차에서 내려 조수석 문을 열어 주었다.

이 호의를 받아들여야 하나 말아야 하나, 새아는 잠시 망설이다가, 자리에서 일어났다. 여기에서 안 내리겠다고 버틸 수도 없는 노릇이니.

지혁이 먼저 쿨한 척 "내일 봐요." 하고 돌아서자, 새아는 "네, 그래요." 하고 대충 인사를 받아주고는 총총총- 빌라 이층으로 올라갔다.

그리고 집에 들어가 커튼에 몸을 숨기고 지혁이 차를 출발시키는 걸 몰래 바라보았다. 몸을 숨긴 새아의 실루엣이 커튼에 모두 드러났지만, 지혁은 부러 못 본 척했다.

차를 출발시키기 전에 고개를 돌려, 그녀가 앉았던 자리를 잠시 보았다. 그리고 아까 그녀가 좋아하던 노래를 하나하나 다시 틀어 보았다.

23

위험한 상견례

　일찍 출근한 유준보다 살짝 앞서 회사에 도착한 이가 있었다.
다람이었다.

　"나는 투명인간이다. 나는 투명인간이다⋯⋯."

　다람이 유준의 자리 옆 쪼끄만 책상에 앉아, 웨딩 책에 얼굴을
반쯤 숨기고서, 그렇게 속삭이고 있었다.

　이 쪼끄만 애한테 너무 눈치를 준 것 같아, 유준은 새아 주려고
사 온 커피를 그녀에게 건넸다.

　"굿모닝."

　"안녕하세요."

다람은 고개를 숙이고, 살금살금 유준의 눈치를 살폈다.

저 선배, 손님들한텐 엄청 친절한데 나한테만 차갑단 말이야.

아홉 시쯤, 새아가 정시에 출근했을 때, 지혁 또한 그 쪼그만 책상에 앉아 웨딩 책을 읽는 척하며 슬쩍 그녀의 눈치를 보고 있었다.

"하아, 참으로 읽씹하고 싶은 얼굴이로다."

아직도 믿기지 않는다. 저 얄미운 얼굴을 출근할 때마다 봐야 한다니.

지혁은 탕비실로 가더니 새아 몫의 커피를 타서 그녀의 책상에 놓았다.

얼레? 시킨 적도 없는 커피 심부름은 또 왜? 난 밑에 사람한테 이런 거 시키는 그런 스타일이 아니라고.

새아가 딱 그 눈빛으로 지혁을 보자, 그는 어깨를 한번 으쓱하다가, '싫음 말아요.' 하고 다시 잔을 빼앗을 듯한 자세를 취한다.

'한 번 주면 끝이지, 뭘 뺏어요. 가요.'

아이고, 숨 쉬는 게 다 밀당이지, 이 남자는. 여기에 매번 말리는 나는 또 뭐냐.

모닝 한숨을 푸욱― 내쉬고는, 업무를 시작하려 메일을 열자…… 미국에서부터 뜻밖의 소식이 도착해 있었다.

"에엥? 잠깐만. 긴급 상견례?!"

한국 결혼식은 추진되고 있는데, 아직 두 집안의 상견례가 이루어지지 않아 이거 순서가 뭐가 잘못된 거 아니냐고, 신랑 어머님이 목소리를 높이셨다고 한다.

"네네, 거기 특실로 부탁드릴게요. 열두 시 반이요."

새아가 급하게 상견례 장소를 섭외해 양가 어머님께 장소, 시간을 알려드렸다.

"상견례에 긴급이 어딨어요?"

"신랑 어머님이 상견례 안 하면 결혼식 안 갈 거라 그랬대요."

"근데 당사자가 없잖아요."

당사자도 없는데 무슨 상견례야. 어떻게?

"과학자 부부 아니에요. 그래서……."

"……?!"

"화상 상견례로."

♪♪

어쩔 수가 없었다. 상견례 때문에 둘의 귀국 일정을 당길 수도 없고, 그렇다고 이 절차를 뛰어넘을 수도 없으니.

고급 한정식집의 특실. 새아는 신랑, 신부가 있어야 할 자리에 태블릿PC 두 개를 놓고 화상 앱을 켰다. 미국에서 지금 이 시간이면 깊은 밤이겠지만 지금 그런 걸 따질 때가 아니었다.

"죄송해요. 저희가 너무 바빠서 건너뛴 게 많죠."

화상 앱을 통해 서환이 새아에게 사과를 전했다.

"아뇨, 급할수록 돌아가야죠. 이거 중간에 끊기면 안 되는데. 일단 와이파이 증폭기는 더 설치해 놨거든요?"

"근데 옆에 누구……."

"안녕하세요. 권지혁 상……."

아차차, 나 이제 상무가 아니구나. 이제.

"하이, 권지혁상. 교육생이에요. 웨딩 플래너 지망생."

새아는 그렇게 정리하고는 다시 부지런히 준비에 몰두했다. 잠시 후 약속 시간이 되자, 나름 차려입으신 두 어머님이 특실에 도착했다.

위아래로 명품 투피스 정장을 걸치고 온 사람이 자임, 손희의 어머니였다. 나름 꾸미고 나왔지만 그래도 생활의 찌든 때를 감추지 못한 쪽이 미순, 서환의 어머니였다.

"아, 안녕하세요. 저는 두 분을 담당하게 된 웨딩 플래너, 이새아입니다."

새아는 생글생글 밝게 인사를 하고는 양쪽에 명함을 드렸다.

"저희는 옆 방에 있을 테니까, 혹시 문제 생기면 불러 주세요."

명함을 받은 미순의 표정이 조금 삐딱했다.

"아니, 무슨 상견례도 안 하고 벌써 웨딩 플래너를 낀대."

그에 비해, 자임은 우아한 미소를 지으며 고맙다는 인사를 전했다.

"애써 줘서 고마워요. 오늘 두 분도 여기서 맛있게 식사하세요."

그렇게 새아와 지혁이 밖으로 나간 뒤, 미순은 태블릿PC에 뜬 아들의 얼굴을 발견하고는 반가움을 감추지 못했다.

"어머, 신기하다. 세상에, 뭐 이렇게 상견례를 다 하니."

자임은 여전히 그 우아한 태로 자리에 앉으며 말했다.

"이런 건 처음이신가 봐요. 저는 가끔 화상 통화를 해서."

"그래요? 너희들 나한테는 왜 안 했어?"

"엄마, 그런 거 좀 복잡해하잖아. 우리 얼굴 보는 것도 좀 그래 했고."

"내가 왜 못해, 화상 통화. 너 이 자리에서 엄마 무시해?"

"아니에요. 어머님, 앞으로 자주 할게요. 저희가 어머님 마음 천천히 열려고 하다 보니까……."

손희의 그 말에 미순은 휭— 콧방귀를 뀌었다.

"네가 뭐 내 맘 열려고 노력이나 했니? 사귀는 거 반대하니까 홀랑 미국으로 도망갔잖아. 나 그때만 생각하면 서운해서."

"사부인, 그만하셔요. 우리 지금 애네들 칭찬해 줘야 돼요. 애 네들 한 연구에 세계가 다 놀랐어요."

"그러니까 내가 하는 말 아니에요. 서환아, 너 엄마 서운하게 하고 불효하면 세계를 놀라게 했어도 아무 소용 없는 기다~."

옆방 벽이래 봤자, 거의 파티션을 쳐 놓은 정도여서 마치 한자리에 앉은 것처럼 어머님들의 목소리가 생생히 들려 왔다.

"원래, 상견례 자리가 이래요?"

지혁이 소리를 낮춰 물었다.

"결혼 목전까지 갔다 오신 분이, 상견례도 안 했어요?"

"내가 엎어 버릴까 봐 안 한 것 같은데."

"보통 아버님이 있으면, 이보다 무게를 좀 잡아 주시긴 하죠. 스읍— 오늘 만만치 않겠는데요."

자식들 혼자 키운 홀어머니 두 분의 만남이다. 공감대가 많을지, 아니면 이러다 캣파이트가 일어날지는 알 수 없는 노릇이었다. 초반의 분위기를 보아하니, 아무래도 후자의 가능성이 높아 보여 새아는 걱정스럽게 옆 방의 소리에 귀를 기울였다.

♪♪

"혹시, 드라마 〈계약 부부〉 보세요? 주말에 하는 건데."

음식이 나오자, 미순이 먼저 밝은 목소리로 대화의 물꼬를 텄다.

"아뇨?"

"오호호, 요새 그거 죽이는데 왜 안 보세요. 너무 재밌는데. 거기 여자애가 상고만 나오고 대학을 못 간 거야. 그러다 학벌 좋은

남자를 만났는데, 자기가 공부를 못했으니까 남편을 엄청 위해 주
는 거예요. 나는 그런 애가 딱 좋더라고요. 순종적이고. 요즘 여자
애들, 아주 남편 잡아먹을 듯이 구는데."

"어쩌죠? 우리 손희는 그렇게 가정적인 스타일은 아닌데."

"어쩌긴요. 가르치셨어야죠."

"······!"

옆 방에 있던 새아도 두 눈을 굴려 눈치를 보게 될 만큼, 순식
간에 분위기가 싸해졌다.

"대신, 둘은 세상에 다시 없는 파트너가 될 거라고 생각해요.
이번 연구도 둘이니까 할 수 있었구요."

"그래도 나는 아직 남자가 할 일, 여자가 할 일은 정해져 있다
고 생각해요. 여자가 아무리 바빠도 신랑 밥은 챙겨 줘야지. 이참
에 좀 묻자. 서환아. 손희가 거기서 찌개는 끓여 주니?"

"엄마, 여기 미국이에요. 아침에 토스트 먹고 점심에 햄버거
먹어."

"아이고, 내 그럴 줄 알았다. 이제라도 엄마가 가서 뜨신 밥 해
줄까?"

듣기에 따라선 굉장히 섬뜩한 말이라, 손희가 펄쩍 뛰며 손을
내저었다.

"아니에요, 어머니. 저도 찌개 잘해요."

"배운 게 없다더니, 할 수 있겠어?"

"유튜브에 다 나오는데요."

"사부인."

"손희가 우리 서환이 삼시 세끼 한식으로 밥 차려 준다고 하면, 나 이 결혼 찬성할게."

"네, 어머님. 제가 노력할게요."

"인증샷 찍어 보내. 과학자가 정확해야지."

이 말에 자임의 목소리가 뾰족해지기 시작했다.

"사부인, 지금 식모 부리세요?"

"그럼 와이프한테 밥도 못 얻어먹는데 내가 우리 아들 장가보내 야겠어요? 어려서부터 일등 아니면 해 본 적이 없는 우리 천재 아들을? 솔직히 나는 우리 아들 어디다 대도 아까워."

"우리 손희도 내내 일등만 했어요. 장학금으로 학비하고, 수학 대회 상금으로 용돈하고. 그런 애가 남편 밥 차려 주려고 그 공부 했겠어요?"

이 분위기 무엇. 옆방에 있었지만, 이를 화상 통화로 지켜보고 있는 손희와 서환의 표정은 안 봐도 알 것 같았다.

"나는 지금껏 남편이랑 아들 밥 차려 주는 걸 신앙으로 생각하고 살았어요. 갑자기 남편 그렇게 가고, 아들 챙겨 주는 낙에 살았는데, 엄마가 아들 밥 잘 먹는지, 그거 하나 챙기겠다는데 그걸 못하게 해요?"

"……!"

"애들 거기서 한식 안 먹으면 배에 콜레스테롤 잔뜩 쌓여서 돼지 되서 돌아와. 배우실 만큼 배우신 분이, 그걸 왜 몰라."

"그걸 며느리한테까지 강요하는 건, 좀 아닌 것 같으세요."

우아하게만 보였던 자임도 이런 말싸움에서 지는 스타일이 아니었다.

"그래서, 나보고 내 신앙을 무너뜨리라고요?"

"엄마, 갑자기 왜 이렇게 나 밥 먹는 거에 집착해. 나 이번에 한국 가지 말까?"

바다 건너 서환이 둘의 말싸움을 급히 말려보았지만…….

"왜 안 와? 와서 대통령 훈장 받아야지."

"어머님, 진정하세요. 제가 인증샷 꼬박꼬박 보낼게요."

아예 자임이 자리를 박차고 일어나고 있었다.

"아니다, 손희야. 그럴 필요 없어! 너희 한국에서 결혼식 하지 마. 너희들끼리 미국에서 잘 살면 돼. 뭐하러 한국에 들어와서 시어머니한테 갑질 당하면서, 시집살이하니? 너희 연구 업적도 이해 못 하고, 드라마랑 현실도 구분 못 하는 사람한테? 보고 싶으면 내가 갈게, 미국!"

"아니, 식도 안 올리고 부부라 그러면 내가 주변에서 뭐가 돼요?"

아이코야, 새아는 그야말로 '망했다' 싶었다. 서둘러 복도로 나가 준비된 코스 요리 지금 다 넣어 달라고, 맥 좀 끊어지게, 이것저것 말도 많이 걸어 달라고 부탁하고는 안으로 들어왔다.

"우리 시이미님 신앙은 이떡하니."

지혁의 속삭임에 새아는 한숨을 푹 내쉬었다.

"남편이 없으면 심리적으로 아들이 남편이래요. 며느리한테 양도가 안 되는 거지. 다 그러신 건 아니겠지만."

"저런 덴 약도 없는데. 이럴 거면 진짜 한국 결혼식 스킵하는 게 낫지 않나?"

"신랑 소원이 신부한테 면사포 씌워 주는 거라잖아요."

"미국에서 해. 여긴 시어머님 때문에 안 돼. 차라리 연 끊고 사는 게 낫지."

이에, 새아의 표정이 살짝 굳어졌다.

"……그 말이, 그렇게 쉬워요?"

"못 할 게 뭐야. 남보다 못한 게 가족이면 연 끊고 제 인생 찾아야지. 언제까지 가족한테 휘둘려."

"권지혁 씨는 안 되겠다."

그녀가 고개를 절레절레 저으며 말했다.

"이렇게 내면이 꽝꽝 얼어붙으신 분이 무슨 웨딩을 해서 양가를 아우르고, 새로운 가정을 탄생시킨다는 건지."

"그래서 내가 비혼주의자 아니에요."

"결국, 그런 관계와 책임에서 다 도망치고 싶은 거지. 비혼주의란 게."

그 말에 핀트가 상한 듯, 지혁은 살짝 인상을 썼다.

"내 문제도 머리 아픈데, 남의 문제에까지 끼어들어야 해요? 웨딩 플래너란 게?"

"그러니까, 권지혁 씨는 웨딩이랑 안 맞는다고요. 관두고 건설로 돌아가요. 뭣하러 교육생을 한다고 사람 귀찮게 따라다녀요?"

"갈 거얏. 적성에 안 맞아서 못 하겠네."

지혁은 홧김에 자리에서 일어났다.

쳇, 무슨, 내가 하자 있어서 웨딩업에 안 어울린다는 것처럼, 말을 그렇게 해?

지혁이 살짝 삐져 팔짱을 끼고 있는 사이, 옆 방에서 쾅— 하는 문소리가 들려 새아는 다다다— 특실로 달려가 보았다.

이미 두 어머님은 자리를 박차고 나가셨다. 두 개의 화면만 멀뚱히 켜져 있는 가운데, 손희와 서환, 두 사람은 답답하게 마른세수를 하고 있었다.

"어떡하지? 이러다 한국 결혼식 못 할 수도 있겠는데?"

"해야지. 대국민 인터뷰까지 했는데."

"난 안 해도 된다니까, 진짜."

서환은 어떻게든 결혼식을 추진하려는 입장이었고, 손희는 이러다 괜히 긁어 부스럼 만드는 것 아닌가, 하는 반응이었다. 새아가 재빨리 끼어들어 둘 사이를 정리했다.

"제가 보기엔, 두 분 축복 받으셨어요."

"……이 사달이 났는데요?"

"미국 살잖아요. 시댁이 먼 게 제일 축복이야."

새아의 너스레에 손희가 작은 웃음을 피식 터뜨렸다.

"신랑님이 어머님이랑 좀 더 얘기해 보세요. 진짜 결혼 안 시킬 거면, 상견례 하자고도 안 했어요."

"하아, 엄마 비위 맞추는 게 연구하는 것보다 더 어렵냐."

서환이 답답한 듯 뒷머리를 벅벅 긁자, 새아가 온기 가득 따뜻한 미소를 지으며 말했다.

"한국에 있는 삼박 사일만 맞춰 줘요."

그 미소에 오늘 제대로 망했다고 생각했던 서환도 손희도 기분을 좀 풀었다. 좀 삐진 채 저편에서 팔짱을 끼고 서 있던 지혁도 마찬가지였다.

아니야, 아니야, 그래도 못 할 짓이야. 저렇게 남의 일에 계속 끼어들어야 되고, 내 가정도 챙기기 복잡한데, 화합 안 되는 남의 가족들까지 언제 챙겨? 안 되겠어. 웨딩업, 너무 머리 아파.

지혁은 그 길로 성진 건설로 향했다. 그러나⋯⋯.

24

왜, 아직도 떨리나?
나한테?

아예 입구에서부터 카드키가 먹통이었다. 카운터를 담당하고 있는 직원도 어쩔 수 없다는 표정이었다.

"뭐야? 나 진짜 쫓겨난 거야?"

전화를 받은 상후가 급히 성진 건설 일층으로 내려왔다.

"상후야, 나 어떻게 된 거냐. 마카오 리조트 건이 어떻게 나 없이 진행이 돼?"

"되고 있네요, 지금. 생각보다 척척척. 아주 잘."

상후는 생각보다 태연자약이었다.

야? 야? 내가 안 필요해?

"그럼, 내가 복귀하면 따라갈 수 있게 중간보고만 좀 해 줘. 매일 보낼 때 숨은 참조만 넣어 주면 되잖아."

"그랬다간 중요 문서 반출로 신고하실걸?"

"아우, 내가 지금 남의 결혼식 잘되나 안되나 그거 쫓아다닐 때야? 이쪽은 내 적성이 아니야. 사람이 자기한테 맞는 일을 해야지!"

"그러길래 회장님 지인들, 친척들, 비즈니스 파트너들, 중요한 사람들 다 모인 자리에서 그렇게 물 폭탄을 쏘면 어떡해? 그날 나도 쫄딱 젖었어, 이 자식아. 죄송하다고, 옷값 변상하겠다고, 새우처럼 굽신거렸다고!"

"나도 탈출해야지! 결혼 지옥에서!"

설레설레, 상후는 고개를 저었다.

"내가 보기엔 이거 네가 결혼할 여자 데리고 와야 풀리실 화야."

하아, 것 말곤 진짜 방법 없어?

"나는 진짜 건설하고 싶어. 응?"

"왜, 두 사람 미래 설계하는 웨딩 일도 건설적이잖아."

"환장하겠네, 빠쉐이."

미치고 팔짝 뛸 것 같아도, 어쩔 수가 없었다. 이미 성진 건설에서 확실하게 퇴직 처리가 되고 말았다. 이젠 건설로 돌아가려야 갈 수가 없는 상황. 그럼 어떻게 해? 나 계속 이 일 해?

"내가 너무 몰아붙였나?"

퇴근하고 집에서 화장을 지우며 새아는 혼자 중얼거렸다.

"쳇, 자기는 나한테 더한 일도 해 놓고."

권지혁 씨는 이래서 안 되겠네요, 저래서 웨딩이랑 안 맞네요. 이제 그만 어설픈 교육생 코스프레 그만하고 제 일로 돌아가시라고 했던 매정한 소리였지만, 그래도 말이 조금 심했나 싶어서 마음에 좀 걸린다.

"하여튼, 신경 쓰이게 하는 남자야. ……매일."

쳇, 돌아선 그 길로 교육생은 제발 때려치워 주시지.

그녀는 입을 삐죽이며 소파에 몸을 던지고 리모컨을 들었다.

이때, '띵동─' 벨 소리가 들렸다. 놀랍게도, 인터폰 화면에 지혁의 얼굴이 떠 있었다. 그가 손을 들어 맥주 캔이 담긴 편의점 봉지를 보여 주었다.

어우씨, 깜짝이야. 나, 나 화장 다 지우고 이렇게 입고 있는데, 뭐야, 갑자기?

"헉? 웬일이에요? 이 시간에?"

"회식하시죠, 사제지간에."

"이니, 자기는 건설로 돌아가겠다며."

"건설에서도 안 받아 줘서, 다시 비벼 보려고."

지, 지금 문 열어 달라는 거지? 여, 여기 혼자 사는 여자 집인데?

끄으응— 새아는 일단 급히 집을 치우고 거울을 보며 본인의 상태를 점검했다.

아잇, 쌩얼인데. 어쩌지? 지금 다시 화장할 수도 없고. 아, 몰라. 지가 어쩔 거야. 밤중에 쳐들어와 놓고는.

새아는 쳇쳇쳇 툴툴거리며, 문을 열어 주었다.

"언젠 위험한 남자라 현관에 들이지 말라더니."

"이젠 괜찮은 것 같아서. 별 사심 없잖아요. 나한테."

"……?!"

"왜, 아직 떨리나?"

"설마욧!"

으으으, 이 밀당 요물! 이 드리블에 또 이렇게 당하나, 아우.

"한잔할래요? 할 말도 있고."

"그래요. 나도 할 말이 좀 있네요."

그렇게 지혁이 새아의 집으로 들어왔다. 어색하지도 않게, 차라리 조금 뻔뻔하게.

"이렇게 사는구나."

티는 안 냈지만, 지혁은 아기자기하게 꾸민 새아의 집 곳곳을 조금 신기하게 바라보고 있었다. 가장 인상적인 건 저 아이보리빛 커튼이다. 그녀가 숨어서 나를 훔쳐보았던.

"왜요?"

"내가 한땐 새아 씨한테 맘이 깊었잖아?"

"한때에?"

그 말에 일단 화를 내긴 했지만, 돌이켜 보니 그렇게 화를 내기에도 좀 어색한 상황이었다.

"지금도 그렇길 바라지 않잖아."

"그럼요!"

그렇게 센 척을 하다 보면, 또 어느덧 이렇게 호로로록 그에게 말려 있다. 나에게 마음이 없으니, 이 시간에 이렇게 집에 들여도 문제없다, 그런 논리에 당한 것이다.

아우, 저 밀당 요를레이.

괜스레 또 부아가 치미는 새아였다. 지혁이 소파 탁자에 맥주를 척척 꺼내 올려놓는 동안, 그녀가 부엌에 들어가 냉장고에서 대충 안주가 될 만한 것들을 꺼내 왔다.

"……엣헴."

이 집에 이렇게 처들어온 것 따위 별일 아닌 척, 아무렇지 않은 척했지만. 막상 들어오니까 묘하게 솜털이 곤두선다. 이 집 모든 곳에 그녀의 향기가 배어들어 있어서 그런가. 아직 그녀에게 남은 감정 때문인가.

"할 말 뭔데요."

치익— 새아가 먼저 맥주 캔을 땄다.

"……미안하단 얘기, 했었나?"

"뭐가?!"

"다."

"그니까 뭐가."

"다른 여자랑 식장 들어간 거. 거기에, 중간에 끼게 한 거. 파투 날 결혼식에 고생시킨 거."

순순히도 털어놓는 지혁의 사과에, 새아는 괜히 콧김을 킁— 들이켰다.

"그치, 그건 내가 사과받아야지."

새삼, 가슴 시큰하게 말이야. 진짜 미안하면 곁에서 이렇게 얼쩡대지나 말든가.

"상처 안 주겠다고 해 놓고, 잘하겠다고 해 놓고, 약속 못 지킨 거."

"……!"

"것도, 미안해요."

쳇, 알면 다행이네.

생각보다 진지해지는 분위기에 새아는 머쓱하게 제 코를 비벼 댔다.

"혹시 기회를 주면……,"

"……?"

"무릎을 좀 꿇고 싶은데."

"네에에에?"

지혁은 진짜로 무릎을 꿇으려는 듯 자세를 취했고, 새아는 "아, 됐어요, 됐어." 하고 이를 말렸다.

"인증샷 찍어 놔요. 나중에 딴소리하지 말고."

"이 집에서 그런 사진 찍는 게 더 이상해. 아잇, 제대로 앉아요."

"혹시, 두 손 모아 빌어도 될까요?"

"내가 무슨 예수님이야, 그런 자세로 회개를 하게. 어어? 그거 하지 마요!"

"저기, 한 대 치셔도 되는데."

"그러다 진짜 치는 수가 있어요. 얼른 제대로 못 앉아요?"

"기회 줄게요. 여기 뺨따구."

"나 그렇게 폭력적인 여자 아니거든요? 아우, 이거 이거 맞아야 정신을 차리지."

"오케, 오케이. 그 기세로 한 대만. 응?"

"으으, 이 능청 능청!"

그렇게 한창 우당탕탕 실랑이를 하는 둘이었다.

"새아 씬, 무슨 말이 하고 싶었는데요."

그러다, 지혁이 물었다.

"……그거에 비하면 작은 건데, 아까 좀 인신공격한 것 같아서. 내면이 얼어붙었다는 둥……."

"그게, 마음에 걸렸어요?"

새아는 살짝 딴청을 피우다가, 새침하게 고개를 끄덕였다.

"……!"

새삼, 이 여자 참 마음이 따뜻하다 싶었다. 고작 그게 마음에 걸린다고 그렇게 미안해하고 있냐. 내가 당신한테 무슨 짓을 했는데…….

"궁금했나 보죠. 이렇게 잘생긴 남자가, 결혼이든, 가족이든,

이런 테마만 나오면 왜 그렇게 차가워지나."

"짐작은 가요. 결혼 날짜를 정해 올 정도로 강압적인 아버지, 복잡한 재벌가 속내."

"나는 사실…… 연을 끊어 봤거든."

그래서, 조금 쉽게, 그 소리가 나왔는지도 모르겠다. 남보다 못하면 가족이라도 연을 끊는 게 낫지 않겠냐는 그 말.

"형이 형수님 데려왔다가 우리 집안 뒤집어졌거든. 사랑하는 사람 데려왔다고 아부지가 아까 그 시어머니 뺨치게 못되게 굴었어요. 우리 형수님한테."

아버지의 결혼 반대로 집안은 사달이 났다. 집에서 매일매일 뭔가가 부서지고 깨지고 천둥처럼 호통치는 소리가 들리고 형수님은 못 당할 꼴 당하고. 그래도 남의 집 귀한 딸인데 못 들을 소리 듣고.

"하여튼, 그때 일어났던 일을 다 요약하긴 힘든데…… 옆에서 보는 내가 죽을 것 같았음 말 다 한 건가? 형이랑 형수님 맘고생은?"

"……!"

"그때 일어난 갈등을 어쩌지 못하고 부자지간에 의절하는 걸 봤으니, 가족끼리 일어난 갈등에 내가 취약한 거고. 그때 형수님이 당했던 거 생각하니, 사랑하는 여자와의 결혼이란 건, 절대 못 할 것 같고. 그렇다고 아버지를 포기하기엔, 내가 건설에 욕심이 너무 많고."

답답해진 지혁이 다시 맥주 한 모금을 꿀꺽 삼켰다.

"다들 내가 삐뚤어졌다고 하는데, 그럼 어떻게 해야 제대로 사는 거지. 아버지가 정해 준 여자랑 살 부비면서 살면 되는 건가? 것까지 반항 안 하고, 순종적으로?"

새아는 조금 복잡해진 얼굴로 답했다.

"아니에요. 잘했어요."

그 말도, 지혁은 미안했다.

"……나한테 공감해 줄 줄 몰랐는데."

"안 그러려고 노력했죠. 후, 공감 요정이라."

"이해해 주지 마요, 나."

"왜요."

"그럼, 내가 너무 기대어 버릴 수도 있잖아."

조금 여려진 지혁의 목소리에 새아는 오히려 털털하게 말했다.

"안 아픈 사람이 어디 있어요, 현대인 중에. 아프니까 아는 거지. 너도 아프구나."

"……!"

"크면서 무조건적인 사랑을 받은 게 아니라서, 조건적인 사랑을 받아서, 자꾸만 인정받으려고 기를 쓰는 거지. 무언가를, 잘해 내려고."

그녀의 그 말에 지혁은 묘한 공명음을 들었다.

"누가?"

"내가."

"내 얘긴 줄 알았네."

아마도 그녀가 그렇게까지 일에 매달리는 이유도, 그것일 것이다. 조건적인 사랑에 길들여져서. 그 조건을 충족하려고.

"그래서 조건 없는 사랑을 꿈꾸는 거지. 한없이 무조건적인."

"사랑에 그렇게 당해 놓고."

"그러게나 말입니다."

이번엔 새아가 푸욱 한숨을 내쉬며 맥주를 한 모금 들이켰다. 그녀도 쉴 곳이 필요했다. 조건 없이 사랑해 주는 사람 곁에서, 그녀도 쉬어야 한다. 더 인정받으려고 아득바득 애쓰지 말고. 그냥, 그녀 자신 그대로.

"착하지 마요."

착하지도 말고, 나 이해해 주지도 말고, 그렇게 공감 요정 하지도 마요. 못 할 짓 한 건 난데, 것까지 이해해 주면 어떡해. 나보고 대체 어떡하라고.

"……나 안 착한데?"

"이쁘지도 마요."

"아직 이뻐 보이나 보지?"

또다시 권지혁, 이놈에게 두근거리고 싶지 않았지만…….

"안 그럴 수가 있나."

……안 그러기도 쉬운 일이 아니었다.

동시에 두 사람의 손이 맥주를 찾았다. 이런 말 하기 좀 그렇지만, 그 사달을 겪고도…… 아직 서로에게 끌리는 두 사람이었다.

지금 이 시간, 묘하게도 키스 타이밍이 찾아왔다. 두 사람 다 그걸 알고 있었다. 분위기에 끌려 버리기엔 술에 덜 취했지만, 괜스레 움찔거리게 된다. 이게 무슨 본능인지는 당최 모르겠다.

자꾸만 붉어지는 양 볼의 열감에 연신 손부채질을 하던 새아는 베란다 창문을 좀 열어야겠다며 일어나 딴청을 부렸고, 지혁은 이 맥주들 냉장고에 넣어 놔야겠다며 수선을 부렸다.

"둬요, 둬요. 남은 술 다 마셔 버리게."

새아가 다시 자리로 돌아오며 말했다.

"오늘 다요? 나 몇 시에 집에 갈까?"

"……한 시에."

그녀가 고개를 돌려 시계를 보자, 지혁은 선선히 고개를 끄덕였다.

"그때 대리 불러야겠다."

그렇게 한 잔 두 잔, 술잔이 넘어갔다. 술을 더 마셔도, 선을 넘지 않게 조심하면서. 이 움찔거림을 드러내지 않게, 부러 더욱 과한 액션들을 취하면서.

찰랑이는 맥주 캔에 담겨 목으로 넘어가는 건, 아직 두 사람 사이에 남아 있는 호감이었다.

25

혹시
저 S의 의미가?

디롱디롱- 영상통화가 걸려 왔다. 미순은 도수 있는 안경을 꺼내어 쓰고 액정을 멀찍이 바라보며 통화 수락을 눌렀다.

"엄마!"

"어머님, 안녕하세요!"

화면엔 서환과 손희가 옹기종기 모여 경쾌하게 손을 흔들고 있었다.

"잘 받지? 봐봐, 나도 화상통화 잘하잖아."

"엄마, 우리 결혼 안 시킬 거야?"

서환의 말에 미순이 살짝 성을 냈다.

"사부인이 먼저 못 시키겠다고 하는 거 못 들었어?"

"손희가 엄마 신앙에 따르겠대. 교주로 받들겠대."

"어머님! 이거 보세요! 맛있겠죠?"

둘의 미국 집, 작은 식탁 위에 찌개가 보글보글 뽀얀 김을 뿜어 내고 있었다. 나름 구색을 갖춘 오색 반찬에, 예쁜 공기에 올린 잡곡밥까지. 액정 너머로 건너오는 진한 한식 냄새에 미순의 표정이 조금씩 펴졌다.

"그래, 내가 진짜로 맨날 밥 차려 주래? 너희 건강 상할까 봐 하는 소리지."

"그럼 그 자리에서 그렇게 말하지."

"나도 원하는 거 하나는 주장해야 할 거 아니야. 그거 못 들어 줘?"

"알았어요. 그럼 결혼하는 거다!"

"칫, 안 할라 그랬어?"

"두 분 한복 맞춰야 하는데, 그죠."

"한복? 내가 봐 둔 데가 있는데?"

"아, 그래요? 오케이! 나머지 결혼 준비는 플래너랑 상의해서 할게요."

"여보세요, 여보세요?"

달칵— 미순은 불안정히게 끊긴 회면을 한번 쩨려보고는 말했디.

"결혼 준비를 으른이랑 상의해야지, 무슨 플래너랑 상의를 해."

오늘 새아의 일정은 매우 바빴다. 일단 아침, 꽃 도매 시장에 들러서 요새 무슨 꽃이 예쁜지, 푸른 수국의 가격대는 어느 정도 인지, 둘러보면서 시장 조사를 했다. 야외 웨딩 꽃 장식은 전문 플로리스트 담당이었지만, 그래도 시즌 트렌드를 알아야 좀 더 구체적인 꽃을 요청할 수 있고, 또 보내 준 견적이 합리적인지 알 수 있기 때문이었다.

샘플로 몇 개의 꽃다발을 구매하는 새아. 곧 그녀의 품이 엄청난 길이의 꽃다발로 가득 찼다. 도매용 꽃은 잘라 주지 않기 때문에, 이따가 꽃을 다듬는 것도 그녀의 몫이었다.

따라다니던 지혁이 그녀에게서 몇 개의 무거운 꽃다발을 받아들었다. 시키는 대로 그 꽃들을 트렁크에 차곡차곡 넣은 뒤, 다음 행선지로 향했다.

'우와, 여기 되게 예쁘네?'

새아가 점심으로 예약해 둔 레스토랑이 너무 예쁜 곳이라, 지혁은 내심 굉장히 놀랐다. 주택가를 개조한 레스토랑, 작은 마당 야외 테이블에 둘을 위한 자리가 고급스럽게 마련되어 있었다.

이건 진짜 빼박 데이트 각인데. 뭐야, 이제 나한테 여지 좀 주려는 거야? 지혁이 괜한 기대로 설레하고 있는데…… 새아는 지극히 사무적인 태도로 음식의 맛을 요목조목 분석하고 있었다.

"스테이크 굽기 어떤 것 같아요?"

"굽기요? 뭐, 좋은데."

"구체적으로 어떻게? 에이, 좋은 음식 많이 먹어 봤잖아요."

얼떨결에 나오는 메뉴마다 나름의 음식 평들을 하니 새아는 수첩에 그 피드백을 상세하게 적기까지 했다.

에엥? 뭐야?

알고 보니, 이곳 레스토랑에 결혼식의 출장 케이터링을 요청하려는 것이었다. 괜히 혼자만의 착각에 빠졌던 것 같아 지혁은 김이 빠졌다.

다음 새아의 발걸음이 향하는 곳은 백화점이었다. 단상 위에 놓을 캔들 홀더나 웨딩 관련 소품 등을 꼼꼼하게 살피면서 필요한 물건들의 품번을 적고 있었다.

이런 것까지 다 준비해야 돼? 이렇게 디테일한 것까지 결혼식에 정말 다 싸 들고 와야 한다더니, 장난 아니구나. 웨딩 플래너, 빡세네.

새아의 발걸음은 이제 혼수 코너 쪽을 향했다. 냄비와 식기, 커트러리, 이불, 커튼 등이 예쁘게 진열되어 있어 그야말로 신접살림 준비하기에 딱인 곳이었다.

"어? 이거 이쁘다!"

"난 별론데."

큼큼— 지혁은 이거저거 예쁘지 않냐고 쿡쿡 찔러댔지만, 새아는 끝끝내 철벽을 세웠다. 오늘따라 그녀는 지혁에게 자주 웃어 주지도 않았다. 교육생이라 어쩔 수 없이 달고 다니는 것이니, 열심히 따라다니면서 알아서 보고 배우라는 식이었다. 지혁은 남몰래 툴툴거렸다. 쳇쳇, 좀 친절하게 대해주면 어디가 덧나나.

분위기는 데이트 혹은 함께 신접살림 꾸리러 나온 예비 신혼부부 포스인데, 오늘 그녀에게는 아주아주 높은 담이 세워져 있었다. 틈을 보이면 능글한 지혁이 또 밀당을 칠까 봐, 부러 철벽을 치는 것이었다. 백화점 맨 위층에 올라가자 '혼수 가구 브랜드전' 옆 문화센터에서 클래스가 열리고 있었다. '스페셜 S 웨딩 클래스'라는 현수막을 걸고, 미리 예약한 신혼부부들을 안으로 들여보내는 중이었다.

"엇?! 참여왕에겐 드롱기 커피머신 증정?"

여기에 새아의 눈이 번쩍 떠졌다.

저, 저거 사십만 원 짜린데?

"……뭐하게요?"

드.롱.기. 세 글자에 새아의 얼굴이 전에 없이 환해졌다.

뭐, 뭐야, 불안하게.

"우리 과학자 부부 선물 주게요. 내가 랜선으로 보낸 제안을 믿고 나한테 맡겨 줬는데 저 정돈 선물하고 싶어서. 설마 참여왕, 저거 못 하겠어요?"

새아는 참가자 정리를 하고 있던 직원에게 조르르 다가가 물었다.

"클래스 예약을 미리 못 했는데, 혹시 오늘 신청해서 들어가도 돼요?"

직원은 잠시 리스트를 검토하고 말했다.

"네, 오늘 못 오신다고 급히 연락 주신 분들이 있어서요. 근데 신랑, 신부 동반으로만 참석 가능해요."

도, 동반이요? 새아가 옆에 있던 지혁에게로 잠시 시선을 돌리는 가운데,

"네, 같이 왔어요. 여기 이름 적으면 돼요?"

지혁은 이미 리스트에 인적 사항을 적고 사인까지 하고 있었다.

"이 옷으로 갈아입고 들어오시면 됩니다."

직원이 반팔 티셔츠와 반바지가 든 봉투를 각각 내밀자, 새아는 의아한 표정으로 물었다.

"에엥? 옷까지 갈아입어야 돼요?"

그때는 몰랐다. 이 웨딩 클래스가 어떤 성격의, 어떠한 가르침을 전하는 클래스인지.

♪♪

그 시각, 소울 회의실. 호랑이 새끼는 절대 안 키우겠다던 유준은 생각보다 열심히 다람에게 교육을 진행하는 중이었다.

"아직, 신부가 되어서 홀 상담 받아 본 적 없지?"

이에 다람의 고개가 절레절레 옆으로 돌아갔다.

"네? 네. 아직 결혼할 나이도 아니고."

"네가 신부라고 생각해 봐. 그럼 어떤 기준으로 홀을 선정할 것

같은지."

"이쁘고, 사진 잘 나오는데?"

"로안 정도면, 결혼식에 억대 지출하는 신랑, 신부들이 올 거야. 그럼 뭘 강조해야 할 것 같아?"

"우린 차별화된 공간이다, 엄청나게 고급 자재를 썼다, 여기서 대한민국 일 퍼센트의 결혼식이 이뤄질 거다?"

이번엔 유준의 고개가 옆으로 돌아갔다.

"틀린 말은 아닌데, 포인트가 좀 달라. 돈 많은 VIP 고객들은 어떤 성향을 가졌을 것 같아?"

"음, 자그만 거 가지고 신경질적이고 예민하고 트집 잡고 갑질하고?"

보통 드라마 보면 그러던데. 그게 상류층에 대한 다람의 고정관념이었다.

"아니, 생각보다 안 그래. 대접받는 게 익숙하긴 한데, 그걸 자기가 챙기는 게 아니라 남들이 다 챙겨 줘. 친절한 세상만 보고 자라서 오히려 사람이 더 나이스하고 잘해 주면 고마워할 줄도 알아. 반대가 문제야."

"그래요?"

"그런 고객들 있어. 자기가 챙겨 받아야 할 것에서 누락 된 건 없나, 왜 나는 더 안 챙겨 줄까, 나에게 불친절하진 않나, 내가 없어 보이진 않나. 일단 피해자 마인드고, 그런 사람들이 더 있어 보이는 거, 화려한 거에 집착해."

다람은 고개를 끄덕이며 유준의 말을 열심히 노트에 적었다.

"그런 고객들이 무리해서 로안에 오려고 할 때는, 화려한 외양, 고급스러운 결혼식, 하객에게 보여지는 이미지 등을 강조해도 좋아. 하지만 진짜 VIP들은 이미 이 식장을 알아본 사람들이야. 그런 사람들에겐 프라이빗하고, 동시 예식으로 모두가 앉아 있는 가운데 차분하고 안정적인 결혼식을 할 수 있다는 점을 강조해야 돼. 돈 많은 사람, 없는 사람 차별하는 게 아니고, 로안은 특히 더 그렇다고."

사실, 이게 웨딩 플래너로서 실제로 겪으며 배운 사실이었다. 돈 많은 상류층에게 갑질 당하는 것보다, 각박한 사정의 예비부부들에게 당한 갑질이 더 많았다. 그들이 더 까다롭고, 맞춰 주기 힘든 고객들이었다.

그래서 차라리 유준은 VIP 고객이 편했다. 그들이 더 고맙다는 인사도 잘하고, 예쁜 말도 많이 해, 오히려 하나라도 더 챙겨 주고 싶은 마음을 갖게 했다. 그도 풍요롭게 자란 건 아니었지만, 그런 매너들은 간접적으로나마 보고 배워야겠다고 생각했다. 재정적 여유에서 나오는 관대함, 너무 돈에 너무 얽매이지 않고 진짜로 가치 있는 상품을 선택하는 안목들을.

"신랑, 신부들이 어떤 잣대로 웨딩홀 선택하는지, 직접 체험하는 것보다 빠른 건 없어. 오늘 너는 신부, 니는 플래너로 여기 웨딩홀 상담하러 갈 거야."

강남의 다른 웨딩홀들이 어떻게 상담을 하는지, 직접 보고 배우려는 것이었다.

"네? 식장 보러 간다고요?"

"그럼, 로드뷰로 볼까?"

다람은 민망한 듯 제 손거울을 꺼내어, 앞머리를 다듬었다.

"근데 신부라기엔 제가 좀 어려 보이진 않나요?"

"그거야, 좀 꾸미면 되지."

여기서 헤어스타일 좀 바꾸고 메이크업 다시 하면 이보단 나이
들어 보일 거야.

"얘 좀 들어 보이게 부탁해."

유준이 다른 팀원에게 그녀의 메이크오버를 부탁했다. 다람은
수줍게 그 직원을 따라가더니…… 잠시 후,

"……이건 좀 과한데?"

진짜로 너무 나이 들어 보이게 꾸미고 나왔다. 다람의 귀여움을
숨기려고, 지나치게 성숙함을 강조했달까.

"왜 애를 구십 년대 엄정화로 만들어 놨어?"

♪

클래스가 열리는 백화점 문화센터 안에는 요가나 필라테스를
가르치는 곳처럼 매트가 깔려 있었다. 그리고 그 매트 위에 클래
스를 신청한 신혼부부들이 앉아 살짝씩 몸을 풀며 강사의 등장을
기다리고 있었다.

원래 웨딩 클래스 하면…… 결혼 후에 어떻게 가사 분담을 하면 좋은지, 싸우지 않는 부부 대화법이라든지, 뭐 그런 거 알려 주고 그러는데. 흐음, 이 분위기는 뭐지? 여기서 단체 체육대회라도 열리나?

그렇게 반팔 티셔츠로 갈아입고 나온 새아와 지혁이 매트 위에 앉았다. 오늘 '참여왕'을 목표로 하고 있으니, 새아는 지혁을 끌고서 강사의 눈에 띄기 좋은 한가운데 자리에 앉았다.

"오늘 여기 오신 여러분, 다들 신혼부부 맞으시죠?"

곧, 중년의 한 남자가 마이크를 들고 쫄쫄이를 입은 채 등장했다.

"네에!"

묘하게 사짜 분위기가 감지되었지만, 옆에 앉아 있는 커플들의 표정이 하도 충성스러워 보여 일단 넘어가 보기로 한다.

"자, 여기까지 오신 이상 부끄러움과 수줍음은 안드로메다로 날려 주세요. 다들 참여 잘해 주실 거죠?"

"눼에에에!"

이에 가장 적극적으로 우렁찬 기세로 대답하는 사람은 바로 새아. 지혁은 그런 그녀가 아주 조금 부끄러워질 뻔했다.

"아유, 가운데 우리 여자분. 제일 힘차네요."

"꼭! 참여왕! 하고 싶습니다!"

"그럼, 우리 신혼부부들을 위한 특별한 강의, 시작하겠습니다."

새아의 두 눈에서 스타워즈의 광선검처럼 아주아주 강력한 열정 레이저가 뿜어져 나오고 있었다.

"요새 신혼부부들이 왜 임신이 안 될까? 환경 호르몬에 노출돼, 신랑들은 술, 담배 많이 해, 맞벌이에. 힘들어. 이유는 많아요. 근데 인공수정, 시험관은 또 쉽냔 말이야. 확률도 낮고, 병원에서 자꾸 오라 가라 그러고. 것도 돈 잔치예요. 결국 가장 다이렉트한 게 자연 임신이다……!"

어쩐지 강사님의 인트로가 뭔가 좀 선을 넘는다.

"오늘은 자연 임신을 원하는 신혼부부를 위해!"

네에? 뭐라고요? 뭐, 뭐 가르칠 건데요?

순간, 지혁과 새아의 눈이 동시에 맞닿았다.

"이거 혹시……?"

혹시, 저 현수막에 걸린 S의 의미가? 뚜둥?!

26

당신이라면……
같이 살아 보고 싶다

"오늘은 자연 임신을 원하는 신혼부부를 위해!"

"……!"

"코어 근육 단련에 좋은 호흡법을 가르쳐 주겠습니다."

호흡법? 후우— 다행이네. 그 정도야, 뭐 따라 할 수 있지. S가 요망진 단어의 첫 글자인 줄 알고 깜짝 놀랐던 지혁과 새아가 훅— 하고 가슴을 쓸어내렸다.

난 또, 뭐 이상한 거 가르치는 줄 알았네.

"두 분, 양손 마주 잡으세요."

헉?! 손을 잡으라고요?

옆에 있던 부부들이 정다운 얼굴로 척척척 서로의 손을 맞잡고 있는데…… 누구보다도 뻘쭘해진 건 새아였다.

내가 왜 이 남자 손을 잡아. 오늘 하루 권지혁한테 제대로 철벽 쳤다고 생각했는데, 이게 또 무슨 꼴이야.

"아니, 왜 갑자기 신랑 행세를 했어요?"

"아니, 자기가 드롱기 타 가겠다며?"

새아와 지혁이 서로의 옆구리를 쿡쿡 찔러대며 목소리를 낮춰 티격태격하고 있는 가운데, 강사님이 둘을 콕 짚어 지적했다.

"거기, 참여왕 지망생! 손 잡으셔야죠."

어쩔 수 없다. 울며 겨자 먹기로 서로의 손을 잡고 얼굴을 마주 보는 수밖에. 그와 눈이 마주치자 새아는 진짜 민망하고 어색해 등줄기에 식은땀이 흘렀다. 이씨, 이씨, 여긴 괜히 들어왔어.

"자, 이번엔 서로의 배에 손을 대 보세요. 복식 호흡 잘하고 있는지, 체크."

아이고, 이것도 좀 그런데. 주변 부부들은 다들 자연스러운데 둘만 연애 한 번도 안 해 본 중학생들처럼 쭈뼛쭈뼛 대며 몸을 꼬고 있었다. 이런 소극적인 자세론 이미 참여왕은 물 건너갔다고 봐야 한다.

"자, 이번엔 스트레칭 들어가겠습니다. 다리 벌리고! 그렇게 벌려서 되나! 쫙 벌리고! 서로 손을 당겨 주세요."

우헝헝 우헝헝. 저희는 전혀 그런 사이가 아니랍니다.

"거기 참여왕 지망생! 그렇게 해서 오늘 선물 받아 가겠어요?"

같이 양다리 쩍벌을 하고 손을 잡아 몸을 당겨야 하는데, 그런데, 나 정말 너무너무 민망합니다. 이거 진짜 못 하겠어요.

"둘이 어제 싸웠구나? 오늘 화해해, 얼른!"

엄격하신 우리 강사님은 아예 두 지진아 곁으로 와서 직접 다리를 찢어 주고, 손을 잡게 하고, 허리까지 꾹꾹 눌러 주고 있었다.

"걱정 마요. 내가 아기 울음소리 듣게 해 줄게! 자! 더 벌려서! 스트레칭! 아자! 깊게! 응애!"

그렇게 강사님이 시키는 대로 고개를 숙이자. 지혁의 얼굴이 옆으로 훅- 하고 가까워졌다. 순간, 귀부터 시작해 옆 볼, 어깨까지 순간 소름이 다 돋았다. 예상치도 못하게 다른 사람과 훅- 가까워졌을 때, 온몸에 퍼지는 간질간질한 닭살 같은 것이었다.

으형형- 나 이 사람한테 그런 거 느끼기 싫어효오. 가, 간지럽단 말이에요.

"자, 이번엔 몸을 오른쪽으로 기울입니다. 쭈우욱-"

이번엔, 새아의 얼굴이 지혁의 옆으로 딱 붙었다. 지혁 역시 민망해 미칠 것 같은 건 마찬가지였다.

이렇게 끈적한 자세를 집중적으로 시키는 클래스인 걸 알았다면, 내가 신청을 안 했……, 그래도 하길 잘했나? 아니야, 이건 너무 민망하잖아.

어느새 점점 더 커플 요가의 난이도가 높아지고 있었다. 생각보다 둘이 함께 손을 잡고 균형을 맞춰야 하는 자세가 많았다. 내 몸의 중심을 그에게 의지하고, 그 역시 내 균형을 함께 잡아 주는,

그런 부끄럽고 민망한 자세들.

다들 사심 없이, 강사님이 시키는 자세를 잘도 하는데, 새아와 지혁은 몸이 가까워질수록 얼굴만 벌게진 채 중심을 못 잡고 와당탕 무너져 바닥에 뒹굴기 일쑤였다.

이번엔 엎드린 지혁의 등에 온몸을 밀착하고 엎드려, 양손을 쭈욱 뻗는 자세였다. 이, 이거 타이타닉도 아니고, 나만 민망해?

"자, 얼른 자세 제대로 못 잡아요?"

강사님의 채근에 어쩔 수 없이 그 위로 올라가자 이마에서 식은땀이 삐질삐질 솟아 나왔다.

그렇게 몸을 밀착하자, 정말로 그러고 싶지는 않았지만…… 지혁과 급작스럽게 가까워졌던 순간들이 스쳐 지나갔다.

맨 처음, 그가 우리 집 담벼락 앞에서 내게 키스했을 때. 현관 앞, 둘 다 물에 잔뜩 젖어 아슬아슬한 분위기로 서로의 맥박을 재어 보았을 때. 로안, 스프링클러 아래서, 될 대로 되라 식으로 키스해 버렸던 그때가.

으으으, 이러고 싶지 않다. 다시 떠올리기도 싫었던 그때가 왜 이렇게 줄줄줄 떠오르는 거냐고. 이런 못된 스킨십 같으니.

어제 우리 집에서 함께 술을 마실 때 느꼈던 묘한 이끌림의 기운이, 다시금 둘 사이를 하나로 묶어 리본으로 매듭짓는 느낌이었다.

우리의 이 쫄쫄이 강사님은 자그마치 한 시간 동안이나 이런 커플 요가 밀착 자세들을 빡세게 트레이닝 시켰다. 정말 예비부부라면 아무렇지 않을 동작이었지만, 몸치급으로 동작을 못 따라 하던 둘은 강사님께 몇 번이고 꾸지람 아닌 꾸지람을 들어야 했다.

♪♩

유준과 다람이 도착한 곳은 강남의 한 신상 웨딩홀. 요새 신랑, 신부들에게 내년까지 날짜가 없어서 못 잡는다는 핫한 곳이었다.

안내에 따라 예약실로 향하던 중,

"혹시, 신부님?"

직원의 평범한 부름에도 다람은 움찔했다.

왜요, 나 언더커버인 거 티 나요? 이거 화장을 너무 노티 나게 한 거 아니야?

"플래너 끼셨어요?"

"……왜요?"

"저희가 자체 컨설팅이 있어서, 이미 플래너 계약하셨으면 상담이 안 되세요. 최근에 정책이 바뀌어서."

아아, 그래요? 미처 그 사실까진 파악하지 못했던 유준이었다.

그가 살짝 낭패라는 표정을 짓는 가운데,

"아, 네. 문제없네요."

다람은 해사한 반달 눈웃음을 지으며 유준의 팔짱을 꼈다.

"들어가자, 오빠."

오히려 유준이 다람에게 이끌려 예약실로 끌려 들어가는 모양

새였다.

이, 이 꼬맹이 여, 연기 잘하네.

♪

클래스에 참여했던 예비부부들은 훨씬 더 다정해져서 밖으로
나오고 있었다. 심지어 몇몇 커플은 커피머신부터 락앤락 세트,
냄비 세트, 전자시계 등 나름의 선물까지 야무지게 챙겨 방글방글
웃고 있는데…… 새아와 지혁의 손에 들려 달랑거리는 건, 커플
양말 한 세트였다. 그냥 모든 참가자한테 주는 선물, 그게 다였다.

뜻밖의 강제 밀착 스킨십에 둘은 한동안 서로 눈도 제대로 마주
치지 못했다. 무슨 말을 꺼내야 할지도 모를 만큼 너무 민망해서.
모든 게 그저 난감하고, 어색하고, 뻘쭘해서.

"……사제지간에 지켜야 할 선이 있는데, 말이죠?"

한참의 머뭇거림 끝에 지혁이 꺼낸 몇 마디였다.

"뭐, 교육생이, 교육받은 거잖아요?"

새아는 애써 그렇게 웃으며 무마하려고 했지만,

"그럼, 일지에 써도 되나?"

그 말엔 펄쩍 뛸 수밖에 없었다.

"아, 아뇨오오? 뭐라고 쓰게요."

백화점에서 하는 문화센터 특강, 스페셜 S 클래스에 참여했는
데, 그 S의 의미가, 그 의미가, 하아. 사수와 함께 다양한 체위,

아니 자세로 밀착해 코어 근육을 단련했다, 그렇게 쓰게요? 안 될 일입니다. 끄으응—

"오늘은 여기서 퇴근하시죠? 갈게요."

민망한 마음에 지혁에게 대충 이별을 고하고 백화점 에스컬레이터를 타고 내려가려는데,

"뭐예요?"

그가 자꾸 졸졸졸 옆을 따라오기 시작한다. 찌릿해진 눈빛으로 그를 보면, 나도 여기가 갈 길이라는 듯 뻔뻔한 표정을 짓다가 새 아가 발걸음을 옮기는 그대로 졸졸졸 따라온다.

"왜 자꾸 따라와요?"

"데려다주려고."

"필요 없거든요?"

"아잇, 제자가 스승님 모시겠다는데."

핫, 참내, 핑계도 다양하시지. 그러나 결국은 어떻게 뭉개고 비벼 새아를 집 앞까지 데려다 놓고 마는 지혁이었다.

"……이제 가세요. 내일 봐요."

"나, 배고픈데."

"어쩌라고요?"

"스승님이 밥도 안 먹여서 보내나?"

"집에 밥 없어요."

"……시켜 먹을까요?"

그렇게, 지혁은 끝끝내 새아의 집으로 쳐들어갔다.

오늘 너무 밀착해 버린 것에 대한 민망함 때문인지 그렇게 따라 붙는 그를 제대로 떨쳐 내지도 못하는 새아였다.

♪♪

배달 음식이 도착하고, 새아와 지혁은 다시 소파 탁자를 가운데 두고 마주 앉았다.

늦게까지 함께 술을 마셨던, 어제처럼.

"······스승님은, 아직도 나 대하기 불편하죠?"

물론이다. 불편한 사이에, 오늘 그렇게 밀착까지 했으니.

"응, 알면 이제 그만 너희 회사로 꺼져 줄래요?"

"우리, 다시 친해지면 안 되나?"

"우리가 친했었다고 표현을 하나?"

"급격히 가까워지긴 했었죠?"

"그때 생각은 하기도 싫어요, 뭐에 홀렸었지. 진짜."

새아는 부러 더더욱 콧김을 흥흥– 내뿜었다.

하아, 우리 이제 그때 얘긴 안 하면 안 될까. 매번 민망해 죽겠네. 진짜.

이에 지혁은 다소 진중한 표정으로 소주 한 잔을 또르르– 따르며 말했다.

"이 잔은 망각의 술이에요."

엥? 이건 또 무슨 수작이야?

"망각하게 해 주지. 뭘 잊고 싶어요?"

"……오늘 있었던 일부터?"

"밀착, 했던 거?"

하아, 민망하다. 진짜. 새아는 그 잔을 꿀떡 넘기고서 손등으로 입가를 닦았다.

"이제 기억 안 남!"

지혁은 다시 소주 한 잔을 또르르 따랐다.

"또 잊고 싶은 건 없어요?"

"그러고 보니 많네."

"키스했던, 순간들?!"

"흥! 것도 잊자!"

새아는 이제 그 일은 다시 떠올리기도 싫다는 듯, 고개를 부르르 떨고는 다시금 원샷을 했다.

"이제 내가 잊을 차례네. 음…… 저 순간?"

또르르 술을 따르던 지혁이, 문득, 벽에 붙어 있던 사진 한 장을 가리키며 말했다.

예찬이 찍어 준 사진이었다. 그녀가 드레스를 입고서, 여신처럼 있는 그 사진. 그…… 인생 사진.

"이게 잊는다고 잊힐까 모르겠네. 그래도 원샷!"

지혁이 소주 한 잔을 꿀떡— 넘기고는, 조금 슬퍼진 표정으로 바닥을 바라보았다.

"내가 딴 여자한테 장가가려고 했던 순간도 잊어요. 그건, 내가 마셔 줄게."

다시 술 한 잔을 조르르 따르더니, 고개를 훅- 꺾어 원샷을 하는 지혁. 그 목 넘김을 따라서 복숭아씨만 한 그의 목울대가 크게 움직인다. 이에 목덜미의 핏대도 살짝- 윤곽을 보이며 존재감을 드러낸다. 곧 촉촉해진 입가를 손등으로 닦는 지혁.

"다 잊음, 뭐하게요?"

이에 새아는 다소 묘해진 목소리로 물었다.

"다 잊음, 새로 시작할 수 있나 해서."

이, 이 자식이 여기서 또 수작을 부리네? 그런데, 이게 다 수작인 걸 아는데도…… 이 밀당 고수의 술수인 걸 아는데도…… 그래도 쿵쿵쿵- 심장이 뛴다. 또다시.

"이제 이건 진실의 술이에요."

투명하게 채워지는 소주잔에, 새아는 고개를 옆으로 확 돌렸다.

"싫어, 안 마셔."

"내가 마실 건데."

"지혁 씨도 마시지 마."

"외면하고 싶은 진실이 뭔데."

새아는 잠시 고민을 하다가, 술잔을 들어 아주 조금 입술을 적셨다.

"나는, 아직도, 당신이 싫다."

"어? 반대로 말하는 술인가."

지혁이 그 잔을 빼앗아 반쯤 마셔 보더니,

"나는, 아직도 당신이 좋다. 아닌데, 진실의 술 맞는데."

그렇게 너스레인지 고백인지, 알 수 없는 말을 던진다. 그녀의 가슴에 두웅— 하는 파동이 울렸다.

"……그만 마셔요."

싱숭생숭해진 새아가 살짝 일어나 그 잔을 뺏으려 했다. 지혁은 그 손길을 피해 한 모금을 더 마시더니 말했다.

"당신이라면, ……같이 살아 보고 싶다."

일순, 새아의 흔들리던 동공이 시간이 멈춘 듯 정지해 버렸다.

이건…… 고백이었다. 너스레도, 장난도 섞여 있지 않은 진지한 고백.

그리고 지혁은 잔을 마저 모두 비우고는 말했다.

"당신 곁에서…… 행복하고 싶다."

시곗바늘의 초침마저 멈춘 듯한 순간이었다.

27

너무 좋다~
우리 같이 살아요!

그런 순간이 있다. 전혀 예상치도 못하게 훅- 하고 진심이 터져 나올 때. 입도 머리도 이성의 통제를 벗어나, 내가 왜 그 말을 하고 있는지 알 수가 없을 때.

"당신이라면…… 같이 살아 보고 싶다."

두뇌를 거치지 않고 가슴에서 튀어나와 버린 말이었다.

"당신 곁에서…… 행복하고 싶다."

나도 미처 몰랐던 진심이었다. 아마도 그녀를 보고 겪으며 자꾸만 깊어지는 마음이, 머릿속 계산도 거치지 않고 조급하게 툭- 나와 버린 것이다.

살아왔던 삼십몇 년간, 이렇게나 계산도 계획도 없이, 마음 가는 대로 고백해 버린 건 진짜 처음이었다. 심장이 쿵쾅거렸다. 고백을, 해 버리다니. 그녀한테, 이렇게나 충동적으로.

그러나,

"……보통 여자들은, 이렇게 하면 넘어오나 보죠?"

그녀의 반응이 예상한 것과 조금 달랐다.

"같이 살고 싶다, 가 아니라 살아 보고 싶다아?"

어, 어? 거기에 조금 핀트가 상했나 보다.

"아, 그 말뜻은……"

"그럼 여자들이 네! 같이 살아용! 그러나?"

미간을 잔뜩 찡그린 새아의 뻐딱한 반응에 지혁은 조금 당황했다.

"아, 아니 그게 아니라."

어떻게든 상황을 수습해 보려 했지만, 이미 그녀의 얼굴에 알 수 없는 분노가 그득그득 차오르고 있었다.

"어머, 그러네. 너무 좋다~ 우리 같이 살아요!"

이, 이건 누가 들어도 반어법이잖아.

"아, 뭐부터 하지? 저 침대부터 더블로 바꿀까? 슬리퍼 두 켤레, 칫솔 두 개, 샤워 가운 두 벌, 그리고 아, 속옷도 갖다 놔야지. 삼각 입나, 사각 입나? 잠깐, 우리 재벌 이세께서 이렇게 누추한 데 같이 사실 수가 있나. 어느 집으로 합칠까요? 지혁 씨네 집? 그래요, 내가 행복하게 해 줄 테니까, 같이 살아요!"

다다다 열심히 떠드는 새아의 눈빛이 뭔가 기괴하고 섬뜩했다.

"왜, 왜 그래요. 취했어요?"

"왜 그러긴, 당신이 먹였잖아. 진실의 술!"

열불이 솟는다는 듯, 새아는 소주를 아예 병째 탈탈 털어 넣었다.

"권지혁 씨? 내가 그때 레스토랑에서 왜 뛰쳐나왔는지, 알아 몰라?"

"……?!"

"나는 느꼈지. 비가 철철 오는 그날에도 아주 강력하게 불어오는 그 바람 냄새를. 내가 이 나이 먹도록 그 냄새도 못 맡을까? 만날 땐 너무 황홀하게 잘해 줘. 이쁘다, 착하다, 온갖 말은 다 갖다 붙이면서. 막 슈렉 고양이처럼 눈을 그렁그렁하게 뜨고, 나 차지 말아요, 그래 놓고, 돌아서면 연락이 안 돼. 띄엄띄엄, 사람 불안하게. 그게 무슨 신호겠어?"

"저, 저기, 새아 씨. 갑자기 왜 그렇게 화가 난 건진 모르겠는데……."

"당해 본 여자는 알죠. 남자가 여자 꼬실 때 얼─마나 뻐꾸기를 많이 날리는지, 얼─마나 아무 말 대잔치를 많이 하는지."

새아의 두 눈에 용암과 같은 뜨거운 울화가 가득 차올랐다. 지금껏 스쳤던 다른 남자들에게 쌓인 분노도 함께였다.

대학교 때 만났던 남자는 그랬다. 맨날 부모님 언제 보여 줄 거냐고, 나 같은 여잔 데리고 살아야 한다고, 나 언제 인사 가면 되냐고. 하도 그렇게 맨날 보채길래 아주아주 어렵게 엄마랑 남친이랑 같이 밥 먹는 약속을 잡았더니, 갑자기 '내가 너희 집에 왜 가?' 그렇게 태도 돌변을 하셨었다. 하아, 또 속이 타네. 남자의 뻐꾸기란 그런 거였다. 그냥 생각 없이 날린 뻐꾸기에 나 혼자만 진지했던 거야. 급기야 이런 내가 부담스럽다고 떠난 그 남자. 그땐 뭘 몰라 제대로 묻지도 따지지도 못하고 이별을 맞았다.

어디 홍천쯤인가에서 공보의(공중보건의사) 하고 있던 그 남자. 한창 나이에 시골에 짱 박힌 게 억울한 만큼, 주말엔 서울 나와서 죽어라 놀고 가시던 그분도 그랬다. '난 어렸을 때부터, 결혼을 빨리 하고 싶었어요.' 내가 또 그 말에 헛물을 켰지 뭐야? 의사들은 한가한 공보의 시절에 장가 많이 간다 그래서, 나를 구체적인 신부 후보로 생각하나 했더니, 뭐어어? 바빠서 안 되겠다고? 부대에서 감기 환자 좀 받다가, 조금 심각해 보이면 큰 병원으로 보내는 게 다면서, 나를 차? 이 멀쩡한 민간인을?

"그래서, 나는 당신 말 안 믿어. 나랑 살고 싶어? 아니, 그건 지금 꼬시고 싶다는 뜻이겠지. 같이 살아 보고 싶다는 게 무슨 뜻이야? 나랑 동거 몇 년 하다가 튈 거란 소리야? 그렇게 남의 혼삿길 막겠다고? 미래에 대한 그 어떤 약속도 없이, 내 옆에서 청춘의 단물만 쪽쪽 빨아먹다가, 늙으면 치워 버리겠다는 뜻이야, 뭐야?"

점점 집어져 가는 새아의 그라데이션 분노에 지혁은 당황해 말을 버벅거렸다.

"내 말은, 그 말뜻이 아니고……."

"아니겠지! 지금 꼬셔 보려고 어떻게 어떻게 나온 말이겠지! 야,
너, 나랑 결혼할 거니?"

"네?"

"안 할 거잖아아아!"

"아니, 그게……."

물론, 지혁은 억울할 수 있다. 남자는 모른다. 지금 자기가 하
고 있는 말이 뻐꾸기임을. 그러나, 나는 안다. 남자의 이 말이 모
두 변할 거라는 걸. 지금은 같이 살고 싶다고, 마치 오래오래 옆에
서 행복하게 살고 싶다는 뉘앙스로 말하지만, 그 말은 곧 뒤집힌
다. 마치, 언제 그랬냐는 듯 오히려 나에게 면박을 줄 거다. 어떻
게 하면? 내가 결혼에 대해서 구체적으로 얘기만 하려고 하면.

새아는 갑자기 책장으로 가더니 여러 개의 파일을 뒤져 혼인 서
약서 샘플을 찾아 꺼냈다.

"너 이리 와 봐, 너 이거 읽어 봐."

에에엥? 갑자기 무슨, 혼인 서약서를 읽어요? 지혁이 주춤하자
새아는 아예 강시 부적처럼 그 종이를 그의 이마에 갖다 붙였다.
얼떨결에 서약서를 받아 들자, 딱 보기에도 몇 개의 단어들이 공
포스럽게 몸집을 불리며, 위협적으로 흔들리고 있었다.

평생, 약속, 맹세, 서약…….

지혁의 눈에 격한 동공 지진이 일었다. 마치 뱀파이어에게 십자
가라도 갖다 댄 듯한 그 반응에, 새아는 확신했다.

"야, 너 나한테 진심 없는 거 알아."

"······약속을 못 한다는 뜻이, 진심이 없단 뜻은 아니죠."

"책임감이 없단 건 확실하지. '가정을 꾸린다.' 이 말이 너한테 좋게 들려, 끔찍하게 들려? 소름 끼치지? 막, 진절머리가 날라 그러지? 너 그런 말로 묶이는 거, 극혐하잖아. 근데 여잔 좋아. 남자가 좋은 건 아니야. 그러니까, 어떻게든 한번 꼬셔 보려고 고딴 소리가 나오는 거 아니야?! 당신, 분명 뭔가 꼬였어. 그 속에 상식과 다른, 뭔가가 있어."

그 말에 지혁은 눈앞의 혼인 서약서를 다시 읽어 보았다.

'나 신랑 ○○○은 신부 ○○○을 아내로 맞아 언제나 온유하게 바라보며 뜨겁게 사랑하고 평생 함께하며 아플 때 아픔을 같이 나눠 없애고 기쁠 때 기쁨을 함께하며 언제나 같은 곳을 바라볼 것을 약속하며, 같은 자리에서 평생 한 여자를 사랑하는 남편이 될 것을 맹세합니다.'

어떻게 보면 간단한 말이었지만, 지혁에게는 모두 불쾌감이 드는 말들뿐이었다. 결국 그도 목소리를 높였다.

"어차피 변할 맹세를 하는 게 무슨 의미가 있지?"

가장 화나는 게 저 맹세란 단어다.

"고작 십 년도 못 살 거면서 천년만년 해로하겠다는 맹세는 왜 하고! 절대 안 변한단 소리는 왜 하고! 이혼은 왜 해?! 그럴 거면 약속을 하지 말지, 뭣하러 변할 약속을 해?"

이 말에 새아의 눈엔 더더욱 시퍼런 불이 올랐다.

"그래서! 약속 못 하겠다는 남자, 나도 필요 없어요! 나는 당신

같이 지금 백이었다가 나중에 빵 되는 남자 말고, 지금 팔십이어도 끝까지 팔십 갈 남자 만날 거라고요!"

"이렇게 결혼 갖고 부담을 주고 집착을 하니까 남자들이 학을 떼면서 떠나지!"

"뭐요오오?"

"초장부터 '결혼할 거 아니면 꺼져요!' 그러면 옆에 누가 붙어 있나?"

"초장부터 싹수가 없으면 거르는 게 낫지? 뭣하러 정성을 쏟아? 그러다 나이만 먹게?"

"그러다 평생 아무도 옆에 못 잡아 두고 늙어 죽을걸? 같이 살자고 할 만큼 나를 좋아하는 남자 있을 때 받아줄걸, 하고 후회하면서?"

"꺼져, 안 꺼져? 맞고 꺼질래, 그냥 꺼질래?"

새아는 급기야 두리번거리며 슬리퍼 같은 걸 찾기 시작했다.

"갈 거야, 늦었어! 카카오 대리 좀 잡고!"

"나가서 잡아 인마!"

결국, 둘이 이렇게 야밤에 대판 붙고 말았다.

"학을 떼? 내가 네놈한테 학을 뗀다, 진짜! 결혼에 집착하다가 내가 혼자 늙어 죽어? 혼자 늙어 죽는 건 당신이야! 주변에 관 짜 줄 사람도 없이 고독사로 쥐도 새도 모르게 영면할 사람, 네놈이라고! 웨딩엔 셀프가 있어도, 장례엔 셀프가 없거든! 가서 묘지나 알아보셔!"

그녀는 슬리퍼를 이리저리 허공에 마구 휘두르며 지혁을 쫓아 냈고, 그 역시도 화가 나 쾅− 문을 닫고 그 집을 나와 버렸다. 어떻게 보면, 새아는 참으로 일관적이었다. 맨 처음 만났을 때부터, 결혼할 남자 아니면 안 만날 거라고, 괜한 데 힘 쏟기 싫다고 했었다.

그걸 알기에, 식식대면서 쿵쾅쿵쾅 그 집을 나오던 지혁의 발걸음에도 점차 힘이 빠졌다. 당신이 좋단 그 말에, 같이 살아 보고 싶다는 그 말에, 미래에 대한 약속이 쏙 빠져 있다는 걸 그녀가 눈치챈 것이었다.

그녀가 지적하기 전엔, 나도 몰랐다. 이게 그렇게 무책임한 말임을. 정말로 그녀를 좋아하기에 했던 고백이었는데, 그녀가 이렇게나 날을 세울 줄도 몰랐다. 열나고 속 타는 마음을 견디지 못해 발걸음이 절로 포장마차로 향했다.

"넌 어떻게 했냐?"

그리고 상후를 불렀다. 나 고백했다 차였는데 같이 술 좀 마셔 달라고.

"뭐, 나 결혼 어떻게 했냐고? 네가 사회 봤잖아. 새로 시작히는 두 사람의 힘찬 발걸음을 박수로 응원합니다! 네가 그랬잖아?"

의리 있게도 그가 등장해 주었다. 무릎 나온 추리닝에 삼디다스

슬리퍼 차림이었지만, 유부남이 이 시간에 여기 나와 준 것만 해도 감사한 일이었다.

"그때, 맹세 같은 것도 했었나?"

"직접은 안 했지. 주례 선생님이 검은 머리 파뿌리 뭐 그런 대사할 때 '넵!' 하긴 했었지. 그럼 거기다가 '노!' 하냐?"

"아니, 어떻게 하면 지금 사랑이 평생 갈 거라고 확신을 해?"

"안 그런 결혼도 있냐?"

"……!"

"이거 이상한 새끼네?"

……내가 그렇게 이상한 놈이야? 지혁은 더더욱 참담한 기분으로 소주를 들이켰다. 그녀가 그랬었다. 분명, 내 속에 디디 꼬인 게 있다고. 내 안에 상식과 다른 뭔가가 있다고.

그 정체가 뭘까. 대체 왜 혼인 서약서의 몇 글자에도 이렇게 불쾌감이 드는 걸까. 아마, 그 기억 때문이 아닐까.

"우리 아버지가, 왜 로안 세웠는지 알지?"

"본인 새 장가 드시려고? 내가 그 결혼식 갔었잖냐. 고딩 때."

"그게, 몇 번째 엄마였는지 아냐?"

"세면 기억나?"

"……안 나."

특히, 그 여자. 나 초등학교 다닐 때 육 년을 '엄마, 엄마.' 하면서 따랐던, 그 여자. 내가 중학교 들어갈 때쯤, 트렁크에 짐 싸서 나가길래 그 여잘 잡았지. 엄마, 어디 가냐고. 그때 그러더라. '누가 네 엄마야.' 중학교 때 엄마 다르고, 고등학교 때 엄마 달랐으니까, 아버지가 새장가 들 때마다 식장에 울려 퍼지는 주례 선생님 말씀, 혼인 서약, 그런 게 나한테 얼마나 우습게 들렸겠냐. 아주 환멸스럽지.

"근데, 왜 너도 아버지랑 똑같이 살 거라고 생각해?"

상후가 뜻밖의 얘기를 했다.

"회사 하면서 아버지 닮았단 소린 그렇게 싫어하면서, 그런 건 또 회장님 닮으려고? 그대로 살려고? 넌 다른 인생을 살아. 제대로 된 여자 만나서."

"……!"

그의 말엔 틀린 게 없었다.

"……그럼, 아버지가 바뀌나?"

그렇다고 결혼에 대한 생각이 바뀌는 건 아니었다. 특히나 한바탕 사달이 벌어졌던 형의 결혼 과정을 생각하면 아직도 소름이 돋는다.

"당장 꺼져! 어디서 천하게 굴러먹던 계집이, 감히!"

"아버지, 말씀 가려 하십시오!"

"너 이럴 거면, 나가! 상속 재산이고 뭐고 한 푼도 못 물려줘! 나가!"

"제가 못 나갈까 봐서요?"

"지한 씨, 나 때문에 이러지 마. 이러다 부자지간 의절하겠어. 왜 날 온 집안 뒤집어 놓는 나쁜 년으로 만들어."

아직도 그때가 생생하기만 하다. 그 싸움을 결국 진정시키지 못했던 나의 무력한 모습까지도.

"우리 집에 들어올 여자는…… 누구든 불행해질걸. 어떤 조건이든, 어떤 집안이든, 얼마나 배웠든. 뭣하러 재벌가 들어와서 갑질을 당해. 지금 시대에."

지혁이 괴로운 속에 계속해서 소주를 부어 대자, 오히려 상후가 이를 저지했다.

"살면서 부모도 변해. 계속 바뀌시고, 배우시고. 첫째 땐 그악스러워도, 둘째 땐 또 그냥 넘어가고 그래."

"아버지가, 변할 사람이냐?

나 억지로 결혼시키려다가 그렇게 물 따귀를 맞고, 정신 차리셨을 것 같아?"

문득, 상후가 조금 묘한 뉘앙스로 말했다.

"너 그때 이후로 아버지 만난 적 없지?"

"왜, 무슨 일 있으셔?"

"아니이."

그는 뭔가 급히 말을 돌리려는 듯했다.

"하여튼, 너 그 여자한테 미련 둘 거 없어. 그 여잔 지금 결혼할 남자 아니면 만나기 싫다잖아. 쪼끔 연애하다 헤어지고, 또 사람 만나서 기대 걸고, 그러면서 청춘 낭비하는 게 지겨운 거 아니야. 마음도 굉장히 조급하시고. 이해 못 할 것도 없어. 결혼병 말기신가 보지."

"······."

"그러니까, 넌 포기해. 넌, 그 여자랑 안 돼."

술이 좀 올라서인지, 조금 멍멍하게 들리는 말이었다.

넌, 그 여자랑 안 돼, 절대로.

♩

새아는 아직도 열불이 활활 올라 늦은 시간에도 침대에서 잠을 이루지 못하고 있었다.

"젊었을 때 자기 좋아해 준 사람을 잡으라고? 아니야, 네놈은 진짜 아니야."

지혁을 생각하고 발을 휘둘러대니, 이불이 마법의 양탄자처럼 허공에서 펄럭펄럭 날아다닌다.

"나는 이제······ 상처받기 싫단 말이야. 나는 이제······ 힘든 사랑 말고, 편한 사랑 할 거야! 응? 얼른 시집가서 메롱 메롱 골려 줄 거라고. 가만있자. 누구한테 시집을 가야 저놈 시키 약이 오를까."

그래, 있다. 떠오르는 단 한 사람. 그녀가 바로 그에게 메시지를 썼다.

28

지금 꼬시러 갑니다

'넌 그 여자랑 안 돼, 절대로.'

다음 날 아침, 운전을 하는 내내 마치 그 말이 저주처럼 귓가에 계속 울려 퍼진다.

'안 돼, 절대로.'

신경 안 쓰려고 해도, 자꾸 마음에 걸리는 말이었다. 지혁은 찜찜한 마음으로 출근해 제 자리에 앉았다.

어제 그렇게 대판 싸웠는데 오늘 무슨 얼굴로 어떻게 그녀를 보나, 걱정이 앞섰지만…… 그녀는 자리에 없었다.

"이 팀장님, 어디 갔어요?"

유준은 이미 연락받은 게 있다는 듯, 그녀의 일정을 대신 말해 주었다.

"조예찬 스튜디오, 외근이요."

네에에? 조예차안? 참나, 이 아가씨, 어지간히 조급하게 구네. 뭐 조예찬한테 연애 걸면, 바로 시집갈 수 있을 것 같아서 그러나? 쳇, 그게 이새아 씨 뜻대로 되나 봅시다. 그렇게 조급하게 굴다간 될 것도 안 돼요, 이 사람아.

어제 홧김에 했던 말들에 또 괜스레 후회가 되는 아침이었지만, 그렇다고 지금 뭘 할 수 있는 건 없었다. 자존심 상하게, 얼른 회사 들어오라고 톡할 수도 없고. 지혁은 도도한 척, 웨딩 관련 교육 자료들을 손에 잡았다.

그런데 이상하게, 단 한 글자도 눈에 들어오지가 않았다. 나 왜 이래. 공부 잘했잖아. 집중력 좋았잖아? 그녀의 출타에 초연해지고 싶은 마음과 달리, 초조하게 입술이 바싹 마르고 손끝이 바삭하게 건조해진다.

에이, 뭐 볼 일이 있어서 외근 갔겠지. 진짜 꼬시러 갔겠어? 아냐, 아무래도 감이 그래. 완전 작정하고 간 거 아니야? 헛, 참. 생각할수록 억울하네. 어제 나한텐 그렇게 막말을 해 놓고 말이야. 조예찬한테는 막 사근사근하게 구는 거 아니야? 뭐야, 나 왜 이래. 정신 차려, 나란 남자!

엣헴, 나 오늘 좀 괜찮지 않나?

아침부터 새아는 작정을, 아니, 풀 세팅을 했다. 고데기로 머리를 정성 들여 말아 풍성하게 부풀렸고, 중요한 날에만 드는 좋은 가방을 들었으며, 조금 갑갑하지만 다리를 더욱 슬림하게 압박해 주는 스타킹을 신고, 여리여리 청순가련 메이크업에, 매우 아끼는 살구색의 원피스를 입었다.

마치 전장에 나가는 무장의 심정으로 거울에 비친 제 모습을 비장하게 바라보았다. 오늘 제대로 승부수를 던져 보기로 한 것이다. 누구에게? 조예찬에게! 나에게 좀 호감이 있는 것 같았던, 바로 그놈에게!

그러나, 시종일관 예쁜 표정을 짓고 있어야 할 여기 조예찬 스튜디오에서 그녀는 턱이 빠진 듯 입을 다물지 못하고 있었다.

"대박, 진짜 대박."

런던 전시에 나갔던 작품들이 이제 돌아와 스튜디오 벽에 걸리기 시작한 것이었다.

와, 이건 진짜 감탄밖에 안 나온다.

압도적인 스케일의 항공 사진을 보며 그녀는 진정 넋이 나갈 뻔했다.

"사람이? 어떻게 이런 사진을 찍지?"

모르는 내가 봐도 이건 진짜 예술의 경지, 경지의 예술……. 이

건 신이 인간 세상을 바라보는 뷰, 아니야? 이런 신적인 존재랑 감히 말을 섞어도 되나. 영광이다, 진짜. 존경스럽다, 진짜.

"새아 씨가 여기까지 와 준 게 나한테 더 영광인데."

그녀의 중얼거림을 들었는지, 예찬은 따뜻한 커피를 내오며 그 보다 더 잔잔한 미소를 지었다.

"나 예술 쪽은 잘 모르는데, 이 사진들이 얼마나 대단한 건진 알겠어요. 혹시, 진짜 신이랑 소통하는 건 아니죠? 안 그럼 이런 사진이 어떻게 나와? 조예찬으로 삼행시 지어 볼게요."

"푸흡, 갑자기요?"

"잔말 말고 운 띄워 봐요."

"조!"

"조, 조예찬의 예, 예술을 찬, 찬양하라~"

예찬은 바로 웃음이 터지고 말았다.

이 여자, 뭐야. 오늘 뭔가 제대로 작정한 것처럼 예쁘게 입고 와서는 내숭도 없이 이러고 있다. 자꾸 이렇게 개그 캐릭터로 갈 거야?

"에헴! 이번에 내가 지어 볼게요. 이새아로."

"이!"

"이, 이번에도 새, 새롭게 아, 아름다우시네요."

"푸흡, 누가요?"

"오늘 왜 이렇게 예쁘게 입고 왔어요?"

"나 원래 이렇게 입는데?"

새아는 소파에 앉아 그가 건네준 커피를 한 모금 마시고는 말했다.

"그때 내가 런던에 갔어야 됐어, 이거 보러. 이제 다음 전시 어디서 해요?"

"음, 서울에서?"

"진짜?"

"내 나라, 한국에서 취재하고, 여기서 찍을 거예요."

그의 말 한마디 한마디에 새아의 AI급 분석 회로가 돌아갔다. 전시가 한국에 있다는 뜻은, 이제 또 슝 하고 훌쩍 외국 나가 버릴 일은 없다는 뜻?

"취재요? 작가님도 기자처럼 취재해요?"

"이번엔 자연 풍경 말고, 완전 인간적인 거 찍을 거라서요."

"진짜? 것도 궁금하다! 주제가 뭐예요?"

"음, 새아 씨 도움이 되게 많이 필요한 건데."

"제가요오오오? 감히요오오오?"

내가 이 엄청난 예술가님의 창작 활동에 도움이 될 수 있다고요? 어멋, 그럼 내가 완전 영광이지요~ 새아의 밝아진 표정에 예찬은 테이블 밑 서랍에서 전시 기획서를 꺼내어 내밀었다.

제목은 「결혼의 민낯」이었다.

"......「결혼의 민낯」이요?"

"저한텐, 한국 결혼식이 조금 많이 특이하게 보였거든요."

사실, 한국에서 몇 번 다녔던 결혼식들이 예찬에게는 조금 충격에 가까웠다.

"텅 비어 있던 예식장에, 갑자기 엄청나게 많은 사람이 모였다가, 순식간에 바람처럼 밥만 먹고 사라지고. 식도 안 보고. 이 많은 하객이 신랑, 신부 축복해 주려고 모인 게 맞나 싶어서요."

그에겐 모든 게 신기했다. 식장 앞에선 주차 전쟁이 일어나고 있었다. 좋은 날 좋은 뜻으로 모인 사람들이 맞는 건지 의아할 만큼, 얼른 차 빼라고 얼굴을 붉히며 서로에게 고래고래 소리를 지르고 있었다.

신부가 대기실을 떠나자마자, 바로 다음 신부로 붙어 있는 이름이 바뀌었다. 마치, 공장처럼 다음 예식을 찍어 내듯이.

축의금을 받는 모습도 예찬에게는 신기했다. 봉투에 넣어 돈을 주면, 바로 돈을 꺼내 액수를 장부에 적는다. 적은 돈에 많은 가족을 데려온 사람을 탐탁지 않게 바라보는 눈빛도 목격했다. 나중엔 축의금 액수로 인간관계를 재평가한다는 소리도 들었다.

"뭔가, 결혼식에 중요한 게 빠져 있는 것 같아서요. 그걸 탐구해 보는 거죠. 사진으로."

이 말을 들은 새아는 오히려 조금 얼떨떨해졌다.

"음, 그게 한국에선 워낙 당연한 문화들이라……."

그런 게 이상하다고 단 한 번도 생각해 본 적이 없었다. 결혼식장을 찍지만 그게 웨딩 사진은 아니고, 르포 사진에 가깝다는 건가? 한국 결혼 문화의 문제점 같은 것들을 주제로?

"새아 씨한테 도움 좀 받아도 돼요? 전문가잖아요."

음, 그거야 물론 어렵지 않지만…… 아니다. 이참에 비싼 척 해 보지, 언제 해 봐. 밀당은 전혀 안 되는 호구 스타일이지만, 그래도 새아는 나름 내숭을 좀 떨어 보기로 했다.

"아, 내가 좀 비싼데. 그렇게 쉬운 여자도 아니고."

"……어떡하면 해 줄 건데요?"

"음, 조건이 있어요."

그녀가 볼에 귀여운 보조개를 올리며 씨이익 웃었다.

"나한테 필름 사진 가르쳐 줄래요?"

이 여자가 신성한 근무시간에 수작질을 하러 가? 지금이 몇 신데 아직도 안 와? 그냥 가서 끌고 나올까? 이미 대판 싸운 거, 깽판 한 번 쳐 봐? 아니야, 기다리자. 격 떨어지잖아? 아니야, 기다리지 말자. 화가 나잖아?

소울 웨딩 플랜에 사수 없이 혼자 남겨진 지혁이 죄 없는 제 휴대폰만을 노려보며 갈등을 때리고 있었다.

솔직히 화해할 생각은 없었다. 아침에도 사실 화가 다 안 풀린 상태여서 만나면 콧김 쏘면서 쳇쳇흥흥- 하려고 했다. 그런데 화가 나니까 신경이 쓰인다. 그 여자 생각이 머릿속에서 떠나질 않는다. 화를 내든 화해를 하든, 그래야 직성이 풀릴 것 같다.

위험한 일이었다. 분노든 뭐든 간에 이렇게 하루 종일 수두룩 빽빽하게 그 여자 생각이 난다는 게. 어제 그렇게 쏘아붙여 놓고는 오늘은 일이 손에 안 잡히고 조바심이 나고 속이 타고, 눈앞에 안 보인다고 또 이렇게 짜증이 난다는 게.

그렇게 그가 밀당의 '을'이 되었다. 그녀가 딱히 밀당을 한 것도 없는데, 이렇게나 그녀에게 목을 매게 된다. '나는 당신에게 반하지 않았다.' 그게 밀당 '갑'이 되기 위한 가장 중요한 전제였는데, 웨딩드레스를 입은 새아에게 반한 그 순간, 그가 세워야 할 밀당 각이 완전히 무너져 버린 것이었다. 나도 당신한테 완전히 무너져 버렸고.

망각의 술로 그녀가 웨딩드레스를 입었던 그때의 장면을 잊겠다 했지만, 아직도 지혁에게 그 장면은 풀HD로 남아 있었다. 시간이 좀 지났지만, 조금도 해상도가 낮아지지 않았다.

당신 알아? 천하의 권지혁이, 지금 이러고 있어. 당신이 조예찬 스튜디오에 가 버린 것만으로도, 이렇게나 바싹바싹 애를 태우고 있다고.

바로 이때, 한 통의 전화가 걸려 왔다. 둘 사이를 망칠 수 있는 권지혁의 구원자에게서. 그의 눈이 번쩍 떠졌다.

♪♪

"우리 신부님들 사진 맨날 폰카로 대충 찍어 줬는데, 이젠 좀 제대로 찍어 주고 싶어서. 필름 사진 인화해서 주면 좋잖아요. 의미도 있고."

"나 필름 사진 찍는 거, 어떻게 알았어요?"

굵직하면서도 스윗한 예찬의 목소리가 이 공간에 분위기 있게 울려 퍼진다. 보들보들하니 선하고 잘생긴 눈웃음은 덤이다.

"왜 몰라요. 검색하면 다 나오지."

"그래요. 좀 묻자. 나에 대해서 얼마나 알아요?"

"내 패 다 까면, 뭐로 화투 치게?"

"난 새아 씨에 대해서 그만큼 모르잖아요."

"이제 알아 가면 되지. 이게 필름 사진 앨범이에요?"

저—기에 아까부터 눈독 들이던 앨범이 있다. 레트로한 표지를 보니, 왠지 예찬의 옛날 사진이 가득할 것 같았다.

"보고 싶어요?"

예상은 적중했다.

"헉?! 이거, 뽀샵 아니에요? 완전 아날로그 감성! 색감 너무 예뻐요!"

사진을 한 장 한 장 넘길 때마다, 색 바랜 필름 사진들이 오랜 세월의 향기를 머금은 채 예스러운 정취를 뽐내고 있었다.

"헉! 작가님, 올누드를 찍었어요?"

"좀, 야한가?"

"어머, 나 좀 부끄러운데?"

예찬의 돌 사진이었다. 자줏빛 벨벳 소파에 위풍당당하게 벗고 찍은 올누드, 딱 그때 그 시절 사진이다.

"아유, 뭐로 좀 가려 봐요. 부끄럽잖아. 내가 지켜 줄게."

새아가 대충 손가락으로 중요 부위를 가리자, 둘 사이에 귀여운 실랑이가 벌어졌다.

"에이, 만지지 마요."

"아니, 만지려는 게 아니고."

"어어? 그래도? 이 나쁜 손 보시게."

"아, 그럼 작가님이 가려요. 와, 너무 귀엽다. 아기 모델 해도 되겠다. 이땐 한국 살았었나 봐요."

"나 중학교 때 이민 갔어요."

예찬은 자리에서 일어나 유리 장식장 안에 놓여 있던 필름 카메라 하나를 가져왔다.

"짠! 아까 그거, 이걸로 찍은 사진이에요."

"헉? 그 사진기가 아직 있어요?"

"내 돌사진이랑 소풍이랑 졸업식 사진이랑 아빠가 다 이걸로 찍어 줬어요. 빌려줄 테니까 이걸로 연습해요, 필름 사진."

"네에? 이런 걸 나 빌려줘도 돼요? 그러다 내가 망가뜨리면?"

"망가뜨려도 되고. 새아 씨는 용서해 줄게."

"뭐 이렇게 너그럽기까지 해, 세계적인 작가님이?"

"헤헷, 부모님이 그렇게 키우셔서."

펼쳐 놓은 앨범엔 선한 눈빛, 선한 인상으로 서 있는 예찬의 부모님 젊었을 때 사진이 있었다. 두 분 참 좋아 보이신다. 서로 다

정해 보이고. 예찬 씨의 이 정겹고 따스한 분위기는 유전이었구나.

"그러셨을 것 같아요. 인상도 너무 좋으시고."

"뉴질랜드 양처럼 거의 방목해 놓는 스타일이세요. 이래라저래라 잔소리도 안 하셨고, 뭘 잘못해도 꾸중도 안 하시고."

"한국분들 안 같으시다. 막, 결혼 문제 같은 것도 터치 안 하시겠어요. 며느리한테도 너그러우실 것 같고."

아차차, 이 말은 좀 너무 나갔나 싶었다. 이러면 내가 여기 무슨 꿍꿍이로 왔는지 다 티가 나잖아. 새아가 저 홀로 앞서 나가 버린 제 입을 단속하는 가운데, 예찬은 살짝 끄덕이며 말했다.

"근데 아들이 노총각 되는 건 좀 걱정되시나 봐요. 아마 결혼할 여자 데리고 가면 뉴질랜드 고향 사람들 다 불러서 파티하실걸요?"

그는 웃는데, 새아는 분석 중이다.

시댁 부모님, 인상 선하시고, 인품 좋으시고, 무엇보다도 멀리 살고. 이 남자, 한국에 집 있고, 차 있고, 스윗하고, 훈남이고, 감성 천재에, 이런 아날로그 코드도 너무 잘 맞고. 무엇보다…….

"나도 얼른 장가가고 싶죠. 근데 그게 뜻대로 되나."

결혼에 대한 의지가 강력하다. 만약, 이 남자랑 결혼한다면? 새아의 머릿속에 저절로 예식 설계가 그려졌다.

뉴질랜드, 어느 빈티지한 목장. 들판의 들꽃을 꺾어다가 부케를 만들고 장식도 하고, 어머님이 입었던 빈티지 웨딩드레스를 물려 입고, 외할머니가 끼셨던 결혼반지를 물려받고, 이웃들이 각자 집에서 만들어 온 음식으로 피로연을 대신하고, 음매 음매, 염소

와 양이 머리에 꽃 리스를 얹고 들러리를 서 주는…… 그런 낭만적이고 목가적인 결혼식! 아이, 나는 또 왜 이런 게 한 번에 그려지는 거야?

"커피 더 줄까요?"

예찬이 새아의 커피 잔을 들고, 커피머신 쪽으로 향했다. 그 친절한 뒷모습에서 새아는 확신했다. 가장 중요한 건 이거였다.

'무엇보다도, 날 좀 좋아하는 것 같아.'

이대로라면 좀 더 가까운 관계로 발전시킬 여지가 아주아주 충분하다.

그래, 뭣하러 안 될 사람한테 헛수고, 헛고생을 하면서 헛다리를 짚어. 이왕이면, 머릿속에 결혼 생각 있는 남자랑 잘해 봐야지.

그렇게 새아가 이런저런 나름의 계산으로 저 남자랑 어떻게 잘해 봐야 하나 고심하고 있는 가운데, 바로 그때…….

"아잇, 팀장님, 왜 이렇게 전화를 안 받아요?"

누군가 우렁찬 목소리와 함께 조예찬 스튜디오로 들이닥쳤다. 변함없는 만찢남 실루엣. 긴 다리를 서걱거리며 다급하게 걸어 들어오는 저 남자, ……권지혁이다.

'에에에엥? 네놈 자식이 여기 왜?'

새아의 눈이 튀어나올 듯 동그래졌다.

"안녕하세요. 오랜만입니다. 이렇게 찾아뵙게 돼서 실례가 많은데, 그럼 실례."

권지혁은 예찬에게 인사를 하는 둥 마는 둥 하고서, 소파에 앉아 있던 새아의 손목을 잡고 이끌었다.

"뭐예요?"

순간, 지혁의 눈빛이 진지하게 번쩍 빛났다.

"지금, 전쟁 났어요."

엥? 전쟁이 나요? 북조선이 삼팔선 넘어 남침했어요?

"그 과학자 부부요. 가시죠, 장군!"

그렇게 새아는 지혁에게 납치를 당하고 말았다.

29

이명○, 박근○
닮은꼴 말고

"아, 정말요? 네, 사장님. 제가 지금 가고 있어요."

지혁의 차 안, 새아가 한복집 사장님과 통화를 하고 있었다.

"전쟁 맞죠?"

그녀가 전화를 끊고 나자, 지혁이 어깨를 으쓱했다. 끄으응-
새아는 그런 그를 괜히 한번 밉게 쏘아보았다.

아우, 아우, 저 요망진 자식. 마음껏 미워할 수도 없어 더 얄미
운 놈.

"아니, 이걸 보고도 몰라요? 아까 그 집이랑은 퀄리티 자체가 다르잖아요!"

한복집, 둘둘 말린 색색의 비단이 여기저기 어지럽게 흩어져 있는 가운데…….

"한복을 동대문에서 했는지, 청담동에서 했는지, 하객들이 딱 보면 안대요? 여기서 맞추면, 벌당 백삼십! 둘이 합하면 이백육십! 돈이 아주 썩어나요?"

미순과 자임이 전쟁을 벌이고 있었다.

"지금 내 체면 세우자고 그래요? 해외에서 논문상이란 상은 다 휩쓸고, 대한민국에서 대통령 표창받을 애들이에요! 좀 있으면 노벨상 받을지도 모르고! 그런데, 우리가 그렇게 꾀죄죄하게 입고 있으면 애들 면이 서겠어요?"

"요새 대여도 잘 나와요! 한복을 빌려 입었는지 사 입었는지, 하객들이 딱 보면 안대요?"

물론, 돈을 아끼고자 하는 쪽이 신랑 측 어머니인 미순. 한 번 있는 결혼, 아낌없이 쓰고자 하는 쪽이 신부 측 어머니인 자임이었다.

"그래서 내가 두 벌 다 낸다고 하잖아요, 사부인!"

"사치하는 엄마 밑에 사치하는 딸 있는 법이에요!"

"그럼 나는 뭣하러 못사는 집에 딸을 보내요? 강남에 아파트 한

채를 사 줘도 시집을 보낼까 말까인데? 그럼, 애들 한국 들어오면 집 한 채 해 줄 거예요?"

"아니, 거기 연구소에서 집 해 주고 생활비 주고, 정착비 다 대 주는데 왜 그걸 마다해요?"

이때, 이 불구덩이 속으로 새아가 달려들었다. 이 싸움을 진화할 소방관 역할로.

"아이고, 두 분 안녕하셨어요. 저 왔어요."

"잘 왔어요, 플래너님. 요즘 애들 결혼식 어떻게 해요? 남자가 집 해 오고, 여자가 혼수 해 오고, 그렇게 안 하나? 나는 자꾸 손해를 보는 느낌이 들어서 말이야."

"그래요, 아가씨. 말 좀 해 봐요. 요새 애들은 허례허식 돈지랄하는 거 더 싫어하지 않나? 스몰 웨딩이다, 뭐다, 애들이 더 검소하지 않나?"

그녀는 빠른 눈치로 도끼눈이 되어 있는 양가 어머님들과, 저편에서 진저리를 치고 있는 한복집 사장님의 분위기까지 빠르게 살폈다.

"어머님, 두 분 뜻은 알겠는데요. 음, 제가 중간쯤 되는 가격대로 다시 준비해 볼게요."

"그래도 비싸, 그래도. 이십만 원이면 대여가 되는 걸. 뭣하러 그렇게 비싸게 해?"

미순은 끝끝내 한복 대여를 하자는 입장이었고,

"난 싫어요! 남편도 없이 혼자 식장 서는데, 빌린 한복을 입고 있어야겠어요?"

자임은 절대 그럴 수 없다는 입장이었다.

"음, 그러면……."

난처해진 새아가 어떻게든 중간점을 찾으려고 필사의 고심을 하는 가운데…….

"안녕하세요. 로안 대표, 권지혁입니다."

그가 등판했다. 기다란 키로 어머님들 앞에 높게 섰다가, 스윽 허리를 굽혀 각각 명함을 나눠 준다. 시종일관 전투적이던 어머님들의 얼굴이 훈남 총각의 뜻밖의 프로필 소개에 다소 누그러졌다.

로안이면, 대한민국에서 제일 좋다는 그 예식장 아니야?

"제가, 우리 어머님들에게 한 가지 의견 드려도 될까요?"

"……?"

"우리가 생각보다 고정관념에 갇혀 있는 게, 좀 많은 것 같습니다. 화촉 점화할 때 양가 어머님들이 커플 한복으로 맞춰 입는다, 그게 뭐 조선 시대부터 내려온 전통은 아니잖아요? 그냥 남들 하니까 하는 거지."

새아가 말할 땐 도저히 진정이 안 되던 어머님들이, 놀랍게도 지혁의 얘기는 경청하신다.

"내가 보기엔, 그럼 두 분 다 죽습니다. 중간으로는 스타일을 살릴 수가 없어요. 어머님은 난초같이 단―아한 스타일이 어울리시고, 어머님은 매화처럼 화―사한 스타일이 어울리시거든요."

지혁은 아예 널려 있는 한복 원단들을 척척 조합해 저고리와 치마 색을 보여 주었다. 하나는 난초의 꽃 같은 아이보리 저고리에 난초의 이파리 같은 녹색 치마, 다른 하나는 연분홍빛 매화꽃 같은 저고리에 그보다 좀 더 진한 컬러의 핑크빛 치마. 거기에 동정과 소매에 들어갈 꽃 장식까지 척척 매치해, 두 송이의 꽃처럼 한복 원단을 연출했다.

"오히려 커플 한복으로 톤을 맞추면, 이 느낌을 낼 수가 없죠. 생각해 보세요. 앞으로 두 분이 사람들 앞에 꽃단장하고 나설 일이 또 몇 번이나 있겠습니다."

지혁은 유독, 이 단어를 강조했다.

"여자, 일생에."

여자? 여자아아?!

딱 그 단어에 두 어머님의 눈에 뾰로롱- 이채가 돌았다. 지혁은 특유의 밀당 갑 매력을 어필해 가며 말을 이어 나갔다.

"혹시 압니까. 자식들 결혼식장에 홀로 서신 두 분에게 관심을 갖는 멋진 신사분이라도 있을지."

"아유, 남사스럽게~"

"아유, 주책이야!"

그새 멋진 신사분의 구체적인 모습이라도 상상했는지 두 어머님은 까르르 까르르 간드러지게 좋아하시면서 두 손을 내저었다.

어이구? 권지혁 이놈 지식은 여심 홀리는 매력을 여기다가 씨먹네.

"한복은 각자 원하는 데서 맞추시죠. 괜히 통일했다간, 이거 죽

372

도 밥도 안 됩니다."

"것도 좋은 생각이네요. 난 돈이 문제가 아니라, 스타일의 문제 니까."

"에헴, 그럼 난 내 거 알아서 할게요. 사장님, 저는 이 매화꽃 스타일 그대로 할게요."

그렇게 권지혁이 불난 집의 불을 껐다. 생각보다 기가 막히게 양가 어머님들의 의견을 조율해 낸 그가 순간 영웅처럼 보일 뻔 했다.

♪

근처 카페. 새아는 자리에 앉아 남은 잔불을 정리하고 있었다.

"네네, 사장님. 그럼 신부 측 어머님 것만 맞추는 거로 할게요. 오늘 고생 많으셨어요. 고맙습니다."

전화를 끊고 나서 그녀는 의외라는 듯 앞에서 라떼를 쪽쪽 빨고 있는 지혁을 다시 보았다.

"어째 두 분이 지혁 씨 말씀은 잘 듣네요?"

"참. 뭐가 많네요. 한국 결혼식은. 이건 이렇게 해야 된다, 저건 저렇게 해야 된다. 따지는 게 왜 이렇게 많아?"

"관혼상제잖아요. 전통이란 게 하루아침에 바뀌는 게 아니니까."

"무슨 조선 시대부터 웨딩드레스 입었던 것도 아니고, 동서양 문화 짬뽕해서 자기들 유리한 것만 쏙쏙 뽑아서 전통이라고 우기

고 있는 건 아닌지 몰라. 까르띠에, 티파니 정돈 받아야 시집보낸
다. 그런 전통이 어디 있어?"

"이런 거 진짜 극혐이죠? 왜 이런 거 갖고 싸우는지 모르겠죠?"

"왜요, 이런 거 싫으면 평생 혼자 늙어 죽을 거라고 극딜하게?"

지혁이 방어적으로 나오자, 새아는 오히려 한숨을 쉬었다. 문득
아까 예찬의 말이 생각난 것이었다. 한국 결혼식엔 뭔가 중요한
게 빠져 있다는 말.

"아니, 나도 피곤해서. 양가 체면치레가 뭔지 대체."

사실, 예찬이 지적하고 나서야 그녀도 보이기 시작했다. 예전엔
'남들 다 하는 거'는 꼭 해야 한다고만 여겼는데, 아니, 오히려 꼭
하셔야 한다고 허영심을 부추겼는데, 돌이켜 보면 남들 시선에만
신경 쓰면서 다들 정작 중요한 걸 놓치고 있는 것 같다. 양가 싸우
지 않고 다정하게 지내는 게 먼저지, 한복 가격이 중요한 게 아니
잖아.

"두 분 뭔가 잊어 버린 것 같아서요."

어젠 머리채 뜯고 대판 싸울 뻔했지만 어머님들 싸움 말리다가
다시 동지 의식이 생긴 두 사람이었다.

"음, 이새아 씨도 잊어버린 게 있는데."

"……?!"

"사랑."

네에에에에에엥? 건 또 뭔 소리야?

"그렇게 결혼이 하고 싶다면서, 왜 맨날 사랑은 뒤로 두지?"

"내가요오오?"

"뭐, 조급할 순 있어요. 친구들은 척척척 알아서 제 짝 찾아서 시집, 장가가고, 주말마다 결혼하겠다는 신랑, 신부들 찾아오고, 근데 나는 웨딩 플래너가 돼 가지고 제 짝도 못 찾고 뭐 하는 건가. 그런 생각이 들만하지. 그치만, 그 결혼이라는 욕심이 새아 씨 눈을 가리고 있을지도 몰라요."

에에에엥? 내가요?

"그냥, 눈앞에 다가온 사랑을 느끼고 받아들여야 하는데, 자꾸 잡생각이 끼어드니까, 그게 잘 안 되는 거지. 사랑이 먼저지, 결혼이 먼저는 아니잖아. 그렇게 사랑하지도 않는 사람, 아무나 골랐다간 진짜 인생 망해요."

어제의 지혁은 순수한 마음에 고백을 했던 건데, 새아는 일단 결혼이라는 프레임부터 씌웠다. 그리고 그 조급함에, 눈에 보이는 사람 아무나를 결혼 상대로 올리고 있는 건지도 모른다.

"서, 설마 내가 그러겠어요?"

"조급해하지 마요. 그러다 밀당에서 지기밖에 더해?"

"어제는 내가 좀 이겨 먹으려 그랬죠? 어제 일은······."

"아니? 나는 나 이겨 먹는 여자가 좋던데? 섹시하고?"

그렇게 지혁이 테이크아웃 컵을 들고 휘익- 나가 버리자, 새아는 잠시 멍해졌다.

"어제, 내가 섹시했나? 언제지? 화낼 때?"

그러다 그에게 또 말린 것 같아 화들짝 놀라, 다시 도끼눈을 뜨는 새아였다.

"뭐야, 내가 섹시하든 말든?"

♪♪

새아가 가방을 그러쥐고 나오자, 지혁은 딴청 피우듯, 안 그런
척을 하며 카페 앞에서 그녀를 기다리고 있었다. 그리고 종종종
걷는 새아의 걸음걸이에 발을 맞추기 시작한다. 너무 빠르지도 않
게, 느리지도 않게, 딱 적당히.

진짜, 이 남자 뭐지? 뭐긴 뭐야, 밀당 요물이지. 저 저 혓바닥으
로 어머님들도 조련한 거고. 그 본능 발휘한 것 같고, 고맙다고 인
사할 뻔했네.

오늘 진짜 저놈의 얼굴 쳐다보지도 않으려 그랬는데, 게다가 조
예찬이랑 같이 있는데 대놓고 납치 해서, 그냥 확 뒤집어 버릴까
했는데, 저 자식, 특이하게 화도 못 내게 하는 요상한 재주가 있어.

잠깐, 여기 익숙한데 어디더라? 카페 앞을 나와 소울로 돌아가
는 길, 새아는 익숙한 골목에 당도했다. 마사지숍 '황후' 앞이었
다. 그녀의 엄마, 정연이 일하는 곳.

아니나 다를까, 일층 카운터 유리창 쪽에 있던 정연이 새아가
웬 남자와 지나가는 걸 보고 회들짝 놀라 밖으로 나왔디. 요눈 봐
라~ 웬일로 남자를 달고 다닌담?

"어머?!"

정연은 딸내미 쪽으론 조금의 시선도 주지 않은 채, 바로 다이렉트로 지혁에게 돌진했다.

"안녕하세요. 저 새아 엄마예요."

정연이 악수를 청하자, 지혁이 얼떨떨하게 손을 내밀었다.

"아, 네. 안녕하세요. 권지혁입니다."

어머 어머, 이 기다랗게 잘생긴 놈은 뭐라암? 아주 부잣집 도련님처럼 고급지게 생겼네에?

"혹시 새아, 남자 친구우? 아유, 얘가 워낙 그런 얘기를 안 해서."

정연의 두 눈이 희망으로 빛났다.

요거 요거 남자가 있었어? 이런 멀쩡한 놈을 달고 있었음 엄마가 그 고생을 안 해도 됐잖아.

"아, 저는……."

아직 아니어도 새아랑 잘해 봐요. 왜, 괜찮잖아. 우리 새아.

벌써 장모님의 눈빛으로 인자하게 지혁을 바라보던 정연의 눈빛이,

"우리 회사 교육생이야, 내가 멘토고."

새아의 그 말에 실망 가득한 얼굴로 돌변했다.

뭐어어어? 이 나이 먹도록 교육생? 그럼, 신입도 아니고 인턴인 건가? 허우대는 멀쩡해 가지고, 시작이 좀 많이 늦네. 아이고, 네년이 그렇지. 웬 또 그럴듯한 놈을 데리고 다니나 했네.

"엄마아."

급변하는 태세 전환에 새아가 더 무안해져 정연에게 눈치를 준다.

"아, 우리 이새아 팀장한테 배울 게 많죠?"

"네, 잘 배우고 있습니다."

"그래요오~ 열심히 배워요오."

정연은 한층 뻬딱해진 눈빛으로 대충 대꾸하고는, 새아를 대놓고 핍박하기 시작했다.

"너, 저번에 나가란 선은 왜 안 나갔어? 남자가 연락했더니, 그날 시간 안 된다 그랬다며? 그거 때문에 엄마 체면이 뭐가 됐는지 알아?"

"내가 안 한다고 했잖아! 그렇게 억지로 시간을 잡으면 어떻게 해요?"

"엄마가 우리 숍 다니는 사모님한테 얼마나 부벼 가면서 얻어낸 자린지 알기나 해? 너 이래 갖고 상류층 진입할 수 있겠어?"

하이고, 오마님이 이렇게 조져 대지 않으셔도 우리 딸 멘탈 지금 너덜너덜입니다.

"엄마, 그만해요. 나 지금껏 어머님들 비위 맞추다 와서 골이 막 딩딩거려."

"그렇게 남의 엄마 비위는 잘 맞추는 애가 왜 엄마 비위 하나를 못 맞춰?!"

"내가 엄마 비위까지 맞추려고 허리 숙이고 고개 굽히고 살면 그 인생 너무 비참하지 않아?"

"내 인생이 더 비참해! 남의 딸들은 돈 많은 남자 척척 물어 와서 잘만 시집가는데, 허구한 날 남의 결혼 준비만 해 주고 제 잇속도 못 챙기는 딸년, 시집 못 갈까 봐 노심초사 조바심 나는 내가 더 비참해!"

오마님께서 이 길거리에서 이렇게나 전투력을 세우신다면, 어쩔 수 없다. 더 반항하다 처맞기 전에, 여기서 퇴각하는 수밖에.

"옆에 교육생도 있는데, 팀장 체면을 이렇게 구기면 돼요? 갈게요."

"다음 번 자리에 안 나가기만 해 봐! 관 짜 놓을 거야!"

"이러다 혼례식 대신에 장례식 치르겠어요."

"이게 진짜!"

오마님께서 진짜 언더테이커로 변신하기 전에 여기서 도망을 쳐야 한다.

하아, 그럼 내가 굳이 굳이 또 그 선을 나가야 돼? 이명ㅇ, 박근ㅇ 닮은꼴은 다 이미 나오셨고, 그분들 말고 전직 대통령 또 누가 남았지?

……전두ㅇ? ……노태ㅇ?

30

가서 이 냄새 풍기라고
발라 준 게 아닌데

모녀지간에 나누는 과격한 얘길 다 듣고 있기가 민망해 저편에
서 딴청을 부리던 지혁이, 그래도 깍듯하게 어머니께 인사를 하고
새아를 쫓아왔다.

"미안해요."

한참을 걷던 그녀가 갑자기 걸음을 툭 멈추고서는 말했다.

"미안할 게 뭐 있나. 어머님이 보는 눈이 없으시네. 이렇게 귀
티 나는 남자도 못 알아보시고."

"보면 알겠죠? 나도 집에서 압박 장난 아닌 거."

"억지로 날짜 잡은 우리 집만 하겠어요?"

자리에 멈춰 선 그녀는 잠시 입술을 깨물었다. 좀, 많이 어두워진 표정이었다.

"……자꾸 조급해하는 게 내 탓이라 생각해요?"

"……!"

아니었다. 그녀 잘못이. 그냥 그녀는 착한 거였다. 저렇게 말해도 엄마 말을 들어주고 싶은 거고, 그게 뜻대로 안 되니까 본인도 답답한 거고, 또 엄마의 기준이 저렇게 높으니 버거워하는 것이었다.

원치 않는 결혼 추진한다고, 온 하객들에게 물벼락 쏴 버린 나와는 달랐다. 못된 나랑은.

∿

"오늘은 웨딩 전체 예산 짜는 법 알려 줄게. 웨딩에서 가장 돈 많이 잡아먹는 게 뭐야."

소울 웨딩 플랜 회의실, 오늘도 유준의 교육 진행이 계속되고 있었다. 너른 회의실에 교육생은 단 한 명, 다람뿐이다.

"집? 예식장?"

"예식장은 일단 예약금만 걸면 돼. 잔금은 당일 축의금으로 충당하니까. 그래도 가장 먼저 잡아 놔야 하는 게 식장이야. 뭐니 뭐니 해도 로얄 타임 잡는 게 하객들한텐 편하니까. 자, 이게 실제 결혼 준비한 커플의 예산표야."

유준이 엑셀 파일 한 장을 인쇄해 다람에게 내밀었다.

허어어억!

총 금액을 본 다람은 입이 떡 벌어져 말을 더듬었다.

"도, 돈이 이렇게 많이 들어요?"

"집값 제외한 거야."

"어후, 다들 돈을 어떻게 모아서 결혼하는 거지?"

"아직 결혼 생각 없지?"

"아직 어리니까요?"

"시집가고 싶으면 지금부터 모아 놔. 목숨 걸고."

"근데 실장님은 왜 피혼 철벽남이에요?"

"······누가 그래?"

"사람들이 다. 진짜 장가 안 갈 거예요? 남의 결혼 준비만 해 주고?"

끄으응- '피혼'이란 말이 있는진 모르겠다. 하지만, 유준은 굳이 굳이 그 단어를 썼다.

비혼이 아니었다. 결혼이 선택의 문제라면 나는 선택할 수가 없는 거였다. 웨딩 플래너가 되어, 결혼의 현실적인 비용에 대해서 알게 되면서 더더욱 나는 결혼할 수 없다고 생각했다.

"돈을 못 모아 놔서."

"······!"

나에겐 결혼이란 게 선택의 문제가 아니라고. 그 선택의 자격조차 박탈당했다고.

"이해가 안 돼? 내 나이 서른 넘었는데 아직 학자금 남았어. 이십 대엔 군대 갔다 왔지, 스펙 쌓는다고 어학연수 갔다 왔지. 살아남으려고 발악한 게 다 빚으로 남아서 돌아오더라. 이제 돈 벌어서 빚 갚아야 되는데, 무슨 돈으로 결혼을 해. 부모님 등골 빼먹지 않고서야, 노후 자금 털어먹지 않고서야. 요새 나만 그래? 다들 코스야. 이 정도면 비혼을 당한 거 아니야?"

"……그래도, 결혼은 해야죠."

"또 빚내라고? 원 플러스 원해서 빚잔치하리?"

"그래서 남의 결혼만 시켜 주게요?"

"여자 보면 설레지도 않아, 이젠."

"……!"

지금까지 다람에게 결혼이란 건 낭만이었는데, 유준에겐 지나치게도 현실이었다. 현실을 너무 잘 알기에 불가능한 것. 왜 불가능한지는 여기 떡하니 쓰여 있다. 다람은 그 종이를 보며, 억지 미소를 지었다.

"우리 세대들 진짜 답 없다."

한 삼백 년쯤 일하면 이 엑셀 속의 칸을 채울 수 있을까. 그 정도로 아득한 숫자들이었다. 어마어마한 빚을 내지 않으면, 결혼은 불가능이다.

나이 먹어서 때 되면 저절로 가정이 꾸려지는 건 줄 알았는데, 결혼해서 평범하게 사는 건 쉬운 줄 알았는데, 아니네, 다들 엄청난 거 이루신 거였네.

결국은 소환행인가. 이런 대확행은 어차피 이룰 수 없으니, 용
돈 아껴 밤비 인형이나 하나 더 살까.

♪♪

회사로 돌아온 새아는 지극히 사무적인 태도로 밀려 있던 업무
들을 기계적으로 척척척 처리하고 있었다.

새아의 좀 굳어진 듯한 표정에 내가 조예찬 스튜디오까지 찾아
가 납치를 해서 화가 난 건가, 어제 싸웠던 거 화해를 좀 해야 하
나, 내심 고민을 하고 있었는데, 새아는 그런 지혁에게 아주 작은
틈도 보이지 않고는 퇴근 시간이 되자 칼같이 사라졌다.

또 철벽 세우시네. 저 여자.

이런저런 하고 싶은 말이 많았으나 감히 실물에 대고 말 걸 분
위기가 아니어서 지혁은 집에 와 침대에 누워 그녀의 SNS 사진에
대고 말을 걸었다.

"오늘 기분 어땠어요? 사진 한 장 올려 주면 안 돼요?"

프로필 속 박제된 미소로 웃고 있는 그녀가 그 부탁을 들어줄
리 없었다. 그는 몇 장 없는 그녀의 SNS 사진을 밀어 가며 하나
하나 분석을 하기 시작했다.

'나는 남산에 갔다', '나는 추리닝을 세트로 입어도 이쁘다', '언
니, 오늘 너무 재미있었어요', 히히, 여자랑 갔네. '감바스는 내 운
명', 오, 나 감바스 좀 하는데. 오늘 저녁에 새우 좀 먹어 볼까. 이

384

건 무슨 노래지? 〈배반의 장미〉는 아닌 것 같고.

그녀가 팝송 가사를 캡쳐해 올려놓은 사진을 보고 그 노래를 블루투스 스피커로 틀었다. 이 가사에 다른 뜻이 있나 생각해 보면서. 나도 추리닝을 세트로 맞춰 입고 부엌에서 감바스 요리를 한다. 혼자 먹고 혼자 치운다. 집은 넓지만, 좀 외롭다. 마음은 애틋한데, 그녀에게 전화를 걸 수가 없어서.

♪

오늘은 나도 커피 두 잔을 사 왔는데 진유준 실장이 이미 출근 전부터 새아의 커피를 챙겨 놓았다. 타이밍도 놓쳤고 명분도 잃었다. 하아, 우리 설 대표님이나 갖다드릴까.

교육생 자리가 멘토 바로 옆이라, 밀착 감시를 할 수 있다는 건 큰 장점이다. 오늘도 조예찬 스튜디오로 출동하지는 않는지, 혹은 자꾸 연락하며 썸을 타고 있지는 않는지, 슬쩍슬쩍 감시를 하고 있다.

왜냐하면, 질투가 나니까. 조예찬, 그 자식한테.

점심시간이 끝나고 직원들 모두가 우르르 테이크아웃 카페에 몰려갈 때, 우리 멘토님은 뭐가 저리 바쁜지 신부님과 저렇게 열심히 통화 중이다. 그러다 뒤늦게야 들어와 메뉴를 고른다. 고르긴 뭘 골라. 맨날 똑같은 거 시키면서.

"아, 나는."

"이미 시켰어요."

"뭐로요?"

"차이라떼."

그녀가 살짝 벙찐 눈빛으로 차이라떼를 받아 든다. 이런 것까지 기억하나, 싶은 눈빛으로. 옆에서 진유준 실장이 그녀를 툭 치며 지나간다.

"오올, 교육생 잘 키웠네."

그녀는 또 특유의 아무렇지 않은 척하는 표정을 지으며, 새침하게 라떼를 빨아먹는다. 당신은 왜 맨날 이렇게 표정이 읽히냐?

퇴근길, 살짝 비가 올락 말락 하는데 저 여자가 종종종 걸어서 집에 가고 있다.

'이제 결혼할 남자 아님, 안 만날 거거든요?'

그녀의 뜻은 이제 내가 아주 정확히 알고 있다. 거기에 반하는 내가 더 다가가는 게 맞는 건지, 아닌 건지, 솔직히 고민이 되고 망설여진다. 그러다 나도 모르게 그녀의 곁에 또 차를 세운다.

"타요. 집까지 데려다줄게요."

"됐어요."

"튕기면, 매력 있는데."

그 말에 냉큼 또 차에 타는 여자다. 아, 흘러나오던 음악이 하필 최근 그녀가 좋아한다고 올렸던 그 노래다.

"어, 이 노래?"

그녀의 SNS를 훔쳐본 게 살짝 찔렸지만, 차라리 뻔뻔하게 나가기로 했다.

"왜요? 새아 씨도 이 노래 좋아해요? 우리 되게 잘 통한다~"

"많겠죠. 이 세상에, 이 노래 좋아하는 사람."

"철벽은."

사실 물어보고 싶은 게 있었다. 만약에 우리가, 진짜 만약에, 세련이하고 그 일 없었으면 우리 어땠을까요. 지금 이렇게 내외하는 사이는 아니었겠죠? 하지만 그녀의 답변이 예상된다. '개소리 닥쳐요. 또 어디서 수작질이야?' 정말 순수하게 만약의 가정을 물어본 건데, 이건 또 무슨 개소리냐면서 부들부들하겠지. 내 속에 남아 있는 후회와 미련의 불씨 따위, 깡그리 밟아 없애 버리려 하겠지.

하고 싶은 말들을 꾹 참고 참아 그녀의 집 앞에 당도하니, 그녀는 차 문을 열어 줄 새도 없이 "고마워요. 근데 내일부턴 괜찮아요." 철벽을 치고 휙 나가 버린다.

인정하고 싶지는 않았지만 좌절감이 몰려왔다. 그녀의 철벽이 유달리 차디차고 매섭게 느껴진다.

하아, 진짜 좋아해 버리면 어떡해, 권지혁. 이 정도로 좋아하면 어떡하냐고.

바로 출발하지 않고 사이드미러로 그녀의 집 커튼을 바라보았다. 저번처럼 실루엣으로 등장하나 안 하나. 그러나 오늘의 커튼엔 아주 조금의 미동도 없었다.

어어? 이거 또 괜히 화가 나네?

집에 와서 소파에 앉아서도, 괜히 이런저런 감정에 괜히 허공킥을 하게 된다.

아우, 고딩이야? 이렇게 절절매게? 내가? 짝사랑을? 아, 생각할수록 어이없네, 진짜. 당신이 대체 뭔데?

욱하는 마음에 혹은 홧김에 용기를 내어 그녀에게 전화를 걸었지만 딴 여자 목소리만 들었다.

— 고객님이 지금 전화를 받을 수 없어…….

이, 이거 혹시, 수신 거부야? 지, 지금 이 전화 거절한 거야? 보, 본인이 그때 뭐라 그랬어. 밀당 잘 못하고 호구라며. 그런데 그깟 커튼으로 나를 밀당해? 용서하지 않겠다, 이새아. 앙심을 품는다고 딱히 복수를 할 수 있는 건 아니지만 그래도 속에서 칼을 갈게 된다. 이 칼 무슨 쓸모가 있는지는 모르겠지만.

♪

요새, 권지혁은 머뭇거리고 있다. 답지 않게.

내가 너무 철벽을 세웠나 싶어, 밖으로 돌아다니느라 못 나간 교육 진도도 쭉쭉 뺐고, 나름 멘토로서 교육생에게 친절하게 대하는데도, 예전처럼 성큼성큼 다가오지 않고, 살짝씩 주저하고 있다.

저놈이 또 왜 이래?

로안의 앞, 노을빛 길어진 실루엣으로 나를 붙잡을 때에도, 스프링클러 폭우 속, 턱시도를 입고 로안의 버진로드를 역주행하며 성큼성큼 다가와 내 앞에 설 때에도, 소울의 회의실, 교육생으로 왔다며 후광 속을 걸어올 때에도, 조예찬 스튜디오, 심지어 거기서까지 예의 그 실루엣으로 나타나 내 손목을 채갈 때에도…… 망설임이 없는 남자였다. 언제나 성큼성큼, 내가 갑이라는 듯, 앞으로도 쭉 그럴 거라는 듯. 그 불도저 같은 감정엔 섬세함이라곤 없는 줄 알았다.

그런데, 요새의 분위기는 다르다. 함께 있으면 사람 싱숭생숭해지게 한다. 뭔가 우유부단해졌고 어떻게 보면 기가 좀 죽은 것 같기도 했다. 이 분위기, 내가 못 읽었으면, 차라리 몰랐으면 싶지만, 아무리 신경 쓰지 않으려고 해도 내 몸 어딘가에서 촉수 하나가 그의 자리로 뻗어 나가 일거수일투족을 CCTV처럼 모니터링하는 것 같다.

그가 깜짝 놀라 어딘가를 바라보면 나도 그곳을 같이 바라보게 되고, 그가 기침을 하면 나도 모르게 휴지를 몇 장 뽑아 주게 된다. 가방 들고 종종거리며 퇴근할 땐, 푸른 차만 지나가도 괜히 심장이 철렁한다. 또 타라고 할까 봐. 이걸 또 어떻게 거절하나 싶어서. 그가 그냥 집에 가 버린 날에도.

오늘도 마찬가지였다. 컵을 들고 탕비실에 들어가려 하니, 앞서 들어가려던 그가 머뭇거리며 멈춰서 먼저 들어가라고 손짓했다. 평소의 그 능청도 없이, 연애 한번 제대로 못 해 본 채 나이만 먹고 학교로 돌아온 복학생처럼. 그가 능청을 부리면 나도 뻔뻔해지겠는데 이렇게 나오니 대놓고 꺼지세요, 저리 가요, 같은 못된 말도 못 하겠다.

약간 싱숭생숭한 마음으로 컵을 씻고 있는데, 그가 다가와 살짝 화난 목소리로 말했다.

"손이 텄는데, 왜 자꾸 컵을 씻어요?"

뜻밖의 타이밍에 화를 내서 센 척을 못 하고 살짝 어버버거리고 말았다.

"내, 내 컵 내가 닦아 먹지, 누굴 시켜요."

"……."

"그럼 교육생 시켜요? 설거지는 해 봤어요?"

그는 답도 없이 밖으로 휙 나가 버렸다.

쳇, 왜 성질이야? 본인 안 시켜 줘서 화난 것처럼.

그렇게 컵을 엎어 놓고, 손을 닦고 있는데…… 그가 손에 뭔가를 들고 다시 돌아왔다. ……핸드크림이었다.

약간 화난 듯한 표정을 풀지 않은 채, 핸드크림을 짜서 내 손등에 바르고 있다. 살짝 놀라 가만히 있으니, 아예 손가락 사이 사이까지 구석구석 발라 준다.

"교육생이 할 일이 많네."

그제야, 능청 아닌 능청이 나온다. 뭔가 민망해져 손을 빼려 해도, 그가 놔주지 않는다. 시키는 대로 이거 다 바르라는 듯.

남들이 보면 좀 그럴 것 같아 몸을 움츠리자, 아예 키다란 등으로 입구 쪽을 막고 마저 핸드크림을 발라 준다.

맨날 능청만 떨던 남자의 눈빛이 프랑스 자수처럼 섬세해지는 지금 이 순간, 신경이…… 안 쓰인다고 말할 수가 없었다. 안에서 그런 마음이 솟아나는 게 싫어 괜히 또 철벽을 쳤다.

"말했나? 이따 조예찬 스튜디오 갈 건데."

"……그걸 왜 나한테 얘기하는데?"

이, 일부러 반말한 건 아니었지만. 그는 확실히 반말이었다. 살짝 놀랐지만 내색하지 않은 채 표정을 유지했다.

"질투하라고?"

"아뇨? 그냥, 사수의 일정이랍니다?"

그는 서운해진 눈빛으로, 살짝 삐진 듯이 말했다.

"가서 이 냄새 풍기라고 발라 준 게 아닌데."

어우, 순간 너무 불쌍해 보여 미안하다고 사과할 뻔했다.

"질투하네, 뭐."

그는 질투란 말에 긍정도 부정도 하지 않은 채, 가란 말도 가지 말란 말도 하지 못한 채, 살짝 부르튼 입을 하고 탕비실을 나갔다.

저, 저거? 삐진 거 아니지?

"아아니, 나에 대한 마음은 언제 접으려고 저래?"

부러 센 척, 부러 너스레를 떨어 보았지만…… 자꾸 또 신경이 쓰일 것 같다. 그에게.

그에게 뻗어 나가던 이 촉수 하나를 뚝 짤라 드론으로 띄워 돌아선 그의 표정이 어떤지 볼 수 있으면 좋겠다, 싶은 독특한 충동이 드는 순간이었다.

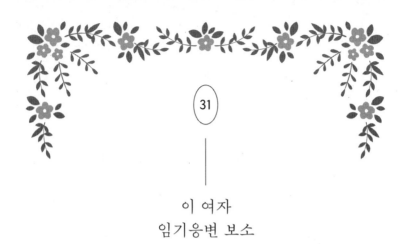

31

이 여자
임기응변 보소

"그니까, 나는 짜증이 난다는 거지."

퇴근 후, 조예찬 스튜디오. 새아는 예찬이 따 준 병맥을 쭈욱 들이키고는 말했다. 소파에 기대어 새아를 바라보는 예찬의 눈빛은, 여전히 참 편안하고 따뜻하기만 했다.

"자그마치 삼십 년 간 세뇌를 받고 자랐어요. 남자 볼 땐 뭐 봐야 된다? 집안! 돈! 학벌! 그지 같은 새끼 만나서 평생 고생하기 싫으면, 요 세 개를 최우선으로 봐야 한다! 힌순간의 외모에 반해 잘못된 선택을 하면, 빌빌거리는 놈이랑 엮여서 인생 쫑 나는 거다, 쪽박 차는 거다. 여기에 내가 너무 세뇌가 된 거야. 웬만한 놈 데리고 와서 엄마한테 통과될 것 같지도 않고. 거기서 망한 거죠, 내가. 나도 모르게 남자 돈부터 본 거야. 줏대도 없이 남잘 볼 때 엄마 마음에 들까? 것부터 생각하게 돼. 헷갈리는 거지. 이게 내 기준인지, 엄마 기준인지. 그러니까 그런 놈들 만난 거죠. 윤경훈, 권지혁 등등. 돈은 많은데 인간성 싸가지 말아먹은 놈들. 하아, 나 진짜 속물이죠?"

「결혼의 민낯」에 대해 취재하는 예찬에게 경력직 웨딩 플래너로서 전문가적인 정보를 줘야 하는데…… 어쩌다 보니 이 얘기까지 나오고 말았다. 나의 뒤틀린 결혼관과 그로 인해 망해 버린 연애사.

"착한 아이 콤플렉스가 있어서 그렇죠. 장녀들이 그렇대요. 집안의 기대를 외면하지 못하는 거지. 결국은 엄마 바람 대로 해 주고 싶은 거잖아요."

"안 그럼 허락이 안 날 것 같으니까 그러지. 내가 연애할 때마다 엄마가 하도 조건 따지고 간섭이 너무 심해서. '엄마, 결혼은 엄마가 골라 오는 남자랑 할게' 그랬거든요. 내가 마음에 드는 남자 데리고 왔다가 사달 날까 봐. 근데, 뭐 비겁한 거지. 내 인생에 대한 책임을 엄마한테 돌리는 거 아니에요. 인생에서 제일 중요한 선택도 내 손으로 못 하고서."

이상하게도, 예찬과 있으면 이렇게 속에 있는 얘기를 잘 털어놓게 된다. 내 단점이 될 만한 얘기도, 심지어 엄마 흉을 보는 것도 자연스럽다. 그에게 더 잘 보이고 싶다면, 나를 포장하고 싶다면,

좀 더 내숭을 떨면서 하지 않았을 얘기들이다.

왜 그럴까. 얘기를 너무너무 잘 들어 줘서일까. 무슨 말을 해도 비밀을 지켜 줄 정신과 의사처럼 편안하게 느껴져서일까.

"내가 찾으려 하는 주제는 이거예요. 그럼에도 불구하고, 우리는 왜 결혼을 하려고 하는가. 결혼은 사랑의 결론이 맞나. 그 과정에서 뭐 잘못된 건 없는가."

"잘못된 건 나야. 엄마를 그렇게 싫어하면서도 엄말 닮았잖아요? 그러니까 막 자기혐오가 생기고, 뒤틀리고. 후우."

문득 예찬은 '자기혐오'라는 단어를 도저히 이해할 수 없다는 표정으로 말했다.

"새아 씨 좋아해 주는 사람이 이렇게 많은데, 왜 자길 싫어해요?"

"……그런 사람이 있나?"

"나 돈 많아요. 집도 있고, 차도 있고, 뭐, 명예도 있고. 솔직히 나도 그런 걸로 여자 꼬실 수 있으면 해 보고 싶은데?"

"내가 예찬 씨한테 끌린다면 그런 것 때문일 수도 있어요. 사람이 좋아서가 먼저여야 하는데."

"나, 사람도 좋은데."

"……?"

"새아 씨도 좋고."

"……!"

이, 이게 무슨 뜻이지. 내가 사람 좋단 의미인가. 내가 좋단 의미인가.

"솔직해져 봐요. 새아 씨도 원하고, 엄마도 원하는 사람, 딱 가까이 있는 것 같지 않아요?"

자, 잠시, 그의 템포에 말릴 뻔 했다. 이, 이분 생각보다 직진남이시네.

"어, 어디요?"

"뭐, 가까이에? 반경 백 미터 안에?"

"어디 있지이?"

왠지 어색해져 너스레를 떠니, 또 그렇게 농담처럼 넘어가게 된다. 왜 그런지는 모르겠지만, 그에게 좀 더 가까이 다가가려 하면서도 그가 이렇게 조마조마한 얘기를 할 때마다 살짝씩 피하게 된다. 어쩌면 나도 모르게 거리 조절을 하고 있는지도 모르겠다. 어쩌면 그에게는 내가 밀당 갑인지도 모르겠다.

그도 분위기를 눈치챘는지, 내가 회피하면 회피하는 대로 굽이쳐 돌아가 준다. 성큼성큼 다가와 정신 못 차릴 만큼 뒤흔들어 놓지 않는다. 권지혁처럼.

아직 우리에겐 시간이 좀 더 필요하다. 서로 더 알아 갈 시간이.

"여튼, 이젠 남의 기준 따르지 말고 내 기준 찾아요. 내가 찍고 싶은 거 찍으니까 예술가인 거지, 남이 시키는 거 찍으면 찍사 밖에 더 돼요?"

"......!"

"새아 씨는, 이제 남자 볼 때 뭐 먼저 볼 건데요."

쉬운 질문인데, 어쩐지 쉽게 답을 잘 못하겠다.

"……나랑 잘 맞나?"

"그럼 쉽네. 이제 그 기준으로만 찾아요. 자꾸 엄마 기준 끌어오지 말고."

그의 결론은 명쾌한데 나는 아직 혼란스럽다. 내 기준이 뭐였더라. 사실 기억이 잘 나지가 않아서.

♪♪

박서환, 전손희 부부의 입국 당일, 공항엔 엄청난 취재진들이 몰렸다. 봉준호 감독님이 황금종려상이나 오스카 트로피를 받고 돌아왔을 때, 갑자기 온 나라가 흥분해 격한 환대를 해 주는 딱 그 분위기다.

다행히도, 서환과 손희가 출국장에서 기다리고 있는 새아를 알아봐 주고 그 요란스러운 틈바구니에서 악수를 먼저 건넸다.

"지금껏 화상통화만 하다가 드디어 실물로 만나네요."

참 신기하기도 하고 재미있는 순간이었다. 이때, 누군가 아이돌 사생팬처럼 맹렬한 기세로 취재진을 뚫고 앞으로 나가 두 부부에게로 달려들었다.

미순이었다.

"아이고, 우리 아들 왔니! 이리 와, 안아 보지!"

미순은 이 아들이 내 아들이라는 듯 취재진들에게 자랑하는 것처럼 포즈를 취했다.

과학자 부부가 그렇게 몇 개의 인터뷰를 마치고 취재진 사이를 빠져나오자, 저편 뒤에서 자임이 커다란 꽃다발을 들고 서서 둘을 기다리고 있었다. 자임은 손희와 서환, 두 사람을 따스히 안아 주고, 비행하는 동안 힘든 건 없었냐며, 시차 적응 힘들지 않냐면서, 살뜰하게 챙겨 주었다.

이곳은 송도의 한 호텔 스위트룸. 새아는 내일 있을 결혼식 일정에 대해서 브리핑을 하고 있었다. 상세한 동선 설명부터, 플라워 콘셉트는 실제로 어떻게 구현이 되었는지, 어떤 식사 메뉴가 최종 결정 되었는지, 답례품은 어떻게 나갈 것인지 등 디테일한 사항에 대해서 최종 공유를 했다.

"고마워요. 플래너님 아니면 한국 결혼식은 꿈도 못 꿨을 거예요."

손희와 서환이 진심으로 감사의 인사를 전했다. 한국 오는 일정이야 삼박 사일밖에 낼 수가 없으니, 그간 모든 결혼 준비를 전적으로 새아에게 의존할 수밖에 없었던 둘이었다.

"근데 어머님들은요?"

새아가 주위를 둘러보며 묻자, 서환이 답했다.

"우리 엄만 가셨어요. 방 잡아 드린다고 해도 뭐 이런 데 돈 쓰냐면서."

손희는 어깨를 으쓱하며 말했다.

"저희 엄마는 라운지에 계세요. 여기 야경 이쁘다 그랬더니 냉큼 올라가셨어요."

역시나, 참 달라도 너무 다른 캐릭터들이시다.

"내일 떨지 않고 잘할 수 있죠?"

새아의 그 말에 모두가 손을 모았다. 손희와 서환, 그리고 지혁까지. 그렇게 다 같이 파이팅을 외치는 밤이 지나고…….

드디어, 날이 밝았다. 분위기는 더할 나위 없이 좋았다. 날씨는 맑고, 구름은 하얗고, 바람 냄새도 향긋하고. 온도와 습도까지 딱 적당해, 정말 좋은 날이었다. 결혼하기 딱 좋은 날.

예식 전반 사항을 준비하고 있는 오전 내내, 당사자도 아닌데 긴장하며 떨고 있는 사람은 다름 아닌 권지혁이었다.

"왜 교육생이 떨어요?"

"나? 아닌데?"

아니긴, 뭘 아니야. 본인 결혼식에도 긴장이라곤 하나도 안 하던 사람이, 떨고 있네, 지금.

유준과 다람 및 소울의 몇 직원들도 오늘 예식을 도와주기 위해 파견을 나왔다. 유준은 식음료, 뷔페 쪽에 문제가 없나 체크했고 대형 TV 연결 상태와 사운드 쪽을 체크했다. 다람은 시키는 대로 부케, 부토니아는 개수대로 준비되었나, 망가진 꽃 장식은 없나, 확인하며 바쁘게 돌아다녔다.

손희가 웨딩드레스를 입고 나오자, 과학기술센터의 센터장님이 나와 영광이라며 악수를 하고 인사를 나누었다. 오늘은 신부 대기실과 피로연장의 구분 없이 한곳에서 어우러지는 야외 예식이었다. 홀이었으면 소리가 울려 조금 시끄러울 수도 있겠지만, 탁

트인 야외라 사람들이 많이 모여도 실내처럼 북적이는 느낌이 덜
했다.

이 와중에, 생각보다 지혁도 열심히 허드렛일을 하고 있었다.
음료가 쏟아지면 치우거나 새하얀 카펫 위에 떨어진 낙엽을 치우
는 등.

바쁘게 예식 디테일을 체크하던 새아도, 그 모습을 보고 피식—
웃음을 터트리고 말았다.

본인 결혼식은 홍수로 진창을 내 놓고, 남의 결혼식에는 열심
이네.

♪♪

식이 시작되기 한 시간 전, 버스를 대절해 지방에서 출발했던
신랑 측 어머님 지인분들이 우르르 내려 피로연장 쪽으로 몰려들
었다. 우리네 아주머니, 아저씨들이 거나하게 술판부터 벌이는 가
운데,

"아이구, 이리 와. 좋은 날 한잔해야지?"

그들이 곱게 한복을 차려입은 미순을 불러 술을 권했다.

"아니, 어떻게 하면 아들을 노벨상 후보로 키워?"

"아주 우리 동명 시장에 인재가 났어, 인재가! 한 잔 받아, 한
잔 받아."

"같이 사진 한 방 박자고."

찰칵!

"그동안 고생했지, 남편도 없이, 이 시장 바닥에서."

그 아주머니의 말에, 미순은 살짝 울컥했다.

"아우, 좋은 날 청승맞은 소리 하지 말어!"

"그래도 복 받았지! 우리 건어물 아줌마도 상 받아야 돼! 아들 잘 키운 걸로!"

"받아 받아, 내 잔도 받아야지" 하는 하객들의 연쇄적인 권유에 한 잔 두 잔, 미순이 소주잔을 꺾었다.

그렇게 와 줘서 고맙다고 지인들을 한 명 한 명 챙기고 반가운 마음에 흥겹게 한 잔씩 받고 따르고 나자…… 어느새 미순의 볼에 붉은 홍조가 올라왔다. 까닭 없이 울컥하는 감정도 함께였다.

"내가 우리 아들 키운다고 파출부서부터 리어카, 노점상까지 안 해 본 게 없어. 학원 보낼 돈이 어딨어. 대학 갈 돈도 없어서 장학 금 주는 데 가라 그랬는데. 그 등록금 싸다는 서울대도 못 보내고, 내가 사 년 장학금 주는 데로 가라고…… 아들을 잘 키우긴! 내가 그렇게 못난 년입니다!"

미순이 한복 옷고름으로 눈가를 쿡쿡 찍었다. 지독하게 고생스 러웠던 세월에서 절로 흐르는 한스러운 눈물이었다.

"아이, 이제 그 뭐야, 카이스트 석사에, 미국에서 제일 머리 좋 은 놈들만 모인다는 그 대학 교수인데, 이제 세계적인 석학이리잖 아. 응?"

"근데, 둘이 미국에서 산다 그래서 서운하겠어."

아주머님들의 얘기에 미순은 입술을 살짝 삐죽였다.

"서환이는 들어와 살고 싶은데, 며느리 될 애가 그렇게 반대를 하나 봐."

앞으로도 한국 안 들어오고, 미국에서 계속 살겠다는 얘기는 미순에게 아직 서운하기만 했다. 보고 싶은데, 명절에라도 좀 들어 오지. 이대로 몇 년이나 나가 살라고.

"에이, 헛소리 말어. 대한민국에서 그 연구비 대 준대? 우리나라는 안 돼. 과학 기술에 대한 투자가 없어서."

"내가 아들 챙겨 주는 그 낙 하나로 살았는데……."

괜히 설움의 눈물이 솟을 것 같아 몇 잔의 술을 더 꺾다가, 그 불똥이 이상한 데로 튀었다.

저편에서는 자임이 서환의 예복 매무새를 살뜰하게 다듬어 주고 있었다.

"예복, 더블로 하길 잘했지? 멋있어 보이잖아. 영국 신사 같고. 어때? 치수만 알려 줬는데도 기가 막히게 나왔지? 아유, 엄마 거기 삼십 년 단골이야. 척하면 척. 거기서 몇 백 달라는 거, 한 푼도 안 깎았다? 좋은 날인데 돈을 왜 깎아. 잘해 달라고 돈을 더 주진 못 할망정."

서환의 예복을 자임이 미리 준비해 준 것이었다. 그는 서글서글 착하게 웃으며 말했다.

"어머님도 한복 너무 잘 어울리세요."

"담 달에 미국 갈 때, 이거 입고 가면 너무 주책인가?"

"아, 왜요? 입고 오세요. 제가 동료 교수들한테 싹 소개할게요. 이게 한국의 미다, 한국에선 왕후들이나 이런 거 입는다."

"아우, 몰라 아들. 하여튼, 말 이쁘게 한다니까."

꺄르르— 좋아하고 있는 자임에게로 미순이 다가온다. 살짝 혀가 꼬인 채로, 스텝이 꼬인 채로.

"저기, 샤부인?"

그 발음에서 서환은 바로 눈치를 챘다. 우, 우리 엄마 좀 취했구나.

"샤부인, 좀 너무하시는 거 아니에요?"

"엄마, 약주 했어?"

"너는? 엄마가 부끄럽니?"

"아니, 그게 아니라. 엄마 목소리가 너무 커."

"이러다 아주 장모란 년이 내 아들 뺏어 가겠어?"

"샤부인, 진정하세요. 이제 손님 많이 올 시간이에요."

자임은 삿대질을 하는 미순을 말리려 했지만,

"내가, 남편 그렇게 홀랑 가 버리고. 독하게 산 여자야, 내가."

이미 미순의 주정 섞인 넋두리가 시작되고 말았다.

"그 풍진 세월, 내가 우리 서환이만 바라보고 살았는데, 당신 딸이 뭐라 그랬는지 알아? 이 시어머니 보기 싫다고 미국 가서 살겠대. 엄마랑 딸이 아주 결탁을 해 갖고 말이야. 이렇게 내 아들을 빼앗아? 그럼, 이 정미순이가 가만히 있을 것 같애? 이렇게 아들 뺏기고 가만히 있을 것 같냐고!"

미순이 깽판을 치기 시작했다. 피로연장, 식장, 신부 대기실의 구분 없이 하나 된 이곳에서 고래고래 소리를 높이기 시작했다. 일찍 온 다른 하객들이 술렁이기 시작했다. 신랑 어머니 왜 저러셔, 좋은 날에?

삐뽀삐뽀– 이건 코드 블루 상황이다. 저편에 있던 새아가 바로 상황을 파악하고 출동해 여기저기 삿대질을 하고 있는 미순을 근처 의자에 앉혔다.

"어머님, 우리 어머님, 마음 제가 다 이해하죠. 제가."

아무래도 단기간에 어머님의 술이 깰 것 같지가 않았다.

"놔! 아직 시집도 못 간 게 결혼에 대해서 뭘 안다고."

"우리 엄마도 저 혼자 키우셨거든요. 나도 우리 엄마 생각하면 눈물 나."

새아가 살짝 연기 톤으로 눈가를 붉히자, 미순은 그새 누그러진 표정으로 함께 눈가를 붉혔다.

"어머님, 저랑 한 잔 더 해요. 이리 와요."

옆에 있던 지혁이 지금 뭐하는 거냐고, 새아의 옆구리를 쿡 찔렀다. 안 그래도 취기 오르신 분한테 술을 더 먹이면 어떡하냐고. 자임은 그런 미순의 모습에 온갖 정나미가 떨어진다는 듯,

"아이고, 난 모른다. 더 드시든지 마시든지 맘대로 하라 그래."

바삐 손부채질을 하며 그 자리를 뜨셨다.

"난, 우리 엄마 생각하면 너어무 불쌍해!"

앞에 앉은 새아의 그 말 한마디에, 미순은 그만 확 무너져 내리

고 말았다.

"나아도, 내가 불쌍해. 이 나이 되어 갖고 다시 혼자 아니야. 엄마도 외로워. 아들 가고 나면 나 이제 혼자 어떻게 살아. 내가 그 말도 안 통하는 나라 따라갈 수도 없고. 내가 외로워서 그렇게 드라마를 보는 거야."

"응응, 한 잔 더 하세요. 좋은 날이니까. 마셔요, 마셔."

그렇게 새아는 미순에게 몇 잔 더 술을 권하더니…… '철푸덕' 그녀를 완전히 재워 버렸다.

"엄마!"

"어머님!"

서환과 지혁이 깜짝 놀라 쓰러진 미순을 깨우려 했지만, 새아는 조금 전과는 달리 침착한 표정으로 이를 저지했다.

"이렇게 깽판 놓으실 거면, 차라리 재우는 게 나아요."

그러고는 허리 파우치에서 화장품을 꺼내어 미순의 감은 두 눈 위에 새로운 눈을 그렸다. 눈을 감고 있어도 눈 뜨고 있는 것처럼 보이도록.

그 빛보다 빠른 손에 지혁은 깜짝 놀랐다.

메, 메이크업은 언제 배웠어요? 이, 이 여자 임기응변 보소.

32

이 풍진 세상에서
얼마나 강해지셔야만 했는지

"자, 그럼 지금부터 두 사람의 성스러운 결혼식을 시작하겠습니다."

새파란 수국 옆에서, 더없이 푸른 하늘 아래서, 호젓한 분위기에서 시작된 야외 예식.

"양가 어머님의 화촉 점화……"

자연스럽게 이어진 사회자의 말에 새아가 찌릿, 눈빛을 보냈다.

아차차, 화촉 점화 생략이랬지.

"……는 사정상 생략하고, 바로 신랑, 신부 동시 입장을 하도록 하겠습니다."

미순은 이미 혼주석에 곱게 앉아 있었다. 아무런 미동도 없이, 가만히.

남들이 보기엔, 눈을 뜨고 있는 것처럼 보였지만, 그녀는 술에 취해 잠들어 있었다. 새아가 눈을 뜬 것처럼 그림을 그려 놓은 덕에 아무도 눈치채지 못했다. 혹여, 목이 옆으로 떨어질세라 깁 스한 것처럼 목베개를 받쳐 놓고 그 위에 한복 목도리를 감아 놓 았다.

입장이 시작되었다. 자임은 박수를 치고 미순은 미동도 없다. 새아는 재빨리 미순에게 다가가 그녀의 눈물을 닦아 주는 척, 연기를 했다. 삐걱삐걱, 새아의 조종에 따라 마치 그녀가 눈물을 닦는 듯이 보이는 동작이었다.

식은 진행 중인데, 미순의 머리가 갑자기 앞으로 툭 떨어진다. 새아가 얼른 다가가 옷고름을 정리하는 척하고 이를 돌려놓는다. "드르렁 쿨." 그러다 콧소리까지 내자 "에헴 에헴." 새아가 거칠게 기침을 해 이 소리를 덮는다. 자임은 학이 떼인다는 듯, 진저리를 치며 이쪽을 쳐다보지도 않고 있었다.

그리고 지혁은 이 상황을 수습하고 있는 새아를 조금 경이롭게 바라보고 있었다. 새아가 한두 잔 더 마시게 하지 않았어도 식장 구석에 쓰러져 잠드셨을 어머님이다. 그걸 이렇게 앉혀 놓다니, 이렇게나 자연스럽게. 어느덧 식이 중반을 넘어가자 그래도 슬슬 걱정이 되어 새아에게 다가가 슬쩍 물었다.

"그래도 깨워야 되지 않겠어요? 아들 결혼도 못 봤다고 한스러워하시면 어떡해요?"

"조금만 있다가, 하이라이트에."

"하이라이트 언제, 퇴장할 때?"

그녀는 이쪽저쪽 눈치를 보면서 타이밍을 보다가,

"지금!"

큐 사인을 준다.

"잠시 후, 양가 어머님께 감사패 전달이 있겠습니다."

사회자의 목소리에 크게 설치된 대형 TV에 감사 영상이 재생되기 시작한다. 배경음악은 이문세의 〈옛사랑〉이었다.

새아가 미순을 티 안 나게 흔들어 깨웠을 때, TV 화면에 사진이 떠 있었다. 촌스럽지만 고운, 수줍지만 당당한 한 스무 살 아가씨의 사진이.

여기가 어디여, 침을 닦으며 주변을 둘러보던 미순이 갑자기 나타난 제 리즈 시절에 깜짝 놀라 화면을 바라보았다.

저거, 나잖아. 스무 살 꽃띠였던 내 모습. 지나가 버린 내 고운 시절.

"여기, 이제 스무 살 된 예쁜 아가씨가 있습니다."

서환이 마이크를 잡고 써 온 글을 읽어 나가기 시작했다.

"……?!"

"집에서 오빠들만 공부시켜서 많이 배우지도 못했고, 어린 나이에 식모처럼 오빠들 뒷바라지만 해야 했던 아가씨였습니다."

지지리도 못 살았던 그때, 쪽방촌에서 찍은 사진이 떴다. 그땐,

서울 상경해서 제대로 터를 못 잡은 사람들은 다 저런 데 살았다. 기찻길 옆 오막살이 같은 저곳에.

"하지만 너무 똑똑하신 분이었습니다. 그러니까 이렇게 똑똑한 아들내미가 나왔겠죠?"

서환의 너스레에 하객들이 웃었지만, 미순은 그저 눈만 둥그래진 채 웃지 못하고 있었다. 이번엔 삼십몇 년 전, 결혼사진이 화면에 뜬 것이었다.

"아쉽게도 짝으로 정한 남자는 너무 일찍 가 버렸습니다."

그리고 세발자전거를 타고 있는 어린 서환과 포대기에 업혀 있는 갓난쟁이 여동생 서연이의 사진이 이어졌다.

"네 살짜리 아들과 두 살짜리 딸애를 키우기에, 세상은 너무 각박했습니다. 억세지지 않으면 견딜 수 없을 만큼이요."

이제는 어엿한 숙녀가 되어, 예쁜 정장 원피스를 입고 앉아 있는 서연이 뒤편에서 살짝 눈물을 훔쳤다.

"제가 대학 들어가던 해에 어머니도 방통대에 들어가 신입생이 되셨습니다. 늦은 나이에 시작한 공부가 너무 재미있다 하셔서 저 또한 밤새도록 엄마 숙제를 같이했던 기억이 납니다."

못 배운 한을 그렇게 풀었다. 아들과 같은 학번의 신입생이 되면서, 함께 대학 생활을 시작하면서.

"정미순 씨는 욕심이 많았습니다. 어떻게든 돈 벌어서 애들을 키워야 했으니까요."

그제야 미순도 글썽이기 시작한다. 울려고 우는 게 아니라 동그랗게 뜬 눈에 하염없이 물기가 어려 흐르는 것이었다.

"저는…… 공부 욕심이 많았습니다. 돈 벌어서 가족 부양할 생각보다, 내 공부가 우선이었습니다. 나이 서른 넘어서도 돈 한 푼 못 벌고 공부만 하고 있는 저를 정미순 씨는 끝까지 응원해 주셨습니다. 돈은 내가 벌 테니, 너는 공부해라. 저의 연구 성과가 이 세상을 나아지게 하는 데 아주 조금이라도 기여했다면, 그건 모두 저희 어머니, 정미순 씨 덕입니다."

이제는 터지려는 울음을 어쩌지 못해 온 힘을 다해 눈물을 참아야만 하는 미순이었다.

"우리 남매를 키우느라 평생을 수고하신 정미순 씨, 당신에게 이 감사패를 수여합니다."

새아의 부축에 미순은 얼떨결에 자리에서 일어나 감사패를 받았다.

'사랑하는 어머니, 저희 남매를 키우시느라 당신의 모든 것을 희생한 것, 잘 알고 있습니다. 이 풍진 세상에서 어머니께서 얼마나 강해지셔야만 했는지, 힘든 시간 버텨 내셔야만 했는지, 아주 조금 깨닫습니다. 이제는 그 무거운 짐 내려놓으실 수 있게, 저희가 든든한 버팀목이 되겠습니다. 말로 다 할 수 없을 만큼, 사랑합니다. 존경합니다. 오래오래 함께해 주세요.'

감사패에 쓰여 있는 말이었다. 미순의 동공이 파르르 흔들렸다.

그렇게 이 악물어 돈 벌고 어떻게든 살아남으려고 했던 고단한 세월. 누구에게도 인정받으려 한 적 없고 칭찬받으려 한 적 없었는데 이제는 두 사람이 그동안 수고했다고, 고생했다고, 나에게 상패를 주고 있었다. 나의 아들. 그리고 우리 며늘아기가.

손희가 다음 편지를 읽어 나가기 시작했다.

"어머님, 제가 요리를 잘 못 합니다."

어쩐지, 아들 순서 때 보다 더 눈물을 참기가 힘들어지는 미순이었다.

"대신, 설거지와 청소를 잘합니다. 저희가 그렇게 집안일을 분담했어요. 연애하는 동안 서환 씨가 너무 저한테 잘해 주기만 해서, 제가 뭐라고 했던 적이 있습니다. 왜 이렇게 호구처럼 퍼 주기만 하냐고. 서환 씨는 그 사랑을 어머님께 배웠다고 했습니다."

"……!"

"어머님께 조건 없이 잘해 주기만 하는 사랑을 배워, 서환 씨는 이렇게 세상 다시 없을 만큼 아내를 위하는 남편이 되었습니다."

내가, 이 착한 애를, 뭐라고 구박한 거야.

미순의 입술이 파들파들 떨렸다.

"어머님의 그 긴긴 희생의 세월을 다 안다 말할 수는 없지만, 그래도 이제는 아주 조금이라도 그 세월 위로해 드리고 싶습니다."

미국 가서 공부하겠다는 애들을, 그것도 교수 임용되어서 띠나는 애들을, 왜 엄마를 혼자 남겨 두냐고 떼를 썼었지. 이렇게나 훌륭하게 공부한 애들을, 이 엄청난 업적을 쌓은 애들을, 칭찬 한 번 제대로 해 주질 않고, 내가. 이 못난 내가.

"이렇게 멋진 아들을 키워 주셔서, 감사합니다."

세상, 이렇게나 예쁘고 착한 며느리를 두고, 우리 아들 뺏어 갔다고 식전에 소리나 지르고 말이야. 내가 미쳤지, 미친년이지.

"어머님, 너무너무 사랑합니다."

손희가 떨리는 목소리로 편지를 다 읽자마자, 미순이 덥석 다가가 그녀를 꾸욱 안았다. 미안해, 미안해, 우리 며느리, 새아가. 미안해. 그렇게 되뇌면서.

손희의 눈에서도 결국 눈물이 흘러내렸다. 우리 며느리, 새아가, 상견례 할 때도 제대로 들어 본 적 없어 이제야 처음 듣는 말이었다.

그렇게 서로 안고 있는 두 여자를 서환이 팔을 벌려 감싸 안았다. 미순은 너무 미안해서, 그런 아들의 얼굴도 제대로 볼 수가 없었다. 그저 아들의 품에서 미안하다, 미안하다 말할 뿐이었다.

"엄마가 미안해. 우리 아들이 다 혼자 컸는데, 엄마가 한 게 없는데, 엄마가 가르친 것도 없이 이렇게 잘하는데. 아들, 미안해······."

"손희 없었으면 저 석사에서 포기했을 거예요. 손희한테 잘 보이려고 공부해서 여까지 온 거거든요."

"그래, 내 며늘아기야. 우리 아가야."

식장 곳곳에서 하객들이 콧물을 들이키는 소리가 났다. 말없이, 모두의 눈가가 촉촉해지는 때였다.

"이젠 내 아들보다, 우리 손희 멋진 남편 먼저 해. 엄마는 그걸로 돼."

이 모든 상황을 지켜보던 새아도 계속 하늘을 바라보며 뜨거워지는 눈시울을 식히고 있었다.

다들, 눈꼬리가 내려간 채 이 가족들을 따뜻하게 보고 있는데…… 어쩐지 지혁의 얼굴만 딱딱하게 굳어져 있다. 파투 났던 제 결혼식이 생각났기 때문이다.

♪♪

"아들이 어쩜 이렇게 잘생겼어? 키 요만할 때 보고 이제 보네."

"아이구 아이구, 와 줘서 고마워요. 여기 멀리까지."

"당연히 와야지, 그럼!"

"아들 인물이 너무 훤하네. 탤런트 시키지 그랬어?"

"탤런트는 무슨, 여기 연예인 하객들 못 봤어? 잘생기긴, 뭘."

"건설사에서 성과가 엄청나다면서? 권 회장, 아들 잘 키웠어! 껄껄껄!"

"부산에서 여기까지 올라온 거야? 고마워, 고마워."

"선남선녀가 따로 없어! 둘이 이세 낳으면, 대한민국 톱이겠어!"

그날의 로안 로비. 근엄하던 평소와 달리, 지혁의 아버지가 연신 웃음기를 지우지 못한 채 정겹고 반갑게 오랜 지인들을 맞았다. 아들 칭찬은 들어도 들어도 달콤하신 얼굴이었다. 그렇게라도, 아들 장가를 보내고 싶으셨나 보다. 그래야 아버지로서 책임이 마무리된다고 여기셨나 보다.

그리고, 그 포세이돈의 물벼락 이후…… 너무너무 간만에 만난 소중한 아버지 지인들 모두, 물에 빠진 생쥐 꼴이 되어 밖으로 허겁지겁 뛰쳐나왔다. 좋은 날 입는 양복도 모두 엉망이 되어 있었다. 그런 지인들을 보며 아버지는 무슨 생각을 하셨을까. 고개 숙여 죄송하다고 사과를 하면서도 얼마나 치가 떨리셨을까. 얼마나 아들이 미우셨을까.

그리고 난, 그 결혼식을 왜 아버지 입장에서 단 한 번도 생각해 보지 않았던가.

모든 예식과 피로연이 끝나고, 손희와 서환이 커플룩을 입고 나왔다. 새아는 여전히 감격스러운 눈으로 둘을 바라보았다.

"어떻게 그런 영상을 준비할 생각을 다 했어요?"

"그거, 손희가 만든 건데."

"정말요?"

……신랑 어머님의 옛날 모습이 많이 나오길래 당연히 신랑님이 만든 영상인 줄 알았다.

"저도 사실 엄마랑 사이 별로 안 좋았거든요."

참 포근한 미소를 지닌 손희의 말이었다.

"정말요? 엄청 사람 좋으시던데."

"사실 저 사교육으로 공부 잘한 거거든요. 엄마랑 갈등이 진짜
어마어마했어요. 열두 시에 학원 끝나고 나면 과외 선생님이 집에
서 기다리셨어요. 그거 끝나면 새벽 세 시였으니까. 엄마한테 맨
날 소리 질렀어요. 나 좀 알아 달라고, 이해해 달라고."

일순, 손희의 동공이 파르르 흔들렸다.

"근데…… 성인이 되고 나서는, 내가 엄마를 알아줘야겠더라구
요."

"……?!"

"어릴 땐 엄마가 절대자 같았으니까, 절대로 내가 바꿀 수 없는
존재 같았는데, 이제는 바뀌시더라구요. 저 땜에 힘들었던 마음
알아드리고 또 알아드리고, 또 알아드리면 저렇게 돼요. 사랑하는
데 속상해서 저러시는 거거든요. 자식이 내 고생을 안 알아주니
까."

새아가 보기에 자임은 완전히 두 사람 편이었고, 두 분을 정말
잘 이해해 주시고, 배려도 많이 해주시는 분이었다. 그냥 참 좋으
신 분이라고만 생각했는데…… 먼저 손희가 자임을 이해해 주었
기에 가능한 일이었다.

'엄마, 나 때문에 많이 힘들었지? 나 때문에 고생 많이 했어. 이
제는 내가 많이 사랑해 줄게, 엄마.' 그 말을 반복하고 또 반복해,
엄마의 비뚤어진 사랑길을 바르게 만든 것이었다.

부모도 자식들에게 사랑을 돌려받아야 한다. 그것도 아주 충분

히, 많이. 그렇지 않으면 사춘기 자식처럼 부모도 삐뚤어진다. 사랑이 자꾸 이상한 방향으로 간다.

어디서부터 잘못되었는지 모르겠더라도, 이제는 우리가 컸으니까, 성인이니까, 우리가 먼저 이해해야 한다. 내가 인정받고 싶은 만큼 우리 부모님을 인정해 드려야 한다. 우리 키우느라 고생하신 부모님의 힘든 세월을, 아주 조금이나마.

"역시 노벨상감이다. 두 분."

새아는 글썽거리며, 그렇게 말했다. 오늘 이 가족에게 정말 감동을 많이 받았던 것이다. 배려까지가 지능이라면 이 두 분들은 진짜 천재, 인정이다. 아주 조금이라도 닮고 싶다.

그리고 지혁은 여전히 굳어진 표정으로 손희와 서환을 배웅하는 자리에서도 잘 웃지 못하고 있었다. 지금 생각나는 사람이, 아버지밖에 없어서.

33

물에 빠지면
구해 줄 남자가 네 인연이야

　노을 질 무렵, 모든 예식을 마무리하고, 청담동으로 돌아오는 차 안. 지혁과 새아는 각자의 생각에 깊게 빠져 있었다.

　그녀의 생각은 여기에 머물러 있었다. 엄마는 그 선을 어떻게 따냈을까. 삼성 다닌다는, 나보다 열한 살 많은 병원장 아들내미. 애써 상상하지 않아도, 마사지숍에서 동갑내기 사모님에게 아부하는 엄마의 모습이 절로 그려진다.

　"아우, 사모님, 우리 딸이 얼굴이 이쁜데 이뻐서 더 문제야. 웬 쓸데없는 남자들만 따라붙고. 저러다 나처럼 살면 어떡하죠? 사모님이야 남편 잘 만난 덕에 사모님 되셨지만, 내 꼴을 봐. 이 나

이까지 손목 부러져."

"나도 젊었을 땐 이뻤어. 이뻤으니까 능력 있는 남자 채 간 거지."

"어떻게 그때부터 남자 보는 눈이 있었대? 우리 딸은? 남자 보는 눈은 아주 꽝이야."

"정 걱정되면, 내가 강남 마담뚜한테 한번 연락을 해 봐?"

"아우, 그럼 나야 좋지. 사장 몰래 세 번만 더 와. 내가 여기 뭉친 거 싹 풀어 줄게요."

엄마가 전화로 했던 그 말이 실화였을 것이다.

'내가 이거 따낼라고 얼마나 사모님들 등이 터지게 주물렀는지 알아?'

엄마가 그렇게 실한 사윗감 찾으며 힘들게 힘들게 마담뚜 연락처를 따내는 동안, 나는 뭐 하고 있었더라. 그래, 남자한테 당하고 당해 바닥까지 추락해 있었지. 틀린 말도 아니네. 남자 보는 눈 없는 거.

매일 보는 상류층에 대한 엄마의 자격지심, 실패한 결혼 생활을 나에게 빗대어 퍼붓는 악담에 이골이 났었는데…… 오늘의 결혼식이 기존의 생각을 바꾸어 놓았다.

'우리 엄마, 불쌍해.'

'나도 내가 불쌍해.'

그 말 한마디에 표독스럽던 미순이 쉽게도 무너졌다. 그녀를 알아주는 그 말 한마디에. 손희의 말대로, 이제는 우리가 부모님을 알아줘야 할 때였다.

하지만, 하지만…… 엄마, 이제 엄마 마음 다 알아요, 그러면 어떻게 나오실까. 마음 없는 선 자리에 주렁주렁 갖다 앉히시겠지. 나도 그러다 헷갈리겠지. 이 남자가 내 기준에서 마음에 드는 건지, 엄마의 기준에서 마음에 드는 건지. 그렇다고 결혼까지 양보할 순 없잖아. 정말로 엄마가 원하는 상대 만나서 내 인생 모든 책임을 엄마에게 맡길 수는 없잖아. 그러다 불행해지면 누구 탓을 하려고.

"나, 압구정에 내려 줄래요?"

그녀의 말에 지혁은 가타부타 없이 고개를 끄덕였다. 아까부터 그의 표정도 밝지가 않았다.

새아를 내려 주고, 지혁은 본가로 향했다. 그때의 물 폭탄 결혼식 이후로 처음 집으로 들어가는 것이었다. 건설사에서 짤라 웨딩 보낸 게 억울해 그동안 아버지께 전화도 한 번 안 했었다.

지혁이 들어서자, 소파에 앉아 있던 석범이 반가운 기색을 감추지 못하며 벌떡 일어났다.

"어? 웬일이냐?"

그러고도 아들이라고 맞아 주시네. 내가 무슨 짓을 했는데.

"저녁, 먹으려고요."

"그래그래, 앉아라. 네 엄만 지금 홍콩 갔는데, 뭐 좀 사 온다고."

이 집에 엄마가 어딨어요, 평소 같으면 그렇게 말했을 거다.

"요새 세일한다 그러더라고요."

"그래, 우리끼리 먹자."

잠시 후, 이모님이 차려 주신 한식에 두 사람이 수저를 들었다. 다소 무뚝뚝한 분위기에서.

"그때, 결혼식에 스티브 장도 왔었어요?"

그 말은 꺼내기도 싫다는 듯 석범의 얼굴이 바로 구겨졌다.

"열세 시간 날아서 한국 왔는데, 그때 팬티까지 쫄딱 젖었잖니."

참으로 듣기 민망한 얘기였다. 아마 워런 버핏만큼이나 초대하기 힘든 사람이 그분일 것이다. 그런 투자계의 VIP께서 영광스럽게도 내 결혼식을 위해 한국에 와 주셨는데, 그런데…….

"투자 건은요?"

"너 같으면 투자해 주겠니? 미치지 않고서야?"

"상트페테르부르크 건, 날아갔겠네요."

"밥 먹자."

울분 섞인 한마디였다. 지혁도 할 말이 없었다. 식장에서 터트린 물 폭탄이 몇백억을 쓸어 갔다. 깨끗하게. 그때 날아간 투자금 액수를 생각하면 사실 사흘 밤낮으로 석고대죄를 해도 모자랄 판이다.

지혁은 망설이고 망설이고 망설이고 망설이다가 이 말을 꺼냈다.

"……죄송해요, 아부지."

그동안은 죄송한 일이라고 생각 안 했어요. 근데 제가 포인트를 잘못 잡았어요. 아버지가 왜 그렇게까지 나오는지 전혀 이해할 수가 없어서 세련이 쪽을 들쑤셨어요. 아버지는 설득과 대화로 바뀔 수 있는 분이 절대 아니라고 생각해서, 그렇게까지 한 거였는데…….

내가 '비혼주의다. 절대 장가 안 간다.' 그렇게 뻗대고 다녔을 때. 아버지 심정이 어떠셨을지 조금도 생각해 보질 못했어요. 오죽하면 그렇게까지 나오셨는지, 제가 한 번도 생각해 본 적이 없어요. 그게, 죄송해요. 단 한 번도 아버지를 알아드리려고 했던 적 없다는 게, 그게 죄송해요.

석범은 고개도 들지 않고 눈앞의 밥공기만 쳐다보며 말했다.

"네가 웬일이냐. 사과를 다 하고."

"아부지 체면에 물똥 싼 거나 다름없잖아요."

"나도…… 억지로 결혼시키려고 한 거 미안하다."

"……!"

살면서 처음 들어보는 아버지의 사과였다. 과로로 노동자가 죽어 나갔을 때도 돈으로 보상했으면 했지 끝까지 사과 같은 건 안 하셨던 아버지였다.

지혁이 숙이고 들어가자, 아버지의 분위기가 달라졌다. 어쩌면 당신도 아들에게 이해받길 원하셨는지 모른다. 속 타는 그 마음을 어찌지 못해 더 거세게, 강압적으로 몰아치셨는지도 모른다. 너 왜 결혼을 안 한다 그러니, 속 터지게. 내가 정해 줄 테니까, 이 날짜에 해!

사실은 지금껏 문제가 뭐였는지 깊은 대화도 나눌 줄 몰랐던 부자지간이었다. 부모 자식간에도 소통이란 건 이렇게나 어려운 것이었다. 몇백억을 홍수에 쓸리고 나서야 아주 조금 깨달을 만큼.

문득, 석범이 낮은 목소리로 말했다.

"다음엔 네가 좋아하는 사람 데려와 보렴."

"……아버지?"

"네 형수한테 내가 심했던 거, 나도 안다. 그땐 내가 너무 눈이 높아서."

지혁은 마른 침을 꿀꺽 삼켰다.

"……저 결혼 안 할 겁니다, 아버지."

"거기에 내 탓도 크다는 거 안다."

그 말만으로도 눈물이 핑 돌았다. 나도 결국 아버지한테 이해받고 싶었구나. 아주 어렸을 적부터 쌓아 왔던 그 상처를.

"내가 안정된 울타리를 만들어 주지 못했는데, 네가 어떻게 가정이란 걸 생각하겠니. 그래도, 생각 바뀌면 말해다오."

많이, 울컥하게 하는 한마디였다.

"……!"

"기다려 보마."

겨우 죄송하다는 한마디를 한 것뿐이었는데 아버지의 변화는 놀라웠다. 이런 아버지였다면 내가 그렇게까지 못된 마음을 먹지 않았을 텐데, 싶을 만큼.

　이상하게도, 그토록 엄격하기만 했던 아버지가 한풀 꺾이고 나니 생각나는 사람은…… 단, 한 명이었다. 내가, 좋아하는 사람.

　밥을 먹고 마당으로 나오자, 하늘에서 한두 방울씩 비가 떨어지고 있었다.

♩♩

　"아이고, 뭘 그리 조급해해? 그럼 평생 결혼 못 할까 봐?"

　새아의 앞엔 타로 카드가 부채꼴로 쭈우욱 펼쳐져 있었다. 이곳은 압구정 '타로타로'. 엄마 말에 맹목적으로 따를 수도 없고, 그렇다고 남자 보는 데 있어 내 기준이 뭔지도 모르겠고, 도무지 갈피를 잡을 수가 없어 여기에 왔다. 차라리 운명론에 의지를 해 보자 싶어서.

　눈화장이 짙은 타로술사 언니는 그런 불안감을 이미 잘 알고 있다는 듯, 카드 한 장을 꺼내 들며 아주 묘한 미소를 지었다.

　"곧 하겠는데, 결혼?"

　이에 새아의 두 눈이 동그래졌다.

　"정말요? 누구랑?!"

　"요새 꼬이는 남자, 둘이구나?"

　둘인가? 둘이지. 둘이라고 봐야지.

　"네?! 네!"

"둘 다 자길 엄청 좋아하는데?"

"……그러니까 더 잘 모르겠어요."

타로술사 언니는 몇 개의 카드를 쏙쏙 더 뽑아 보며 촉을 세웠다.

"서른넷?"

"……둘 다 서른넷인데."

"음, 강남 사네? 유학파고?"

"……둘 다 강남 사는데, 둘 다 유학파고."

"다 가르쳐 주면, 인생 재밌겠어?"

더 이상 천기누설을 해서 안 된다는 듯 언니는 어깨를 으쓱하며 펼쳐진 타로를 섞으려 했지만 새아는 허겁지겁 그 두 손을 막았다.

"아니, 가르쳐 줘요. 재미 필요 없어. 내가 너무 갈팡질팡해요. 이젠 내가 남자 볼 때 뭐 보는지도 모르겠어. 사람을 보는 건지, 조건을 보는 건지. 조건에 끌려서 확 데여 놓고도, 아직도 따로 떼어 놓고 생각이 안 돼. 나한테 엄청 상처 준 남자가 옆에서 얼쩡거리고 있는데, 거기다 대고 막 꺼지라고도 못 하겠어. 정말로 날 좋아해 주는 벤츠남이 옆에 있는데 쉽사리 그쪽으로 가질 못하겠어요. 그 남자가 하도 성가시게 굴어서. 나 왜 이렇게 물렀어? 나 이제 남자 볼 때 뭐 봐야 돼요? 누가 인연이야? 대체 누구냐고?!"

내 운명에 이미 정해진 게 있다면, 제발 알려줘요.

"재밌네?"

"……뭐가요?"

언니는 딱 한 가지 비밀을 더 알려주겠다는 듯 타로 한 장을 쓰
윽 꺼냈다.

"물에 빠지면 구해 줄 남자가…… 네 인연이야."

"눼에에에?"

"궁금하면, 물에 한번 빠져 보든가."

"어떻게 한강에 뛰어들어 봐요? 나 죽어요 혹시?"

"어디서 물 냄새 안 나?"

그 알 수 없는 말로 상담은 종료되었고, 가슴의 답답함은 여전
히 해갈되지가 않았다.

잠깐, 물 냄새? 혹시?

어디선가 흘러드는 물 냄새에 허둥지둥 밖으로 나와 보니, 한두
방울씩 떨어지던 비가 엄청난 폭우가 되어 퍼붓고 있었다.

쏟아지는 비를 보면 절로 떠오르는 몇 개의 장면이 있었지
만…… 이젠 이를 덮을 새로운 기억을 만들어야 할 것 같아 새아
는 그 폭우 속으로 뛰어들어가 보았다.

어쩌면, 둘 다 아닐 수도 있잖아. 제삼자일 수도 있잖아. 나 이
젠 진짜 결혼할 사람 찾고 싶어. 더 이상 헷갈리고 싶지 않아.

그 일념 하나로 빗속을 마구마구 뛰어가는데, 거리의 덤프트럭
이 물웅덩이를 밟고 지나가 그녀는 명랑만화의 캐릭터처럼 물벼
락을 잔뜩 뒤집어쓰고 말았다.

뜻밖의 수난에 완전히 만신창이가 된 채 비참한 자세로 바닥에
쓰러져 있는데, 그런 그녀에게…… 누군가 손수건을 내밀었다.

'물에 빠지면 구해 줄 남자가…… 네 인연이야.'

쏟아지는 비에 뿌옇게 흐려진 시야 속, 서서히 실루엣을 드러내는 사람은…… 다름 아닌, 권지혁이었다.

으악! 갑자기 이 남자가 왜 여기에?

새아는 너무너무 깜짝 놀라, 눈에 쌓인 물기를 쭈욱 짜내고 비벼 그 남자를 다시 보았다. 놀랍게도 남자의 형체가 변했다. 손수건을 내민 사람은…… 조예찬이었다.

이거 뭐야? 나 미쳤어? 여기 이승 맞아? 혹시 나 덤프트럭에 치였어?

너무너무 혼란스러워 눈이 뽑힐 듯 다시 비비고 앞을 보자, 나타난 남자는…… 바로…….

〈2권에서 계속〉

밀당의 요정 1

1판 1쇄 인쇄 2021년 11월 11일
1판 1쇄 발행 2021년 11월 23일

지은이 천지혜

발행인 양원석 **편집장** 정효진 **책임편집** 문예지
디자인 정세화, 김미선 **영업마케팅** 양정길, 강효경, 김보미

펴낸 곳 ㈜알에이치코리아
주소 서울시 금천구 가산디지털2로 53, 20층 (가산동, 한라시그마밸리)
편집문의 02-6443-8843 **도서문의** 02-6443-8800
홈페이지 http://rhk.co.kr
등록 2004년 1월 15일 제2-3726호

ISBN 978-89-255-7908-5 (03810)